dtv

»Wir haben gewonnen!« Als Agnes den Brief auf den Tresen vom *Froh und Munter* legt, schwant Paul Plotek nichts Gutes. Und richtig, seine Freundin hat beim Preisausschreiben ein Wochenende in Hamburg gewonnen. Plotek will nicht nach Hamburg. Und er will auch keinen Kurzurlaub. Viel lieber will er in seiner Stammkneipe sitzen, Weißbier trinken, Fußball schauen und Schweinebraten essen. Es hilft ihm jedoch alles nichts, er muss mit. Trost spendet ihm da allein die Aussicht, sich heimlich ein Spiel des Zweitligisten SpVg Altona-Nord anzusehen, während Agnes beim Sightseeing ist. Doch wie es der Zufall so will, trifft Plotek der Ball, den einer der Superstürmer statt ins Tor mitten in die Zuschauer donnert. Bewusstlos wird Plotek in die Klinik eingeliefert, wo er sich ein Zimmer mit einem beim selben Spiel verletzten Fußballer teilt. Am nächsten Tag ist der Mittelstürmer plötzlich tot. Und Plotek steckt unfreiwillig mittendrin in seinem nächsten Kriminalfall ...

Sobo Swobodnik, geboren 1966 auf der Schwäbischen Alb, absolvierte eine Schauspielausbildung und arbeitete als Rundfunkredakteur und Theaterregisseur. 2002 erschien sein erster Paul-Plotek-Roman ›Altötting‹ (dtv 20970), der 2002 für den Friedrich-Glauser-Preis für das beste Krimidebüt nominiert wurde. Mit den Folgebänden ›Oktoberfest‹ (dtv 21016) und ›Schöne Bescherung‹ (dtv 24506) avancierte Paul Plotek zum Serienhelden. Swobodnik lebt und arbeitet in Berlin.

Sobo Swobodnik

Balla Balla

Kriminalroman

Deutscher Taschenbuch Verlag

Von Sobo Swobodnik
sind im Deutschen Taschenbuch Verlag erschienen:
Altötting (20970)
Oktoberfest (21016)

Sämtliche Figuren und Ereignisse in diesem Roman sind frei erfunden. Übereinstimmungen mit der Wirklichkeit sind nicht beabsichtigt und wären rein zufällig.

Originalausgabe
März 2008

www.dtv.de
Umschlagkonzept: Balk & Brumshagen
Umschlagfoto: gettyimages/James Worrell mit
einer Illustration von iStockphoto
Satz: Fotosatz Reinhard Amann, Aichstetten
Gesetzt aus der Sabon Antiqua 10/12,25
Druck und Bindung: Druckerei C. H. Beck, Nördlingen
Gedruckt auf säurefreiem, chlorfrei gebleichtem Papier
Printed in Germany · ISBN: 978-3-423-21048-5

»Fußball ist immer ding, dang, dong.«
Giovanni Trapattoni

»Ach, es wird so viel geschrieben und hochsterilisiert.«
Stefan Effenberg
in Anlehnung an Bruno Labbadia

I

Jetzt lief schon wieder der Fernseher. Über der Tür im *Froh und Munter*, Lieblingsgaststätte von Plotek in Neuhausen, Stadtteil von München. Plotek saß vor seinem Weißbier am Tresen und sah hinauf zum flimmernden Kasten über dem Eingang, wie fast alle anderen Gäste auch. Im Fernseher lief gerade Fußball. SpVg Altona-Nord gegen TuS Koblenz, Abstiegskampf. Hätte man denken können, war aber falsch. Es lief nämlich überhaupt nichts im Fernseher, wenn man es genau nimmt. Alle 22 Spieler standen steif und unbeweglich herum und glotzten ausdruckslos wie Kühe an einem Elektrozaun vor sich hin. Auch die Schiedsrichter und die Linienrichter. Und die Zuschauer. Alle. Alle standen da und glotzten betreten faustgroße Löcher in die Luft. Kein Mucks war zu hören. Nirgends. Auch der Reporter hielt erstaunlicherweise den Mund und quasselte nicht wie sonst immer, als wäre er eine Schnellfeuerwaffe und die Munition stammtischkompatible fußballerische Dampfplauderabszesse. Richtig angenehm ist das, dachte Plotek, so könnte es immer sein. Aber vergiss es. So war es nie. Neunzig Minuten schwatzten die sich um Kopf und Kragen, als wären diese Starreporter lausige Handelsvertreter mit extremen Hautproblemen und müssten an zugigen Reihenhaus-Haustüren völlig überteuerte Schönheitscremes, die keiner wollte und niemand brauchte, verhökern. Bei diesen Kommentatoren hatte man immer das Gefühl, das Stückchen Rasen verwandle sich Satz für Satz in eine Müllkippe, auf der sie ihre missglückten Stilblüten hoch bezahlt und im Fokus der Öffentlichkeit entsorgen können. Am Ende eines Spiels wurde man den Eindruck nicht mehr los, dass die Übertragung womöglich vom Verteidigungsministerium gesponsert und der Rasen als Truppenübungsplatz zweckentfremdet wurde – nicht nur wegen dem Zweikampfverhalten, dem Einsatzwillen und der Kampfkraft der Spielenden respektive Kämpfenden – vor allem wegen der rhetorischen Bankrotterklärung der Reporter, die einem Fuchspanzer gleich im Hörgang der Zuschauer traumatische Kettenabdrücke hinterließen. Sätze mit dem Charme und der Durchschlagskraft von Ministern selbigen Ressorts prägten sich dem Zuschauer ein und waren wie eine schlimme dermatologische Krankheit nicht mehr loszuwerden. *Braucht der Meister der Herzen jetzt schon einen Bypass?* Nein, möchte man da schreien, nein, aber der Moderator ohne Hirn vielleicht eine Transplantation im zerebralen Bereich. Das war eine halbe dicke Chance – ja, gewiss, und das ein ganzer halbwegs dummer Satz. Oder in Worte gefasste Akne.

Jetzt nicht. Jetzt war kein einziger blöder, verkümmerter Satz zu hören. Jetzt war gar nichts zu hören von diesen Reportern. Warum? Keine Ahnung. Plotek drehte sich weg vom Fernseher und wandte sich seinem Weißbier zu.

»Einen Tequila«, sagte er zu Susi. »Psst«, erwiderte Susi. Sie legte ihren Zeigefinger auf den Mund und sah Plotek dabei an, als hätte er Akne im Gesicht, und zwar großflächig.

»Gedenkminute«, hauchte die Wirtin des *Froh und Munter*, als wär's ein Geheimnis. Plotek sah sich in seiner Lieblingsgaststätte um und stellte fest, dass nicht nur die Spieler und Zuschauer im Fernseher, sondern auch die Gäste im *Froh und Munter* wie eingefroren zum leuchtenden postmodernen Tabernakel über der Tür starrten. Niemand verzog eine Miene. Keiner sagte etwas. Schweigen und Andacht überall.

Auch schön, dachte Plotek, diese Ruhe, diese Stille – kein Muh, kein Mäh, kein Pieps – als ob die Welt den Atem anhalten wollte oder zumindest das *Froh und Munter*.

Für eine Minute. Meinetwegen für immer. Dann dachte Plotek an die Gedenkminute und überlegte, woran alle bei so einer Gedenkminute wohl dachten. Keine Ahnung. Plotek dachte jetzt auf jeden Fall ans Schweigen. Ploteks Lieblingsdisziplin. Im Schweigen war Plotek ganz groß. Der Größte. Plotek war im Prinzip ein Schweigegelübde auf zwei Beinen – einerseits. Andererseits stimmte das auch wieder nicht ganz. Weil bei Plotek das Schweigen kein Mittel zum Zweck war. Wenn schon, dann reines Mittel ohne Zweck. In der Religion ist das ja ganz anders. Da wird nicht orientierungs- und absichtslos geschwiegen. Eher im Gegenteil. Da schweigen Mönche als Form der Kontemplation und Meditation. Einzig und allein um Gott näherzukommen, um Gott letztendlich zu finden. Plotek suchte erst gar nicht. Nichts. Außer seine Ruhe. Für Plotek war das Schweigen einzig und allein Mittel, um seine Ruhe zu haben. Schweigen als Dialogverweigerung. Als Selbstzweck. Schweigen um des Schweigens willen. Oder einfach Schweigen. Plotek würde vielleicht widersprechen, sagen, so stimmt das auch wieder nicht. Aber vergiss es. Plotek widersprach selten. Aber nicht, weil er keine Meinung hatte, sondern weil er sie selten jemandem verriet. Eigentlich nie und niemandem. Auch Agnes nicht. Die sagte dann immer: »Egoist.« Woraufhin Plotek eingeschüchtert zusammenzuckte, lange nachdachte, um schließlich doch noch etwas zu sagen, nämlich: »Das hat damit überhaupt nichts zu tun.«

»So, so? Und womit sonst?«, entgegnete Agnes dann provokativ und lachte.

Plotek zuckte daraufhin mit den Schultern und schwieg wieder.

Jetzt auch. Ob mit oder ohne Gedenkminute. Er sah den Denkenden andächtig beim Gedenken zu und dachte, vielleicht ist wieder einer dieser greisen Sportfunktionäre mit oder ohne Bypass gestorben oder irgendein wichtiger Mensch aus der Politik-, Kultur- und Gesellschaftselite oder zumindest einer, der sich zeitlebens dafür hielt. Oder von den anderen gehalten wurde. Oder beides. Plotek interessierte sich nicht sonderlich für Politik, Kultur und Gesellschaft, für Eliten, welcher Art auch immer, noch weniger, für Sportfunktionäre auch nicht, für Funktionäre generell nicht. Plotek interessierte sich eigentlich für gar nichts, zeitweise nicht mal für sich selbst. Im Augenblick nur für Fußball, aber der bewegte sich im viereckigen Kasten noch immer nicht vom Fleck. Wie lange so eine Minute sein kann, dachte Plotek, und dann dachte er an den alten Einstein. Und seine herausgestreckte Zunge. Dabei musste er grinsen, einfach so, ohne große Hintergedanken.

»Psst«, machte Susi jetzt wieder, als ob lautloses Grinsen eine Lärmbelästigung wäre.

Plotek zuckte zusammen. Ihm fiel auf, dass alle Spieler ein schwarzes Band am Oberarm trugen. Ob da ein Zusammenhang bestand? Keine Ahnung. Und wieder mischte sich Susi ein, als könnte sie Ploteks Gedanken lesen, so leise, dass er gut zuhören musste, um sie überhaupt zu verstehen.

»Trauerflor«, sagte sie und Plotek wurde ein wenig unheimlich zumute. Ob das am Trauerflor oder an Susis Hellsicht lag. Noch einmal, keine Ahnung.

Auf jeden Fall war jetzt ein Pfiff zu hören, die Gedenkminute war vorbei, die Spieler lösten sich aus ihrer starren Haltung und der Reporter fing wieder an, seinen akustischen Unrat ins Universum zu blasen.

»So eine Andacht, so eine ehrliche Ergriffenheit, so eine öffentliche Verbeugung vor dem Toten sieht man selten, da wird der Sport sehr menschlich und für seine Gefühle braucht sich niemand zu schämen. Auch ich, meine lieben Zuschauer, bin den Tränen nahe, denn so ein junger Spieler und so ein tragischer Tod, da muss der Sport einfach für ein paar Momente in den Hintergrund treten«, schwafelte Rainer von Plorre.

Vielmehr abtreten, dachte Plotek, abtreten müsste so ein telegener Labersack oder am Mikrofon ersticken und auf ewig die Schnauze halten. Aber denkste.

»In diesem Moment sind wir alle bei den Anverwandten, den Eltern, den Freunden, der Freundin des Verstorbenen, die um diesen plötzlichen Tod trauern.«

Seit wann trauert man um den Tod, dachte Plotek und hatte dann *vom Feeling her ein schlechtes Gefühl* und musste an Andy Möller, den Fußballer, denken und schmunzeln. Da maßregelte ihn Susi erneut mit einem scharfen Blick. Sie flüsterte nach wie vor, als würde aus der Gedenkminute eine Gedenkstunde und aus dem *Froh und Munter* eine Aussegnungshalle, und stimmte in die Trauerrede des Reporters ein. »Tragisch ist dieser junge Spieler von Altona ums Leben gekommen«, tuschelte sie und machte eine Miene, als würde der junge tote Spieler aufgebahrt auf dem Tresen liegen.

Natürlich fragte sich Plotek jetzt, was für ein Spieler und wie ums Leben gekommen. Einerseits. Andererseits fragte er sich aber auch, warum Susi ihre resolute Stimme in Urlaub geschickt hatte.

»Halsschmerzen«, krächzte sie und hustete so eindrucksvoll, dass Plotek gleich einen halben Meter vom Tresen zurückwich. Man muss wissen, dass Plotek sehr empfänglich war für Krankheiten. Vor allem für Krankheiten von anderen. Kaum hörte er jemanden in seiner unmittelbaren Umgebung husten, spürte er schon ein Stechen in der Brust. Klagte einer über Magenschmerzen, grummelte es bei ihm sogleich im Bauch. Und sah er im Fernsehen eine Sendung über Tumore, welcher Art auch immer, griff er sofort zum Telefon und machte einen Termin beim Doktor Hohenthaler klar.

Und auch jetzt, als Susi hustete, spürte Plotek ein widerliches Kratzen im Hals.

»Da schau!«, krächzte Susi wieder und warf die Abendzeitung vom Vortag auf den Tresen. Plotek schaute und sah ein Bubengesicht von der Titelseite lächeln. Darunter stand: *Ivo Jovanovic (18), beim Training tödlich zusammengebrochen. Die Ursache ist noch unklar. Die Staatsanwaltschaft ermittelt.*

»Eines der hoffnungsvollsten Sturmtalente im deutschen Fußball«, mischte sich jetzt einer der Stammgäste neben Plotek am Tresen mit Tränen in den Augen ein.

Na ja, das scheint nicht schwer zu sein, dachte Plotek, bei diesen Pflaumen im deutschen Angriff. Der Mann mit einem rot-grünen Altona-Schal um den Hals schniefte gotterbärmlich. »Kommt aus unserer Jugend«, fügte er hinzu.

»Altona-Nord-Fan«, erklärte Susi mit einem Blick auf den Stammgast.

Der Mann nickte und verteilte dabei ein paar Tränen auf dem Tresen.

»An dem waren alle interessiert. Dortmund, Schalke und natürlich die Bayern. Sogar aus dem Ausland hatte der Offerten.«

Da werden die aber jetzt ganz besonders trauern, dachte Plotek.

»Und vor allem die SpVg Altona-Nord«, fuhr der Altona-Stammgast fort. »Der hatte nämlich einen Fünfjahres-Vertrag. Eine fette Ablöse wäre da fällig gewesen. Millionensumme. Für einen 18-Jährigen. So weit sind wir schon. Natürlich ist es heute lukrativer, in Fußballer zu investieren als in Immobilien.«

»Und jetzt?«, krächzte Susi dazwischen.

»Jetzt ist der Junge tot und die Millionen sind futsch.«

Auch wieder tröstlich, dachte Plotek, auf der einen Seite. Auf der anderen traurig. Weil, so viele Spitzentalente gibt es im deutschen Fußball auch wieder nicht. Eigentlich kaum welche. Da ist einer weniger fast wie keiner mehr.

»Na ja, ein paar haben wir noch. Im Prinzip sind die meisten bei uns unter Vertrag, bei der SpVg Altona-Nord. Vier erstklassige Stürmer-Talente. Zwei davon sind jetzt ausgefallen. Bleiben immerhin noch zwei. Da ...« Der Mann zeigte auf den Bildschirm über der Tür. »Benny van der Tal, hinter dem ist die ganze Liga her. Acht Tore in zehn Spielen. Jugendnationalspieler, spritzig, trickreich, torgefährlich und schnell. Und da, heute auf der Bank, Jo Hillebrand, sieben Tore in neun Spielen. Noch ein klassischer Straßenfußballer, bei der SpVg Altona-Nord groß geworden. Den verfolgen alle großen Clubs. Der wird schon mit Bayern und Arsenal in Verbindung gebracht. Jo und Benny sind gleich alt, beide ähnlich gut. Das ist die Lebensversicherung für die SpVg Altona-Nord.«

»Hm«, machte Plotek.

»Altona-Nord macht seit ein paar Jahren eine erstklassige Jugendarbeit. Die haben gemerkt, dass in der Ausbildung die Zukunft liegt. Wenn die Jungtalente flügge sind, werden sie gewinnbringend verkauft. Damit finanzieren die sich dann ihre erste Mannschaft. Gibt es selten in Deutschland.«

»Freiburg«, sagte Plotek.

»Stimmt, aber sonst?«

Keine Ahnung, dachte Plotek und trank einen Schluck

aus seinem Weißbierglas, während der Reporter im Fernseher sich um Kopf und Kragen redete. *Von der Einstellung her stimmt die Einstellung*, schien auch sein Motto zu sein.

»Plotek! Da bist du ja!«

Die Tür ging auf. Agnes stolperte herein und brachte einen Schwall Kälte mit.

»Wir haben gewonnen!«

Aber das Spiel hat doch erst angefangen, dachte Susi und der Stammgast am Tresen dachte dasselbe. Nur Plotek dachte was anderes, nämlich, wer ist wir.

»Du und ich!«, sagte Agnes. »Schau!«

Sie legte einen Zettel auf den Tresen, griff nach Ploteks Weißbier und nahm einen großen Schluck, rülpste lautlos und fuhr fort: »Na, da schaust du, was?!«

Und wie er da schaute, der Plotek. Obwohl er anfangs gar nicht richtig kapierte, was da eigentlich auf dem Zettel stand.

Der Zettel war ein Brief und der Brief kam von einer Agentur mit dem Namen Glückspfad. Das sah er am Briefkopf. In dem Brief stand, dass Dr. Agnes Behrendt beim Frühjahrs-Preisausschreiben eines bekannten deutschen Dosensuppenherstellers ein Wochenende in Hamburg gewonnen hatte.

Schön, dachte Plotek, irgendwie kommt mir der Name des Dosensuppenherstellers bekannt vor. Und als er noch immer darüber nachdachte, stieß ihn der Stammgast mit dem Altona-Schal in die Seite und sagte: »Das gibt es doch nicht, ich werd' verrückt.«

War für Plotek natürlich interessant, was den Altona-Schal zum Wahnsinn trieb. Er sah hinauf zum Fernseher. Ein Spieler wälzte sich auf dem Boden.

Der Reporter verwechselte das Spielfeld einmal mehr mit einem Truppenübungsplatz.

»Das ist Rot, eindeutig, Dunkelrot ist das. Ein Foul, ein ganz böses Foul, ein widerliches Foul, das ist eine Tätlichkeit am Sturmführer. Um Himmels willen, hoffentlich ist dem Jungen nichts passiert. Da hat der Spieler aber die Sense ausgepackt, Blutgrätsche nannte man das früher, heimtückisch, gemeingefährlich, kriminell – dass es so was noch gibt.«

Der Junge wälzte sich mit schmerzverzerrtem Gesicht auf dem Boden.

Das ist Benny van der Tal, das Ausnahmetalent, dachte Plotek, das sieht nach einer schweren Verletzung aus.

Die Zeitlupe wurde eingeblendet, die zeigte, wie der Gegenspieler dem Benny von hinten in die Hacken steigt. Wenn da nicht Kreuzband, Achillessehne und alles ab ist, dachte Plotek, dann ist das Kreuzband und die Achillessehne und alles aus Stahl, und dann dachte er, der deutsche Fußball ist wieder für Monate um ein hoffnungsvolles Talent ärmer.

»Also, da muss jetzt doch auch mal der DFB eingreifen, so was macht doch auch den Fußball kaputt«, schwadronierte der Moderator.

Nicht nur den Fußball, dachte Plotek, sondern vor allem die Spieler, und Lothar Matthäus fiel ihm ein und sein Spruch: *Das sind natürlich Fouls, wo wir auch als Spieler nicht gerne sehen.* Reflexartig musste er wieder an den Dosensuppenhersteller aus dem Brief denken. Als ob es einen Zusammenhang gäbe zwischen Dosensuppenhersteller, Kreuzbandriss und Matthäus, tauchte der Dosensuppenhersteller jetzt auch im Fernseher auf. Immerhin besser als Matthäus, dachte Plotek und entdeckte in diesem Moment auf dem Trikot des noch immer am Boden liegenden Benny van der Tal genau den gleichen Namen und Schriftzug wie im Brief.

»Der neue Sponsor von Altona-Nord«, erklärte der Altona-Fan, als er Ploteks Verwunderung sah. Natürlich konnte der nicht wissen, dass Plotek jetzt mit etwas ganz anderem beschäftigt war.

»Nicht schlecht, was?«, sagte Agnes und traf die Sache damit schon eher. Obwohl jetzt wieder Plotek rätselte, was genau sie damit meinte.

Als sie aber mit den Fingerknöcheln auf den Brief klopfte, schien die Sache klar: Preisausschreiben, Dosensuppenhersteller, Reise, Hamburg. Na ja, so klar auch wieder nicht, weil Plotek noch immer nicht einleuchten wollte, was das mit ihm zu tun haben sollte. Aber das würde Agnes ihm sicher noch erklären. Tat sie auch.

»Da«, sagte sie und tippte mit ihrem schönen, rot lackierten Fingernagel auf eine bestimmte Stelle: für zwei Personen.

Langsam dämmerte es Plotek. Er sah Agnes an, die breit grinsend nickte, als wollte sie ihn warnen: Widerstand zwecklos.

»Zwei Tequila«, sagte Agnes, während Benny van der Tal mit einer Trage vom Platz geschleppt wurde.

»Das sieht nicht gut aus, gar nicht gut«, schwatzte es aus dem Kasten über der Tür und der Altona-Fan neben Plotek rieb sich ständig die Augen.

»Ob er in dieser Saison noch mal zum Einsatz kommt, dürfte fraglich sein, ob er überhaupt noch mal für die SpVg Altona-Nord spielt, scheint mehr den je ungewiss. Sie wissen ja, er soll verkauft werden. Potenzielle Interessenten stehen Schlange. Das ist nur noch eine Frage des Preises. Das ist natürlich auch die Chance für Jo Hillebrand, der sich jetzt schon die Trainingsjacke auszieht. So gut beide Spieler auch sind, sie bleiben Konkurrenten. Altonas Spiel ist defensiv angelegt, kein Wunder bei dem Tabellenplatz, und deshalb kommt in der Regel immer nur ein Stürmer zum Zug. In diesem Moment Jo Hillebrand. Des einen Freud ist des anderen Leid.«

»So ein Blödsinn!«, ging jetzt der Altona-Fan dazwischen, »die sind Freunde, der Jo und der Benny, haben sogar zusammengewohnt. Da freut sich keiner über die Verletzung des anderen. So ein Schwachsinn.«

Na ja, für Benny und Jo mag das ja stimmen, dachte Plotek, für den deutschen Fußball sicher nicht. Und Bennys Gegenspieler schien gleicher Meinung zu sein. Überhaupt nicht schuldbewusst, sondern hämisch grinsend verließ er unter den Pfiffen der Zuschauer und mit der roten Karte im Rücken den Platz.

Der Tequila kam. Plotek nahm die Zitrone in die linke Hand, das Glas in die rechte. Auf seinen Handrücken hatte er sich bereits Salz gestreut.

»Prost«, sagte Agnes. Sie stießen an. Salz, Schnaps, Zitrone und dann gleichzeitig: »Ah!«

»Am Freitag fahren wir«, ließ Agnes ihn wissen.

Plotek erschrak, griff nach seinem Weißbierglas, nahm den letzten Schluck. Er sah in Agnes' Gesicht und ein alter Andy-Brehme-Spruch fiel ihm ein: *Uns steht ein hartes Restprogramm ins Gesicht.*

2

»Die Kabine steht zu Ihrer Bequemlichkeit unter Druck. Falls Sauerstoff nötig wird, greifen Sie bitte nach oben und ziehen Sie die Maske herunter, bis der Schlauch ausgerollt ist. Setzen Sie die Maske auf Mund und Nase, sichern Sie sich mit dem Elastikgurt und atmen Sie normal. Der Sauerstoffbeutel darf nicht aufgeblasen aussehen. Wenn Sie mit kleinen Kindern reisen, setzen Sie zuerst Ihre Maske auf, dann erst helfen Sie Ihrem Kind. Die Kissen an den Sitzen in diesem Flugzeug können als Schwimmhilfe benutzt werden. Genaue Anweisungen finden Sie auf der Sicherheits-Informationskarte. Das Rauchen ist während des gesamten Fluges nicht gestattet. Denken Sie bitte daran, dass folgende elektronische Geräte wegen einer möglichen Störung der Navigations- oder Kommunikationssysteme bei Start und Landung nicht angeschaltet sein dürfen: tragbare CD-Player, Laptops und Handys. Schnallen Sie sich jetzt bitte für den Start an, stellen Sie die Rückenlehne gerade und klappen Sie die Tische nach oben. Im Namen aller Mitarbeiter der Lufthansa möchten wir uns bei Ihnen bedanken, dass Sie sich heute für uns entschieden haben. Wir wünschen Ihnen einen angenehmen Flug.«

Plotek wollte nicht fliegen. Noch nie. Bisher war er erst einmal geflogen. Im zarten, jugendlichen Alter. Das war der Horror gewesen. In luftiger Höhe war er mehrere Tode gestorben. Jetzt auch. Plotek saß in einer Lufthansa-Maschine auf dem Münchner Flughafen kurz vor dem Start nach Hamburg. Wie er in die Maschine gekommen war, war ihm im Augenblick nicht ganz klar. Er saß auf jeden Fall neben Agnes. Und die nestelte an seinem Sicherheitsgurt herum.

»Kann ich helfen?«, fragte eine Stewardess, die breit grinsend neben dem Sitz auftauchte. Zuerst machte sie noch eine wenig interessierte Miene, dann sah sie Plotek plötzlich mitleidvoll und besorgt an.

»Ist Ihnen nicht gut?«

»Alles bestens«, antwortete Agnes anstelle von Plotek, »er hat nur die Hosen voll.«

Die Stewardess schien sich nicht sicher zu sein, wie sie Agnes verstehen sollte. Ein wenig pikiert und die Nase rümpfend machte sie sich davon. Agnes kicherte.

Wieder einmal hatte sie sich durchgesetzt. Wie so oft. Im Allgemeinen und im Besonderen, wenn es nämlich um Plotek ging. Plotek zog in der Regel immer den Kürzeren, egal wo. Fernsehprogramm, Nudeln *al dente* oder weich, Wasser mit oder ohne Kohlensäure, Freizeitgestaltung, alles. Obwohl Agnes und Plotek viel gemeinsam hatten. Aber da, wo es nicht passte, hatte Agnes es passend gemacht und Plotek hatte genickt. Wie fast immer. Im Nicken spielte er in der Champions League, und wenn es darum ging, sich durchzusetzen, in der Kreisliga, Abstiegskampf. Er wollte nicht nach Hamburg. Er wollte auch keinen Kurzurlaub. Plotek wollte überhaupt nicht verreisen. Existieren ist reisen genug, das war Ploteks Lebensmotto. Eines von vielen. Plotek wollte am liebsten am Tresen im *Froh und Munter* sitzen, Weißbier trinken und den Herrgott einen guten Mann sein lassen. Ab und zu vielleicht mal Fußball anschauen, einen Schweinebraten mit Knödel verdrücken und mit Agnes ein bisschen kuscheln. Mehr nicht. Aber vergiss es.

»Eine Beziehung ist mehr als zweimal die Woche ficken und ein paar Weißbier zusammen trinken«, sagte sie und schlug mal wieder mit ihrer schönen Hand auf den Tisch, dass es nicht nur Plotek, sondern auch dem Tisch Angst und Bange wurde.

Kann sein, dachte Plotek schließlich, aber erstens ist ficken und Weißbier trinken nicht so schlecht. Ob sich der Tisch was gedacht hat? Keine Ahnung, vielleicht, blöde Hand. Zumindest besser, als in einem Flugzeug sitzen und vor Angst in die Hose machen, kam Plotek in den Sinn. Und zweitens, wenn es zu einer Beziehung gehört, sich vor Angst anzuscheißen, na dann, gute Nacht. Dann lieber keine Beziehung, dachte Plotek. Und nicht ficken. Und Weißbier trinken auch nur allein. Darin hatte Plotek ja schon Übung. Lieber allein Weißbier trinken, als mit hundert Passagieren zusammen in einer Lufthansa sitzen. Lieber nie mehr ficken, als mit Agnes in der Lufthansa zusammen Weißbier trinken. Lieber alles, als in einer Lufthansa sitzen, mit oder ohne Weißbier und Agnes. Das waren seine Gedanken, während Agnes ihre schöne Hand rieb wegen dem Schlag auf den Tisch und der Tisch wahrscheinlich dachte, selber Schuld. Aber gesagt hat er nichts. Weder der Tisch noch Plotek. Das war wieder typisch. Typisch Plotek. Im Denken war er einsame Spitze, im Widersprechen dagegen eine Niete. Eine absolute Null. Nur ein Mal, wenn er nur ein Mal was sagen könnte, aber vergiss es. »Du …«, hatte er ganz leise angefangen, sodass Agnes gut zuhören musste, um ihn überhaupt zu verstehen. Aber das schien ihr egal gewesen zu sein. War ihm schon wieder ins Wort gefallen und hatte gezischt: »Ich habe die Reise nun mal für zwei Personen gewonnen!«

Selber Schuld, dachte Plotek jetzt, hätte sie eben nicht mitgemacht bei diesem blöden Dosensuppen-Preisausschreiben. Plotek machte nie mit. Bei keinem Preisausschreiben.

Früher schon. Früher, als er noch am Theater war, hatte er jeden Samstag Lotto gespielt. Und manchmal auch Toto. Auch mal Glücksspirale. Aber gewonnen hatte er nie etwas. Wenn man nicht gewinnt, braucht man auch nicht mehr zu spielen, dachte er sich irgendwann. Und hatte nicht mehr gespielt. Obwohl das so auch nicht ganz stimmte. Die meisten spielen ja nicht, um zu gewinnen. Sondern weil sie gerne spielen. Allein die Möglichkeit und der Gedanke, von heute auf morgen einen Batzen Geld auf dem Konto zu haben, war die paar Euro für die Kreuze wert. Weil, im Kopf gewinnt jeder – bis zur Auslosung. In Gedanken wird der Porsche bestellt, die Villa eingerichtet, Champagner kübelweise gesoffen, *Schöner Wohnen*-Kataloge werden gewälzt und langbeinige junge Frauen mit überdimensionierten Brüsten auf Rund-um-die-Uhr-Partys eingeladen. Nach der Ziehung ist die Enttäuschung zwar groß, aber nur für ein paar Augenblicke, denn die nächsten angekreuzten Zahlen lassen gleich wieder einen achtzylindrigen Porsche-Motor aufheulen und langbeinige Weiber die Nervenbahnen entlangspazieren. Natürlich durchschaut ein halbwegs intelligenter Mensch dieses armselige Spiel aus Selbsttäuschung, Wunschdenken und ungestillter Hoffnung. Plotek auch. Also hat er keine Kreuze mehr gemacht und dafür ein paar Weißbiere mehr getrunken. Da surrt dann zwar kein Porsche-Motor im Kopf, langbeinige Frauen auch nicht, aber die Nervenbahnen werden im Rausch zumindest deutschen Autobahnen gleich.

Anders Agnes. Die hat schon oft bei Preisausschreiben mitgespielt. Und jetzt auch gewonnen.

»Und du gehst mit«, sagte sie, als wollte sie ihm zu verstehen geben, dass er selbst Schuld habe. »Hättest dir eben eine andere Freundin gesucht.«

»Ich … äh …«, setzte Plotek noch einmal an. Bevor er

aber etwas halbwegs Verständliches zustande bringen konnte, unterbrach ihn Agnes schon wieder.

»DU! Du hast mich schon einmal ausgetrickst, letztes Weihnachten, und dich nach Karlsbad verdrückt. Kannst dich noch erinnern, was?!«

Natürlich konnte sich Plotek erinnern. An alles. Obwohl er sich gar nicht erinnern wollte, an nichts. Was vorbei ist, ist vorbei, hätte er jetzt am liebsten gesagt. Und die Erinnerung ist wie ein Sack voller Flöhe, macht man ihn auf, kratzt man sich ständig. Und wer will das schon? Plotek nicht. Plotek erinnerte sich nicht gern, weder an letztes Weihnachten noch an vorletztes, an gar kein Weihnachten überhaupt. Und auch an sonst nichts. Weil jede Erinnerung immer weiter zurückführte und zwangsläufig in der Kindheit endete. Und das bedeutete Lauterbach, Härzfeld, Ostalb – Katastrophe. Das klingt vielleicht so dahingesagt. War aber in Wirklichkeit noch schlimmer. Für Plotek. Für Plotek war das Schlimmste die Erinnerung und die Vergangenheit. Die Erinnerung an die Vergangenheit. Nur im Jetzt leben, das wär's. Aber vergiss es. Wer konnte das schon. Ein zenbuddhistischer Mönch im Himalaja-Gebirge vielleicht. Oder ein pakistanischer Sufi mit dem Mund an der Wasserpfeife. Da man weder das eine noch das andere war, musste man sich, ob man wollte oder nicht, immer und immer wieder mit dem Erlebten herumschlagen. Bis zum Tod. Auch mit der Kindheit, Vater, Mutter, Bruder, Schweinezucht und Landwirtschaft. Das ist dann wie mit 100 Passagieren in 10.000 Meter Höhe in einer Lufthansa ficken.

»Dieses Mal entwischst DU mir nicht«, sagte Agnes und schlug wieder auf den Tisch, sodass dieser schmerzvoll ächzte. »Dieses Mal kommst du mit, und wenn ich dich eigenhändig nach Hamburg trage.«

Das wäre Plotek jetzt auch lieber gewesen, als in diesem stählernen Vogel zu sitzen.

Natürlich hatte er vorgeschlagen, mit dem Zug zu fahren. Aber vergiss es.

»Die Tickets sind bezahlt«, sagte Agnes, »außerdem leben wir im 21. Jahrhundert, da ist die Reise mit dem Flugzeug die sicherste Transportmöglichkeit.«

Und trotzdem kommen dabei weltweit einige Tausend Menschen ums Leben, ging es Plotek durch den Kopf. Auch wenn das viel weniger sind als im Straßenverkehr. Wenn ich dabei bin, dachte Plotek, spielt das aber keine Rolle. Wobei Plotek im Prinzip gar nicht so sehr Angst vor dem Tod hatte. Eher davor, in so einem technologischen Ungeheuer weit über der Erde zu sterben. Wäre er im *Froh und Munter* nach sechs Weißbier tot vom Barhocker gekippt – sei's drum. Das wäre ein schöner Tod, dachte Plotek, der schönste vielleicht überhaupt. Aber hier, eingequetscht inmitten dieser fremden Menschen den Löffel abgeben – nein, danke. Das wäre nach einem verpfuschten Leben auch noch ein verpfuschter Tod. Wer wollte das schon. Plotek nicht.

Dann lieber gar nicht sterben, dachte er, oder besser, auf die jetzige Situation übertragen, lieber gar nicht fliegen.

»Ich will hier raus«, stöhnte Plotek, den Gurt schon um den Bauch.

»Spinnst du?!«, sagte Agnes, »das geht jetzt nicht, wir rollen schon.«

»Nein, bitte nicht.«

»O doch!«

»Kann ich Ihnen was zu trinken bringen?«

Die Stewardess stand wie herbeigewunken neben Plotek und zeigte ihre großen weißen Zähne, als wollte sie sagen: Damit Sie auch morgen noch kraftvoll zubeißen können.

»Einen dreifachen Cognac für den Herrn«, sagte Agnes und zeigte auf Plotek, »aber schnell!«

Wieder schien die Stewardess ein wenig pikiert zu sein ob der forschen Ausdrucksweise von Agnes.

»Oder wollen Sie, dass der junge Mann kollabiert?«

Das konnte nicht in ihrem Interesse sein. Also packte sie ihre großen weißen Zähne wieder ein, rannte los und stand Sekunden später mit einem Plastikbecher bis zur Hälfte gefüllt neben Plotek.

»Danke!«

»Da, trink!«

Agnes führte Plotek den Becher zum Mund und der trank ihn, ohne abzusetzen, in einem Zug aus.

»Besser?«

Plotek schüttelte den Kopf.

»Noch einen!«

»Aber wir heben gleich ab.«

»Bitte nicht!«, stöhnte Plotek.

Zu spät. Der Flieger erhob sich von der Startbahn und stieg in die Lüfte.

Plotek wurde in den Sitz gedrückt. Er schloss die Augen und sah sich sterben. Und während Plotek so vor sich hin starb, tauchten in Gedanken und vor seinem inneren Auge all diejenigen auf, denen er schon zu Lebtag aus dem Weg gegangen war: Vater, Mutter, Bruder, Schwägerin, Oma, Opa, Cousine, Cousin – ganz Lauterbach und die halbe Ostalb patrouillierten jetzt im Schnelldurchlauf an ihm vorbei. Das hörte man ja immer wieder, dass im letzten Augenblick das ganze Leben noch einmal im Zeitraffer abgespult wird. Mit dem Finger auf der Rückspultaste quasi die ganze Scheiße noch mal, dachte Plotek jetzt und blickte mit geschlossenen Augen dem Tod entgegen, während er sich selbst als Kind in kurzen Hosen, mit Seitenscheitel und Pausbacken in der Sakristei heimlich den Messwein austrinken sah, während im Hintergrund Pfarrer Thanwälder hinter dem Holzgitter vom Beichtstuhl auftauchte und mit glänzendem Gesicht und glasigen Augen fragte, ob er auch schon alle Sünden gebeichtet hätte. Was für Sünden, dachte Plotek noch immer als Kind in der Sakristei und gleichzeitig sterbend als Plotek im Lufthansa-Sitz. Der Pfarrer setzte nach: »Warst du unkeusch im Denken, Reden und Tun?« Wer nicht, wollte Plotek antworten und sah sich plötzlich vom dicken Thanwälder an die Sakristeiwand gedrückt, roch den sakralen Mundgeruch, sodass er drohte, ohnmächtig zu werden, bis er einen energischen Griff in seinem Schritt spürte. Du schwule Sau, dachte Plotek noch und stöhnte: »Nein, bitte nicht!« Dann hörte er den Thanwälder: »Mit wem?«

Plotek war mit jeder Faser seines Körpers in seine Kindheit zurückgekehrt. Sofort fiel ihm die Stangelhuber Rosi ein. Mit zunehmendem Druck zwischen den Beinen ließ er seinen Erinnerungen freien Lauf, bis schließlich das ganze längst vergangene Leben wieder da war. Scheiße!

Die Stangelhuber Rosi, auch Herta nach einer landesweit bekannten Wurstfabrik genannt, roch ständig nach grober hausgemachter ostalbschwäbischer Leberwurst. Der Grund: Immerzu vertilgte sie Leberwurstbrote, bei denen der Leberwurstaufstrich dicker war als die Brotscheibe. Zweimal so dick. Nicht so schlimm, könnte man denken. Aber falsch gedacht. Es war schlimm. Einerseits für die Rosi – die Stangelhuber Rosi sah nämlich mittlerweile selbst aus wie eine Leberwurst, wie eine Leberwurst im Darm. Andererseits für all diejenigen, für die hausgemachte Leberwurst nicht gerade zu den Delikatessen zählte. Wie auch für Plotek. Plotek hasste jegliche Form von Leberwurst, ob nun hausgemacht oder nicht, woher auch immer. Erst neulich musste er wegen der Agnes eine Fränkische probieren und hatte gedacht, da ist die Schwäbische auch nicht schlimmer. Für Plotek war die Leberwurst also das, was für andere vielleicht der Besuch der Schwiegermutter war. Früher auf jeden Fall. Und heute noch mehr. Heute konnte Plotek auch all diejenigen nicht ausstehen, die sie aßen und anschließend den anderen ihre fleischige Zunge in den Rachen schieben wollten, sodass sie beinahe daran erstickten. Wie die Stangelhuber Rosi dem Plotek. Irgendwann Ende der 60er war's, an Ostern, als die Rosi mit ihren kindskopfgroßen Brüsten und einem Schädel wie ein Schweinearsch den kleinen Plotek beim Ostereiersuchen in die Scheune hinauflockte. Hinter dem Strohballen warf sie den kleinen Plotek ins Heu, setzte sich auf ihn und drückte ihm ihr haariges Geschlecht ins Gesicht, bis ihm die Luft wegblieb. Zu seiner Überraschung roch ihr Geschlecht wie die Zunge. Wie ein ostalbschwäbisches Leberwurstbrot. Und nach einem luftschnappenden Seitenblick hätte Plotek schwören können, dass es ein Leberwurstbrot war. Dann rammte ihm die Rosi auch noch ihre dicke, pelzige Zunge in den Mund, bis er blau anlief und den Allmächtigen schon pfeifen hörte. Es war Gott sei Dank nicht der Allmächtige, sondern nur Rosis Vater, der mit seinem Holzbein über den Hof humpelte und nach dem Hund pfiff, was die Rosi dazu veranlasste, ihre eklige Zunge wieder aus seinem Mund zu ziehen. Den Leberwurstgeschmack nahm sie allerdings nicht mit. Der saß seitdem in Ploteks Backen und hielt eine widerliche Erinnerung an früher wach. Bis heute. Auch heute noch hat Plotek manchmal das Gefühl beim Küssen nach Leberwurst zu schmecken, sodass sich jegliche Lust schlagartig in Leberwurst verwandelt.

Nicht aber bei der Agnes. Wenn Plotek Agnes küsste, schmeckte nichts nach Leberwurst. Agnes schmeckte nach seiner Lieblingsgaststätte, nach einem Schuss Rosenwasser und auch ein wenig nach *Unertl*-Weißbier – wie jetzt.

Plotek schlug die Augen auf und erschrak. Der schönste Mund, den er jemals gesehen hatte, ruhte auf dem seinen und er dachte, hoffentlich hat sich jetzt nicht die Stangelhuber Rosi aus der Vergangenheit in meine Gegenwart geschmuggelt. Aber Glück gehabt. Das war nicht die Rosi, das war die Agnes. Das war die Zukunft.

»War doch gar nicht so schlimm, oder?«, fragte Agnes und Plotek wusste nicht genau, ob sie jetzt den Kuss oder das langsame Sterben in luftiger Höhe meinte. Das war nicht nur schlimm, dachte Plotek, das war die Hölle. Da ist der Tod ein Scheißdreck dagegen. Da richtet sich die Hölle schon zu Lebzeiten in einem ein und macht es sich bequem wie die Motten in seiner Cordjacke, noch ehe das Dasein aus einem gewichen ist.

»Da schau raus, wir sind oben!«

Agnes zeigte zum ovalen Fenster hinaus.

»Ist das nicht schön?«

Schön ist vielleicht ›Blowin' in the wind‹ von Bob Dylan nach fünf Tequila oder die kaum verhüllten Hüften von Cecilia Bartoli, ab und an auch ein Spielzug der Kicker aus Freiburg.

Aber das? Das war eine wabernde grau-weiße Wolkenanhäufung, die aussah wie viel zu viel Badeschaum in einer Wanne, nachdem 25 dreckige Bauarbeiter darin gesessen hatten. So viel Tequila konnte man gar nicht trinken, um das schön zu finden. Nein, schön war das nicht. Beängstigend vielleicht. Ein Himmel voller Leberwurstbrote. Bedrohlich. Die in Wolken aufgelöste Rosi. Ploteks Knie schlotterten noch immer, sein Mund war trocken, die Hände zitterten wie bei einem Parkinson-Patienten und die Schweißdrüsen hatten den ersten Amoklauf hinter und vermutlich noch viele vor sich.

Höchst bedrohlich. Da half nur noch Meditation, Versenkung, Kontemplation und alles. Quasi eine Transplantation vom Hier und Jetzt ins Nichts und Niemals, oder konkret – weil die Wahrheit ein Hausschlappen war, in den man gerne schlüpfte – vom Flugzeug in die Bewusstseinsebene mit festem Boden unter den Füßen. Das half. Manchmal.

Plotek konzentrierte sich auf einen Punkt in der Ferne und versuchte an nichts zu denken. Nur Atmen, ein, aus, ein, aus. Und ein. Und aus. Das half auch manchmal. Sich auf einen Punkt und den Atem konzentrieren, so lange bis sich der Atem auf den Punkt konzentriert oder der Punkt auf den Atem. Oder beide auf Plotek. Oder Nichts auf Nichts: Zen-buddhistisch jetzt, sodass schließlich der Punkt atmet oder der Atem punktet und Plotek ein- und ausatmet und in Punkte zerlegt wird. In der Praxis sah das meistens ganz anders aus. Die Gedanken kamen, als wäre der ganze Plotek ein einziger Sommerschlussverkauf, und gingen nicht mehr. Bissen sich fest. Jetzt in Plotek. Der schüttelte verzweifelt die Beine und trat nach den gefräßigen Gedanken – aber vergiss es. Schon schlief er vom vielen Denken und vor Erschöpfung ein. Glück gehabt, könnte man denken. Aber selbst im Schlaf fand Plotek keine Ruhe und Panik und Angst tanzten in ihm Bossa Nova. Zwei vor, zwei zurück. Der Punkt in der Ferne wurde schwarz und fing an zu hüpfen. Das ist ein Flugzeug, das dort hüpft, hätte Plotek jetzt denken können, wenn er im Traum gedacht hätte. Aber im Traum dachte man nicht, im Traum ließ man alles über sich ergehen. Jetzt die Pilotenstimme, die durch die Lautsprecher quäkte. »Achtung, Achtung, hier spricht der Bruchpilot. Schnallen Sie sich an, wir stürzen ab.«

Dann merkte Plotek plötzlich, wie alles durch ihn hindurchflog, der Cognacbecher, die Stewardess mit den großen weißen Zähnen und schließlich Agnes. »Wo willst du denn hin?«, fragte er und sie sagte: »Nach Hause.«

Und da musste er lachen, der Plotek, trotz der tragischen Situation. Aber er war eben anders. Als alle anderen. Jeder andere hätte spätestens jetzt Panik geschoben, hätte geschrien, geweint und vielleicht wild und verzweifelt um sich geschlagen. Ganz anders Plotek. Er lachte im Traum. Und auch in echt kicherte er vor sich hin.

»Na, geht's wieder«, sagte eine Stimme und er wusste nicht, war es der Pilot oder nicht.

Dann hörte er ein Klingeln. Das ist eindeutig ein Mobiltelefon, dachte Plotek und war schlagartig wieder wach. Und das Handy klingelte noch immer und die Ansage der Stewardess kam ihm in den Sinn. »Störung der Navigations- oder Kommunikationssysteme.« Er sah den Traum Wirklichkeit werden. Wir stürzen ab, dachte Plotek, wir stürzen ab, wenn dieses Arschloch nicht bald sein Handy ausschaltet. Jetzt hatte die vorher vermisste Panik auch ihn erfasst. Er stemmte sich von seinem Sitz hoch, drehte sich um und wollte dem Handybesitzer hinter ihm an die Kehle springen. Aber denkste. Noch bevor er überhaupt irgendeinen Ton herausbrachte, peitschte schon ein Ausruf zwischen den Sitzen durch zu ihm nach vorne.

»Mensch, Plotek!« Das klang verwundert, das klang überrascht. »Ich werd' verrückt!«

Ich auch, dachte Plotek und dabei kam ihm die Stimme irgendwie bekannt vor. Das klang nach Vergangenheit, nach unheilvoller Vergangenheit. Nach »unkeusch im Reden, Denken und Tun«. Das war potenzierter Thanwälder, die schwäbische Alb in höchster Konzentration.

Das war Altötting! Das waren die Passionsspiele! Und dann fielen ihm die sprichwörtlichen Schuppen von den Augen. Und tatsächlich, die Stimme bekam ein Gesicht und das sah ganz nach Arno Brunner aus, ehemaliger Kommilitone von Plotek auf der Schauspielschule in München.

»Und ich dachte schon, was ist das für ein Arschloch, das sich da so aufregt«, sagte das Gesicht breit grinsend. »Aber du? Was machst du denn hier?«

Das hatte sich Plotek auch gefragt, aber nichts gesagt. Zuerst. Dann doch noch was, nämlich, »nichts«. Was natürlich auch nicht stimmte. Aber das schien Arno überhaupt nicht zu irritieren.

»Das ist aber eine Überraschung. Wie lange ist das jetzt her, dass wir uns das letzte Mal gesehen haben.« Er dachte nach und grinste dabei noch breiter, so breit, dass die beiden Mundwinkel nahtlos in die Ohren überzugehen schienen und an die großen weißen Zähne der Stewardess erinnerten. »Seit den Passionsspielen, nicht wahr?«

Dazu muss man wissen, dass Plotek vor gar nicht allzu langer Zeit in Altötting bei den Passionsspielen den Jesus gespielt hat. Und Arno Brunner war nicht nur zusammen mit Plotek auf der Schauspielschule in München gewesen, sondern auch noch der Sohn vom ersten Bürgermeister von Altötting und der Judas bei den Passionsspielen.

Und jetzt stand Arno einen Sitz hinter Plotek, das Handy noch immer in der Hand, aus dem mittlerweile eine hysterische Stimme quäkte. Arno vollführte plötzlich seltsam lautlose Mundbewegungen und zeigte auf das Mobiltelefon. Dann hielt er die Hand über das Gerät und sagte mit verstellter Stimme: »Ja, Schatzi, hallo ... ich kann dich nicht mehr verstehen, hallo, hallo ... schlechte Verbindung, was ... Hallo, bist du noch dran ... Hallo, hallo, ich ruf dich an ... Hallo, wenn ich da bin, ja ...«

Schlechter Schauspieler, dachte Plotek, da hat sich seit unserem letzten Treffen nichts verändert.

Arno steckte das Mobiltelefon in die Tasche und sagte: »Ich bin jetzt in der Fußballbranche tätig, gell, da schaust!«

Dann zeigte er auf Agnes.

»Und wer ist das?«, fragte er mit erstaunter Miene, als ob er die attraktiv aussehende Frau neben Plotek und Plotek nicht zusammenbringen könnte.

»Agnes«, sagte Agnes, legte ihre Hand auf Ploteks und drückte sie ein wenig. Was soll das denn, dachte Plotek, während Arno jetzt nach Agnes' Hand griff, sie zum Mund führte und einen Handkuss andeutete.

»Sehr reizend, das hätte ich dir gar nicht zugetraut.«

Schleimer, dachte Plotek, offenbar hat sich da auch nichts verändert. Er wusste, dass Agnes ihn jeden Augenblick verbal in mundgerechte Stücke filetieren würde, weil Agnes widerliche Speichellecker genauso wenig ausstehen konnte wie Plotek. Agnes aber konnte ihre Abneigung im Gegensatz zu Plotek eindrucksvoll äußern. Agnes hatte den schwarzen Gürtel im sprachlichen Augenauskratzen, im rhetorischen Bauchaufschlitzen. Plotek nicht. Plotek hatte in solchen Dingen nicht mal eine Hose an. Bei dem Gedanken an den zerschnetzelten Arno musste er grinsen. Die Angst vor dem Absturz schrumpfte zum ersten Mal auf ein erträgliches Maß zusammen. Aber vergiss es. Agnes zeigte ein unnatürliches breites Grinsen, das sich mit dem von Arno messen lassen konnte, als hätte sie nicht das Preisausschreiben eines Dosensuppenherstellers gewonnen, sondern den Grimme-Preis für eine Reportage über den bayerischen Politiksumpf erhalten oder sechs Richtige im Lotto erwischt. Was ist denn in die gefahren, wunderte sich Plotek ein bisschen verärgert. Lässt sich von diesem drittklassigen Charmeur mit einem lächerlichen Handkuss um den Finger wickeln.

»Fliegen Sie auch nach Hamburg?«, fragte Agnes mit ihrer harmoniesüchtigen Gute-Laune-Stimme, die zwar auch in ihr Repertoire gehörte, die sie aber nur ganz selten auspackte. Jetzt schon.

Blöde Stimme, blöde Frage, dachte Plotek, wohin soll er

denn sonst fliegen. Allein daran konnte Plotek schon erkennen, dass Agnes nicht ganz bei der Sache war. So eine blöde Frage hatte sie noch nie gestellt. Das schien Arno aber egal zu sein. Der quasselte los, als ob Agnes ein Mikro in der Hand hätte und er selbst einer dieser verschwitzten Spieler wäre, die nach neunzig Minuten Rasenfight im Regen Sätze von sich geben wie *»Ich wollte den Ball treffen, aber der Ball war nicht da«*.

Aber Arno war da und sagte jetzt: »Ja, geschäftlich. Ich kümmere mich seit einiger Zeit um den deutschen Fußballnachwuchs.«

Jetzt musste Plotek dann doch wieder ein wenig schmunzeln. Arno und Fußball! Das ist wie Fußball und ein Rhetorikseminar oder einfach: *Andi Brehme, der wo Weltmeister geworden ist.* Oder kurz: *Die Brasilianer sind ja auch alle technisch serviert.*

Na dann, Mahlzeit!, dachte Plotek. Der weiß doch nicht mal, wie viele Spieler beim Anpfiff auf dem Platz stehen.

»Ich bin als Spielervermittler tätig.«

Ah, daher weht der Wind, dachte Plotek. Fußball oder Immobilien, ganz egal. Dem Arno geht es ums Geld. Damals schon und heute offenbar noch immer.

»Interessant«, schleimte Agnes, »erzählen Sie doch ein bisschen.«

Bloß nicht, dachte Plotek. Aber schon zu spät. Arno referierte über den deutschen Fußball, als hätte er ein Seminar beim DFB besucht.

Ob das bei Agnes die journalistische Neugier oder vielmehr weibliche Sympathie war – keine Ahnung. Auf jeden Fall hörte sie aufmerksam zu und lachte, wenn es von weit her nach Witz roch. Plotek lachte nicht. Plotek schaute hinaus in die graue Wabermasse und dachte, das hätte ich nicht gedacht, von der Agnes. Aber so kann man sich eben täuschen. Da glaubt man, man kennt jemanden, und dann verwandelt sich Dr. Jeckyll vor den eigenen Augen in Mr. Hyde. In diesem Moment verwandelte sich die Agnes in eine Estrogen gesteuerte Tusse. Apropos: Vielleicht gibt es da tatsächlich etwas zwischen Mann und Frau, ganz unterbewusst und genetisch angelegt, was in manchen Momenten ans Tageslicht kommt, ob Mann oder Frau will oder nicht – Arterhaltung, Reproduktion, biologische Uhr, Hormone und Enzyme, Chemie und reine Natur und alles. Da bleibt der Intellekt schon mal auf der Strecke, zwischen München und Hamburg, in luftiger Höhe. Anders ist das nicht zu erklären, dachte Plotek, anders ergibt das keinen Sinn, dass die hochintelligente, witzige und auch sensible Dr. Agnes Behrendt vom Bayerischen Rundfunk auf so einen zweitklassigen, plumpen und durchschaubaren Aufschneider wie den Arno Brunner aus Altötting hereinfällt.

»Wenn Sie's interessiert«, sagte der jetzt, »kommen Sie doch morgen Nachmittag einfach mit ins Stadion zu den Sportfreunden Altona-Nord.«

Spielvereinigung, dachte Plotek, das heißt Spielvereinigung Altona-Nord.

»Geht leider nicht, wir haben schon ein Sightseeing-Programm gebucht«, sagte Agnes und tätschelte Ploteks Hand.

»Schade, ich hätte da noch zwei Karten übrig.«

»Ja, sehr schade. Aber vielleicht ein andermal.«

»Ja.«

Nein, dachte Plotek, und dabei kroch ihm langsam ein Gedanke ins Hirn, der etwas Erleichterndes, Tröstendes hatte. Als Agnes später auf dem Klo war, sagte er in Andy-Brehme-Manier: »Also ich täte schon wollen mögen, wegen den Karten, ich könnte mir schon vorstellen, dass die Agnes und ich, wenn es gehen würde, könntest du mir vielleicht die zwei Karten ...«, stocherte Plotek vor sich hin, als wären die Worte in der wabernden Masse vor dem ovalen Fenster versteckt. Ob dafür sein hundsmiserabler Gesamtzustand verantwortlich war oder seine angeborene rhetorische Schwäche – keine Ahnung.

»Klar.«

»Vielleicht kann ich sie, die Agnes, kann ich sie doch noch umstimmen.«

Natürlich konnte er das nicht, das war Plotek klar, das wollte er auch gar nicht. Darum ging es Plotek auch nicht. Aber das konnte Arno natürlich nicht wissen.

»Aber...«, Plotek legte den Finger auf den Mund, »psst.«

»Klar.«

Als Agnes zurück war und die beiden sich unterhielten, als wären sie zwei Pennäler und das Flugzeug ein Schulhof, wendete sich Plotek schließlich ganz ab und sah das erste Mal so richtig aus dem ovalen Fenster. Er verlor sich in der wabernden Masse und sah sich selbst dabei zu. Das sagt man einfach so – stimmt aber.

Es war diese Verschiebung vom Subjekt zum Objekt, der Plotek immer wieder mal verfiel. Auch früher schon, als er noch Schauspieler war und auf den deutschen Provinzbühnen davon träumte, an den bundesrepublikanischen Theaterhimmel geschleudert zu werden. Auch da gab es Momente, wo er auf der Bühne stand – als Leonce zum Beispiel, Büchner, ›Leonce und Lena‹, Stadttheater Ulm, Ende der 90er-Jahre – und gleichzeitig das Gefühl hatte, außer sich zu sein, neben sich zu stehen und sich selbst zu beobachten. Das Bühnen-Ich, der Leonce-Plotek sagte zum Beispiel: »Ich habe das Ideal eines Frauenzimmers in mir und muss es suchen.«

Und das daneben stehende Ich dachte, so ein Schwachsinn, so was Lächerliches: Schau dich doch an in deinem billigen Kostüm, in deiner armseligen Darstellung, da gibt es kein Ideal, da gibt es keine Frauenzimmer, da gibt es nichts, niemanden, das ist nicht großes Theater, das ist eine Bankrotterklärung an den guten Geschmack. Das sind nicht die Bretter, die die Welt bedeuten, und du bist kein Schauspieler auf dem Weg zum Zenit. Das ist eine morsche Bretterbude und du bist ein elendiger Schmierenkomödiant.

Und wieder auf der Bühne: »Sie ist unendlich schön und unendlich geistlos.«

Und ein ekelhaftes Lachen vom Über-Ich. Folge: Verkorkste Aufführung und zwei Wochen Krankschreibung. Psychische Probleme.

Wie jetzt. Plotek sah sich selbst von weit weg im Flieger sitzen und über den Wolken schweben. Und das kam ihm so absurd, so lächerlich und nichtig vor, dass die Angst vor dem Absturz augenblicklich einer tiefen Depression wich. Als er sich gedanklich schon mit der Absurdität des Weiterlebens abgefunden hatte, holte ihn die durch die Lüfte sausende Realität wieder ein. Die Stimme des Piloten rief ihn zur Räson.

»Achtung, hier spricht der Pilot, ich möchte Sie bitten, sich anzuschnallen, die Sitze hochzustellen und die Tische einzuklappen. Wir erwarten kleinere Turbulenzen, was aber den weiteren Flugverlauf höchstwahrscheinlich nicht weiter beeinflussen wird. Danke.«

Turbulenzen?, dachte Plotek und ließ sich das Wort wie ein klebriges Kaubonbon auf der Zunge zergehen.

»Du sollst dich anschnallen«, sagte Agnes und fummelte wieder an seinem Gurt herum.

»Plotek! Was ist?«, meldete sich jetzt auch Arno zu Wort.

Nichts, hätte er wieder sagen wollen.

Sein Mund war auf einmal so trocken wie ein Staubsaugerbeutel. Er fing am ganzen Körper an zu zittern.

»Stewardess, schnell, einen Cognac!«

Schon stand die Stewardess wieder neben Ploteks Sitz, in der Hand einen halbvollen Becher mit Schnaps. Aber noch ehe Plotek trinken konnte, hüpfte der Cognac aus dem Becher wie ein Känguru und der Stewardess auf die Bluse, sodass sich die spitzen Brüste darunter vorwitzig abzeichneten. Der Grund für die Cognacflucht: Turbulenzen. Keine kleinen, sondern große. Jetzt landete der Becher an der Decke und das Flugzeug schien augenblicklich vom Himmel fallen zu wollen. Plotek sah dabei so aus, als wollte er ohnmächtig werden.

»Flugloch!«, sagte die Stewardess und strich über ihre nasse Bluse und die Spitzbrüste. »Nicht weiter schlimm.«

Blödsinn. Objektiv vielleicht nicht. Subjektiv dagegen Katastrophe. Für Plotek. Ihm fielen jetzt alle Flugzeugabstürze auf einmal ein, von denen er in den letzten Jahren erfahren hatte müssen. Zum Beispiel das Unglück erst kürzlich in einem griechischen Flugzeug, bei dem der Druckabfall im Passagierraum die Passagiere langsam hatte erfrieren lassen. Das muss man sich mal vorstellen. Da kreist das Flugzeug in tausenden Metern Höhe stundenlang vor sich hin und die Passagiere erfrieren langsam. Kein schöner Tod. Ein langsamer Tod. Ein kalter Tod.

Bei dem Gedanken fröstelte es Plotek. Und dabei fiel ihm wieder ein Bericht ein, den er unlängst im Fernsehen gesehen hatte. Dabei war es um die Krisenbewältigung im Cockpit kurz vor einem Absturz gegangen. Offenbar studieren Pilot und Copilot in ihrer Verzweiflung kurz vor dem Absturz die Bedienungsanleitung der Maschine, wie Plotek die Gebrauchsanweisung studiert, wenn er eine Spülmaschine anschließt. Das muss man sich mal vorstellen, hatte Plotek gedacht, da fängt so ein stählerner Vogel an herumzuspinnen und das Personal sitzt mit der Bedienungsanleitung daneben und versucht, die Ursache dafür zu finden.

»Ich muss zum Piloten«, stammelte Plotek vor sich hin.

»Was? Reiß dich zusammen, Plotek«, zischte Agnes, »das ist nicht weiter schlimm.«

»Turbulenzen sind ganz normal«, bestätigte Arno, »so normal wie Schluckauf beim Menschen.«

»Ich muss zum ...«

»Bleib hier!«

Während Agnes Plotek am Arm festhielt, stellte sich Arno in den Weg. Plotek schwankte und taumelte. Dabei wurde ihm schwarz vor den Augen. Und dann wurde er ohnmächtig.

Als er wieder aufwachte, rollte die Maschine gerade über die Landebahn auf dem Flughafen Hamburg Fuhlsbüttel und Plotek spürte was Feuchtes im Schritt.

Scheiße, dachte er, lieber gehe ich zu Fuß zurück nach München, als dass ich noch einmal im Leben in ein Flugzeug steige.

»Wir sind da«, sagte Agnes.

»Willkommen in Hamburg«, sagte der Pilot.

»Ich freue mich«, sagte Arno und Plotek fragte sich, worauf, band sich seine Cordjacke um die Hüfte und verließ auf Agnes gestützt und schwankend das Flugzeug.

3

Plotek fühlte sich schlecht. Ihm war übel, sein Kopf hämmerte, die Knie zitterten und durch seinen Magen marschierte ein aufgebrachter Revolutionstrupp.

Vom Flughafen fuhren sie mit dem Taxi ins Vier-Sterne-Hotel auf St. Pauli. Plotek legte sich sofort ins Bett. Endlich schlafen, dachte er, entspannen, erholen, die grauenvollen Erlebnisse hinter sich lassen und im Schlaf verarbeiten. Aber denkste. Nachdem er sich zwei Stunden lang unruhig hin- und hergewälzt hatte, fing Agnes an zu quengeln. Die Besichtigung der Dosensuppenfabrik stand auf dem Programm. Ohne mich, dachte Plotek und wollte sich einmal mehr von der einen zur anderen Seite drehen, das Plumeau über den Kopf ziehen, als dieses plötzlich in hohem Bogen über ihn hinweg aus dem Bett flog.

»Los, mach schon!«, befahl Agnes. »Aufstehen!«

Noch ehe Plotek etwas sagen konnte, fuhren sie schon mit dem Taxi davon. Kurz darauf saßen sie mit zwanzig anderen Gewinnern des Preisausschreibens im Büro des Direktors der Dosensuppenfabrik um einen großen Tisch herum. Der Direktor hielt mit gestelzten Worten und verklärtem Blick eine Lobeshymne auf die neue Dosensuppenkreation Suppi, als wäre das Büro des Dosensuppenfabrikanten der Festsaal in der schwedischen Hauptstadt und die Dosensuppe die Erfindung der Unsterblichkeit, die mit dem Nobelpreis ausgezeichnet worden war.

»Der Kaloriengehalt ist nicht höher als der von Obst, kaum Fett und viele Vitamine. Die Suppe ist so schmackhaft, ich kann Ihnen sagen, da wird die *haute cuisine* zur Armenspeisung.« Er lächelte wie eine Stewardess und zeigte an eine Wand, wo bunte Grafiken das Unfassbare anschaulich machen sollten.

»Einmal Suppi, immer Suppi. Suppi-extra-plus.«

Als der Dosensuppen-Direktor mit seinem Vortrag fertig war, war Plotek auf seinem Stuhl längst eingeschlafen. Nur unter heftigem Schütteln bekam Agnes ihn wieder wach.

Der Entwicklungschef der Firma höchstpersönlich zerrte die Gewinner anschließend durch die Dosensuppenfabrik, vorbei an hochautomatischen Abfüllanlagen, Einfüllstutzen und Etikettiermaschinen. Umgeben vom süßlich-klebrigen Suppigeruch, wurde es Plotek langsam übel. Ob es der aufdringliche Geruch war, die Worte oder der Anblick von so viel flüssig-brauner Suppibrühe – keine Ahnung. Auf jedem Fall bekam am Ende jeder der Teilnehmer einen Teller Suppi zu essen, und da war es gänzlich um Plotek geschehen. Ihm war speiübel. Er war sich sicher, dass der Suppi-Suppe statt der zarten Rinderhappen und der Fleischstückchen aus einer Wildbretmischung irgendein vergammelter Schweinekram beigemischt worden war, den irgendein böswilliger Mitarbeiter hinter der Abfüllanlage gefunden hatte.

Der Geruch erinnerte Plotek frappierend an das Fressen von Fritz, der Katze, die Plotek adoptiert hatte. Es roch genauso. Und schmeckte auch so. Man mag sich fragen, wie Plotek denn wissen will, wie Fritz' Fressen schmeckt. Na ja, probiert hat er's. Nicht wissentlich, anfänglich, also ohne Absicht. Als er im Kühlschrank nach der angebrochenen Gulaschdose gefischt hatte, hatte er irgendwie daneben gegriffen. Ob der Rausch am Abend zuvor oder die Gedankenlosigkeit daran Schuld waren – keine Ahnung. Auf jeden

Fall hat Plotek nichts bemerkt. Dann schon. Als er nämlich, schon während des Essens, noch einmal zum Kühlschrank gegangen war, um das *Unertl*-Weißbier herauszuholen, hatte er gesehen, dass das Gulasch noch im Kühlschrank stand, obgleich es eigentlich schon lange im Teller auf dem Tisch respektive in Ploteks Magen hätte sein müssen. Schlagartig war alles klar und Plotek war so übel, dass nur noch der Finger im Rachen über der Kloschüssel helfen konnte. Seither war Katzenfutter für Plotek tabu, Gulasch auch. Und alles, was im Entferntesten daran erinnerte, also auch Dosensuppe, stand nicht mehr auf seinem Speiseplan.

»Komm, mach schon«, sagte Agnes, »reiß dich zusammen.« Und dann legte sie noch ein wenig forscher nach. »Wegen der Höflichkeit.«

Scheiß auf die Höflichkeit, dachte Plotek und wollte den Teller schon von sich schieben. Aber wenn 39 Augenpaare auf einem klebten wie Fliegen auf einem Kuhfladen, ging das natürlich nicht. Also schaufelte er ein paar Löffel in sich hinein. Die Augenpaare wurden weniger, und als er fertig war, waren sie weg. Und Plotek war zum Speien übel. Da half das Schnäpschen zur Verdauung auch nichts mehr.

Sein Verdauungstrakt drückte, spannte und brodelte wie der Vesuv kurz vor dem Ausbruch 79 nach Christus. Nur noch gebückt und mit schmerzverzerrtem Gesicht konnte sich Plotek vorwärts bewegen. Zuerst nahm ihn Agnes gar nicht ernst, lachte sogar: »Jetzt hab dich doch nicht so!«, sagte sie, weil sie mittlerweile wusste, dass Plotek und Krankheit zusammenpassten wie Homosexualität und das Zölibat oder Lothar Matthäus und ein Mikrofon, in das er so schöne Sätze wie *Wenn man sich einredet, man ist müde, dann ist man müde* spricht. Im Fall von Plotek krank. Agnes war, als sie Plotek kennengelernt hatte, schnell klar geworden, dass in Ploteks Leben Krankheiten allgegenwärtig waren, so allgegenwärtig wie das Ungeheuer von Loch Ness im Sommerloch. Es tauchte ständig auf, aber niemand hat es wirklich gesehen. So war es auch mit den Krankheiten von Plotek. Fortwährend spürte er einen Schmerz, überall, Herz, Lunge, Hoden, Kehlkopf, Magen, aber Doktor Hohenthaler fand nichts.

»Psychisch«, sagte der Hausarzt, »das ist alles psychisch, Plotek.«

Agnes schüttelte dann den Kopf und sagte: »Oder einfach nur Einbildung.« Na ja, stimmt womöglich, könnte man denken, einerseits. Andererseits dann auch wieder nicht. Denn ob eingebildet oder nicht, der Hoden zwickt trotzdem, die Lunge sticht, als läge sie unterm Messer, und im Magen geht es drunter und drüber.

Wie jetzt. Der Magen spannte und war so erregt, als wäre Suppi-extra-plus kurz vor dem Ausbruch. Plotek wurde ganz weiß im Gesicht. Er fing an zu schwitzen, sodass auch Agnes nicht mehr anders konnte, als den Verdacht der Einbildung fallen zu lassen und der Sorge Platz zu machen.

»Leg dich erst mal ins Bett«, sagte sie, als sie wieder im Hotel waren.

Aber denkste. Kaum lag Plotek unter dem Plumeau, wurde Suppi-extra-plus aktiv. Schlagartig. Plotek kam gerade noch bis zur Klotür, als der Vesuv ausbrach. Das Hotelzimmer sah danach aus wie Pompeji und es stank gotterbärmlich.

Ob's die Dosensuppe war oder sein malader Zustand? Keine Ahnung. Wahrscheinlich beides. Auf jeden Fall hing Plotek von da an wie tot über der Kloschüssel und lag später im Bett, als wäre er der Allmächtige höchstpersönlich kurz vor der Himmelfahrt. Plotek war am Ende. Zu der Übelkeit kam jetzt auch noch Schüttelfrost hinzu, dann Fieber und Durchfall und zuletzt Kopfschmerzen. Immer wieder musste er sich übergeben, bis gar keine Dosensuppe mehr in ihm war. Sonst auch nichts mehr. Zuletzt leuchtete ihm gelbgrüne Galle aus dem Hotelklosett entgegen. Agnes kümmerte sich aufopferungsvoll um ihn. Was Plotek auch wieder nicht recht war. Leiden ja, dachte er, aber bitte schön schon allein. Plotek konnte es nicht ausstehen, wenn ihm jemand beim Leiden zusah. Auch wenn es seine beste Freundin war. Beste Freundin, sagt man so, ja. Und stimmte auch. Eine andere hatte Plotek nicht. Keine Freundin, kein Freund. Niemanden. Wenn man es genau nahm, hatte Plotek wirklich niemanden außer der Katze Fritz und Agnes. Und die war ihm jetzt sogar auch ein bisschen zu viel. Am liebsten wäre er jetzt allein gewesen. Man muss wissen, dass Plotek zu den Menschen gehörte, die sich nicht so gerne in Gesellschaft anderer aufhielten. Eigentlich nie. Meistens machte er einen großen Bogen um die Gesellschaft. Bei Plotek fing die Gesellschaft da an, wo das Alleinsein aufhörte. Zwei waren sozusagen einer zu viel. Oder aber, einer ging manchmal, zwei nie. Jetzt war auch einer zu viel: Agnes. Obwohl auch Plotek manchmal das Bedürfnis hatte, nicht nur alleine am Tresen zu sitzen und Weißbier zu trinken. Manchmal wollte auch Plotek zu zweit trinken, essen, fernsehen und kuscheln. Obwohl Plotek nicht so der Kuscheltyp war. Höchstens nach sechs Weißbier und drei Tequila erinnerte die Zweisamkeit bei ihm an so etwas Ähnliches wie Kuscheln, Zärtlichkeit und alles. Aber das war dann schon eher die Ausnahme von der Regel. Also, manchmal so und manchmal so und dann wieder anders.

Und jetzt wieder nicht. Jetzt wäre Plotek am liebsten alleine und ohne Agnes gewesen. Aber das traute er sich nicht zu sagen. Also sagte er eben nichts, schloss die Augen und versuchte zu schlafen. Keine Chance. Er schlief zwar ein, aber das war kein erholsamer Schlaf, das war kein schöner

Schlaf, vielmehr jagte ein Albtraum den anderen. Bis zum Morgen. Zuletzt träumte er von Wien. Wie das kam? Keine Ahnung. Auf jeden Fall roch es plötzlich im Traum nach der Wiener Untergrundbahn. Auch gut, hätte Plotek im Traum denken können, wenn er gedacht hätte. Endlich ist der widerliche Suppengeruch weg. Zwischen dem Suppengeruch und dem Wiener Untergrundbahngeruch lagen nicht nur Welten, sondern ein ganzes Sonnensystem. Das eine erinnerte an einen Scheißhaufen in der Sonne, das andere an romantischen Sex in nächtlichen Hauseingängen im Frühling. Und der Traum erinnerte an Wien. An die Wiener Untergrundbahn auf Höhe des Westbahnhofs neben dem Würschtlstand, wo die Rolltreppe hinunter in die U3 führt. Da sieht man mal wieder, wie genau Träume sein können. Plotek nahm eine Nase voll von diesem betörenden Duft, der mit jedem Atemzug tiefer ging und ins Herz gelangte und Wien somit in der Brust weiterschlug. Wien. Die Stadt der Melancholiker. Die Stadt, in der das Warten zur Erfüllung wird. Eine Stadt, in der jegliche Bewegung auf der Stelle tanzt. In der Geschwindigkeit bewegungslos wird und das Warten zeitlos ist. In der die Zeit vergeht, ohne dass etwas kommt. In diesem Moment allerdings kam die Untergrundbahn. Plotek stieg ein und die Türen schlossen automatisch. Eine unterirdische Stadtrundfahrt begann. Die Waggons waren bis auf den letzten Platz besetzt. Aber nicht mit WienerInnen. In Wien leben keine WienerInnen. In Wien lebt einzig Wien. Wien ist keine Stadt, Wien ist ein Zustand. Die Umstände führen die Menschen in einen Zustand. Ein zugiger Herbstwind in engen Gassen. Ein verlassener Caféhausstuhl vor einem kleinen Braunen. Schachmatt auf grünem Filz im Café Schopenhauer. Ein angebissener Käsekrainer am Gürtel. Ewige Liebe eingeritzt im Prater. Ein Halbschuh im warmen Pferdeapfel am Stephansdom. Das ist Wien. Und die Untergrundbahn natürlich. Und ihr Geruch. Plotek saß am Fenster und schaute hinaus in das Tunnelschwarz. Es ist ein anderes Schwarz als das in München, Berlin oder Hamburg. Ganz in Gedanken fuhr Plotek durch den Tunnel und schaute so lange ins Dunkel, bis das Dunkel aus ihm schaute und sich plötzlich hell erleuchtete Bilder spiegelnd an den Fenstern zeigten. Da waren plötzlich die deutschen Fußballlegenden Lothar Matthäus und Andy Brehme mit einem Korb Pfälzer Kartoffeln und fränkischer Leberwurst. Der eine bedrohte den anderen mit einer Pistole und zischte: »*Ein Lothar Matthäus lässt sich nicht von seinem Körper besiegen, ein Lothar Matthäus entscheidet selbst über sein Schicksal.*«

»Aufhören«, schrie Plotek, »das ist doch alles nur ein Spiel, bei dem 22 Mann gegen einen Ball treten und Deutschland gewinnt.« Aber vergiss es. Jetzt richteten plötzlich beide ihre Pistolen auf Plotek.

»*Das Chancenplus war ausgeglichen*«, sagte Matthäus.

Und Brehme konterte: »*Heute hatten viele die Möglichkeit, ein Tor zu machen, nur haben wir das nicht umgemünzt.*«

Plotek streckte die Arme zur Decke, während U-Bahnhöfe auftauchten und wieder verschwanden. Hernals. Volkstheater. »Wir bitten Sie, älteren oder behinderten Personen die Sitzplätze zu überlassen.« Stephansplatz. »Bitte alles einsteigen, Türen schließen selbsttätig. Vorsicht bei der Abfahrt.«

Matthäus und Brehme waren noch immer da und schossen jetzt wild um sich. Die Scheiben zerschlugen, Menschen kreischten. Jemand zog in höchster Not die Notbremse, der Zug hielt, Glas splitterte. Die Fahrgäste schwankten, stolperten, taumelten und erbrachen sich. Plotek flüchtete durch die Tür in den Tunnel, hinter ihm Lothar Matthäus und Andy Brehme, dahinter, o nein, das waren doch Mario Basler und der Präsident des deutschen Fußballbundes. *»I hope we have a little bit lucky«*, schrie Matthäus, dass es von den Wänden perlte, und Brehme antwortete: *»Bedanken möchten wir uns auch bei den Fans, auf denen wir uns immer verlassen konnten.«*

Plotek spürte die Blicke wie Messerspitzen im Rücken. Er kam sich vor wie in einem Film – verdammt, wie hieß der Streifen noch mal. Fiktion und Realität zwölf Meter unter der Erde. Plotek rannte um sein Leben und Brehme und Matthäus rannten hinterher. Er schaute sich um, sah nichts mehr und stolperte, blieb liegen, öffnete die Augen. Über ihm schwarze Haare und ein Gesicht, und er dachte, Gott sei Dank ist das nicht Lothar Matthäus oder Andy Brehme. Dann sah er rote Lippen und einen schönen Mund, der plötzlich fragte: »Und, wie geht's?«

»Wien?«, fragte Plotek, »sind wir nicht in Wien?«

»Nein, in Hamburg«, antwortete Agnes. »Du hast so schön geschlafen und bleibst jetzt noch ein bisschen im Bett, okay?! Ich gehe zur Sightseeing Tour und heute Abend gehen wir zusammen essen und dann in die Oper. Okay?«

Gute Idee, dachte Plotek, das mit dem Bett. Und das mit dem Essen, na ja. Und mit der Oper, bloß nicht.

»Tschüss, bis später.«

Und von ganz weit weg hörte er Mario Basler sagen: *»Das habe ich ihm dann auch verbal gesagt.«*

Plotek ging es allmählich besser. Zwei Stunden später sogar so gut, dass er beschloss aufzustehen. Er ging ein wenig im Hotelzimmer herum, und als er einen Blick aus dem Fenster warf, sah er, wie Arno Brunner zusammen mit dem Sportreporter Rainer von Plorre das Hotel verließ. Sicher sind sie auf dem Weg ins Stadion, dachte Plotek und dabei ergriff ein Gedanke von ihm Besitz, der ihn nicht mehr loslassen wollte. Nach längerem Hin und Her dachte Plotek, das merkt sie nicht. Gemeint war natürlich Agnes. Und das Altona-Nord-Spiel. Bis sie wieder zurück ist, bin auch ich wieder da. Derlei Gedanken fingen an, ihn zu umschmeicheln. Dann hätte dieser ungewollte Hamburg-Aufenthalt doch noch sein Gutes. Eigentlich spricht nichts dagegen. Abgesehen von seiner Konstitution, aber mit der ging es auch schon wieder bergauf. Zwei Aspirin, dann ist alles wieder tipptopp, dachte Plotek, und während die Tabletten noch im Glas sprudelten, hörte er schon die Fangesänge, das Stadion tauchte auf, die SpVg Altona-Nord, der Pokalschlager. Und dann ging alles ganz schnell: Hose, Cordjacke, Mokassins, Tür auf, Tür zu. Tschüss.

4

Die U-Bahn war voller Fans. Das löste bei Plotek ein wenig Beklemmung aus. Obgleich die Altona-Nord-Fans im Allgemeinen als friedliebend gelten. Es waren auch nicht die Fans an sich, sondern deren Masse, die Ploteks Gemüt zusetzte und ihm Unbehagen bereitete. Man muss wissen, dass Plotek schon immer Probleme hatte, wenn mehr als zehn Personen auf engstem Raum zusammenkamen. Egal wo, auf der Straße, in geschlossenen Räumen, auf öffentlichen Plätzen. Supermarkt, Arbeitsagentur, Kneipe, egal wo. Oder wie jetzt in der U-Bahn. Das hatte bei Plotek Schweißausbrüche zur Folge, Herzrasen und feuchte Hände. Deswegen machte er auch, wenn es irgendwie möglich war, einen großen Bogen um jegliche Art von Menschenansammlungen. In ein Stadion ging Plotek schon seit Jahren nicht mehr. Fußball fand bei ihm nur noch im Fernsehen statt. Zu Hause oder über der Tür im *Froh und Munter*. An sonstigen gesellschaftlichen Ereignissen nahm er schon lange nicht mehr teil. Selbst dem Theater, seiner früheren jahrelangen, nicht nur berufsbedingten Leidenschaft, war er längst nicht mehr verfallen. Der Oper auch nicht. Eigentlich hat er kein Theater mehr betreten, seit er selbst nicht mehr aktiv auf der Bühne stand. Und das war auch gut so. Was hätte er da auch zu suchen gehabt, in diesen inzestuösen Anstalten, in denen sich alles nahezu ausschließlich um sich selbst dreht. Theater hier, Theater da, Bussi, Bussi und alles. Dafür war er einfach nicht mehr eitel genug. Dafür ging ihm der ganze Theaterbetrieb viel zu sehr am Arsch vorbei. Ab und zu sah er noch ein paar von den Schauspielern, mit denen er auf der Bühne gestanden hatte, im Fernsehen, langweilte sich und dachte, die werden auch nur älter.

Jetzt strömte er mit allen anderen Fußballverrückten auf das Stadion zu. Das war schon eine eigenartige Stimmung inmitten dieser stinkenden Fangruppen, bei denen nichts anderes als Schweiß, Bier und Zigarettenrauch auf dem olfaktorischen Waschzettel zu stehen schien. Frisch geduscht wie Plotek war, hob er sich eindeutig von den anderen ab. Aber egal. Zuerst kaufte er sich ein Bier und ... hopsala – schon klebte es halb auf seiner Cordjacke. Olfaktorische Annäherung.

»Entschuldigung«, sagte ein Rauschebart mit grün-rotem Schal um den Hals und lustigen Augen, der Plotek in die Quere gekommen war. Als Entschuldigung reichte er Plotek eine Zigarette, die ihn eindeutig an eine verbotene Substanz aus der Jugend erinnerte.

»Willste mal?«

Warum nicht, dachte Plotek, obgleich er um alles, was mit Jugend und Kindheit zu tun hatte, einen großen Bogen machte, so groß wie die ganze Ostalb. Andererseits war Plotek noch nie dogmatisch gewesen, hielt sich eher an die Ausnahme als an die Regel und griff jetzt zur dicken Zigarette, führte sie zum Mund und nahm einen tiefen Zug, der augenblicklich eine Schneise auf dem Weg zur Lunge schaufelte. Schlagartig hielt eine Leichtigkeit Einzug, die er schon lange nicht mehr hatte erleben dürfen.

»Gut, was?«

»Hm«, machte Plotek und grinste.

Die lustigen Augen des Rauschebarts funkelten und sein Bierbecher stieß gegen den von Plotek.

»Prost!«

»Prost!«

Beide standen nebeneinander auf der Tribüne und sahen den Kickern zu, wie sie von rechts nach links und von links nach rechts rannten. Dabei zog Plotek immer wieder am angebotenen Joint und dachte, warum machen die das bloß? Auf und ab und auf und ab. So was Blödes! Gesagt hat er natürlich nichts. Und schon fiel das erste Tor. Alle jubelten und der Rauschebart fiel Plotek um den Hals. Es stand eins zu null für Altona-Nord.

»Das gibt die Pokalsensation«, sagte der Rauschebart, als der Jubel schon wieder ein wenig verklungen war.

»Hm«, machte Plotek, zog wieder an der verbotenen Substanz und merkte, wie sich plötzlich alles veränderte.

»Gut, oder?«, fragte der Rauschebart und Plotek fragte sich, was ist das für eine Fragestellung. Er ließ die Frage unter den Tisch fallen und kam sofort zur Stellung, nicht irgendeiner, sondern der, die er als Heranwachsender und -wichsender im Kamasutra gefunden hatte. Im Kamasutra gab es genau 69 verschiedene Stellungen, die von schlitzäugigen Probanden in atemberaubenden Verrenkungen vorgeführt wurden. Wenn die Fantasie fehlt, ist Ficken ein akrobatischer Akt, dachte er jetzt. Das Kamasutra war Lebenshilfe – »Wie entdecke ich mich selbst« – oder einfach Wichsvorlage vom Bücherclub für gehemmte Dörfler. Das Jahresabonnement war einem völlig überteuert bei Nieselregen an der Haustür aufgeschwatzt worden, dann hatte man das Igittigittbuch mit Anspruch bestellt und vor den Kindern im Speicher versteckt. Schlange, Tiger, Hund …

»Hallo?«, hörte Plotek jetzt einen grün-roten Schal sprechen. Dazu das Lachen völlig fremder Menschen, die plötzlich die Physiognomie von Bekannten annahmen. War das nicht Andy Brehme und dort Lothar Matthäus und da die

Weltmeister-Mannschaft von 1974? Hoeneß, Breitner, Netzer, Beckenbauer, die »Gute Freunde kann niemand trennen« sangen?

Vor Ploteks Augen blitzte es jetzt und Rauchwölkchen stiegen auf, als wollten sie geheime Botschaften preisgeben. Er kniff die Augen zusammen und als er sie wieder öffnete, hatten alle Spieler auf dem Rasen dieselben rosafarbenen Trikots an, auf denen eine Konservendose abgebildet war. Suppi-extra-plus. Plotek konnte die Mannschaften gar nicht mehr auseinanderhalten. Irgendwie sahen die Spieler alle gleich aus. Und der Schiedsrichter auch. Die Linienrichter ebenfalls. Dann gellte ein Pfiff durchs Stadion.

»Halbzeit«, sagten Beckenbauer, Hoeneß, Breitner und Gerd Müller, der Bomber der Nation mit Rauschebart und einem rauchenden Glimmstängel in der Hand. »Bringst du mir auch eins mit?«

Plotek ging los und holte sich einen Becher Bier am Bierstand. Na ja, so einfach war das dann auch wieder nicht. Denn seine Beine fühlten sich an wie Pfannkuchen und sein Kopf hatte die Konsistenz von Apfelmus. Selbst eine kurze Strecke zurückzulegen wurde zum akrobatischen Akt und nicht hinzufallen stellte eine Herausforderung dar. Außerdem musste Plotek auf dem Weg zum Bierstand plötzlich feststellen, dass auch die Zuschauer wie Spieler aussahen, Spieler beim Eiskunstlauf, die auf dem schwankenden Stadionboden dahinglitten. Oder schwankte vielleicht nur er? Plotek blieb stehen. Der Boden bebte noch immer und das Stadion bewegte sich, als wäre alles flüssig. Es kam ihm so vor, als fließe er selbst dahin. In Richtung Bierstand oder zumindest in seine Nähe. *Fußball ist, wenn man in der Halbzeit für ein Würstchen in der Schlange stehen muss*, dachte Plotek mit den Worten von Yves Eigenrauch, als er die Menschenschlange vor dem Bierstand sah. Stellte er sich eben hinten an und wartete, bis die Schlange immer kleiner wurde. Dabei dachte er an Schnauzbärte. Warum? Keine Ahnung. Vielleicht, weil Fußballspieler heutzutage keine mehr haben. Seit Uli Stielike ist der Schnauzbart nicht mehr fußballkompatibel. Schnauzbärte sind bei Profifußballern nicht mehr stilgerecht. Grungebärtchen ja, Schnauzbart nein. Vielleicht sollte ich mir einen Schnauzbart wachsen lassen, dachte Plotek, es ist nie verkehrt, Außenseiter zu sein. Jenseits der Mode, fernab der Massenkompatibilität. Schnauzbartsubversion quasi. Ein Blick zur Seite neben die Bierbude allerdings vertrieb den Schnauzbartgedanken. Dort stand nämlich ein Polizist mit Schnauzbart. Und daneben noch einer. Auch mit Schnauzbart. Noch immer trägt jeder zweite Polizeibeamte einen Schnauzbart. Auch die Jüngeren. Also: Schnauzbartsubversion dahin. Und: Schlange futsch.

»Was darf's sein?«, fragte der Bierverkäufer, mit Schnauzbart und rotem Gesicht.

»Zwei Bier.«

»Sechs Euro.«

Sind zwölf Mark, dachte Plotek, für einen Fußballclub, der anders sein möchte als die anderen, ganz schön viel. In den Preisen unterschied sich Altona-Nord nicht von der kickenden Millionentruppe aus dem südlichen Teil des Landes. Das Bier kostete hier wie dort gleich viel und war völlig überteuert.

»Danke.«

»Der nächste!« Plotek stand plötzlich im Weg.

»Pass doch auf!«, zischte der Nächste, ein offenbar gar nicht so friedliebender Fan, der aussah wie Franz Beckenbauer oder Gerd Müller oder Paul Breitner und ... hopsala, schon wieder spendete der Becher der Cordjacke ein wenig Bier. Olfaktorischer Gleichstand.

Wie er mit den zwei Bieren den Weg zurück zum Rauschebart auf der Tribüne fand? Keine Ahnung. Auf jeden Fall stand er jetzt wieder neben ihm, während auf dem Platz die rosa Spieler erneut hin und her rannten, immer dem Ball hinterher. Plötzlich ertönte ein ohrenbetäubender Knacks, so als würde man einen armdicken Ast übers Knie brechen. Einer der Spieler blieb wie tot auf dem Rasen liegen. Im Stadion war es ganz ruhig. Niemand sang mehr, auch Beckenbauer, Breitner und Netzer waren nicht zu hören und die guten Freunde auf Nimmerwiedersehen verschwunden. Totenstille. Der Spieler lag am Boden, umringt von den anderen, und sah aus, als ob er nie mehr wieder aufstehen wollte. Dann kamen Sanitäter und trugen ihn auf einer Trage vom Platz.

»Scheiße«, sagte der Rauschebart, »das ist Jo Hillebrand und so wie es aussieht, fällt der jetzt auch wieder für Wochen aus.« Er schluchzte in seinen grün-roten Schal hinein. Und nahm erneut einen tiefen Zug von der verbotenen Substanz.

»Willst du?«

Also nahm Plotek auch noch einen, schüttelte sich wie ein nasser Hund und ließ seinen Blick schweifen. Oben in der letzten Reihe der Gegentribüne entdeckte er plötzlich ein Gesicht, das ihm bekannt vorkam. Das war aber weder Beckenbauer, Netzer oder Breitner, vielmehr sah das Gesicht aus wie das von Arno. Und der saß neben einem Mann, den Plotek auch schon mal gesehen hatte. War das nicht der Dosensuppenfabrikant, der da mit Arno angeregt diskutierte? Und daneben der Manager von diesem Spitzenclub? Möglich, dachte Plotek, oder auch nicht, weil die verbotene Substanz seine Pupillen gerade derart bearbeitete, dass das Rosa plötzlich ins Olivgrün oszillierte und alles zu verschwimmen drohte. Trotz des visuellen Zehnkampfs konnte Plotek noch erkennen, wie Arno ihm zuwinkte. Wollte er

Arno eben zurückwinken. Aber vergiss es. Noch ehe er den Arm heben und die Hand bewegen konnte, sank er wie vom Blitz getroffen zu Boden und blieb bewusstlos liegen. Er sah nichts mehr, hörte nichts mehr und spürte auch nichts mehr: Blackout. Hätte er nicht zu Arno hinübergesehen, wäre ihm höchstwahrscheinlich der Niedergang erspart geblieben. Dann hätte er den durch die Luft fliegenden Ball mit Sicherheit gesehen. Den Ball, den einer dieser Superstürmer als Querschläger in Richtung Gegentribüne, Block D gedroschen hatte. Leider war der Ball nicht zwischen den Pfosten eingeschlagen, sondern inmitten der Zuschauer gelandet. Genau da, wo Plotek gestanden hatte. Natürlich hätte er, wäre er nicht einen Augenblick unaufmerksam und von Arno abgelenkt gewesen, die Hände hochgerissen und den Ball abgewehrt. Aber vergiss es. Plotek sank bewusstlos zu Boden und blieb wie der Superstürmer zuvor auf dem Platz liegen, als wäre auch er tot. So lange, bis auch er von einem Sanitätstrupp von der Tribüne getragen wurde. Wäre ihm jetzt noch etwas eingefallen, dann höchstens der alte Horst-Hrubesch-Spruch: »*Nur ein Wort: Vielen Dank*«. Aber vergiss es. Nichts. Gar nichts.

5

»Überleg es dir.«

»Da gibt es nichts zu überlegen.«

»O doch, mein lieber Jo. Denk an Ivo.«

»Ivo? Du spinnst doch.«

»Jo, ich warne dich. Du weißt, es hängt viel davon ab. Wenn du das aufs Spiel setzen willst, bitte. Aber dann musst du auch die Konsequenzen tragen.«

»Lass mich in Ruhe mit deinem blöden Geschwätz.«

»Dahinter steckt doch bestimmt dein Manager, oder?!«

»Blödsinn.«

»Und dieses oberbayerische Arschloch, hm?!«

»Hör auf.«

»Das wird er mir büßen.«

»So, so. Weißt du, dann werde ich aber auch einen kleinen Schwank aus Bennys Leben erzählen. Ich glaube, das könnte ein paar Leute interessieren.«

»Einen Scheißdreck wirst du!«

»Haha.«

»Okay, Jo, wie du willst. Überleg es dir einfach. Ich komme morgen wieder.«

»Spar's dir. Und grüß Benny schön von mir.«

»Hör mal zu, du kleiner Denunziant!«

»He, au, lass das, lass mich los!«

»Übertreib es bloß nicht, klar, sonst ...?!«

»Klar, Mann!«

Schritte waren zu hören. Die Tür knallte. Plotek war wach.

»Schwuchtel!«, zischte es gedämpft neben ihm.

Langsam schlug Plotek die Augen auf. Alles war hell. Bin ich jetzt schon im Himmel, dachte er, oder seit wann ist die Hölle weiß. Er lag in einem Bett, das Plumeau bis zum Kinn hochgezogen. An der Decke eine Neonleuchte. In der Ecke an der Wand, knapp unter der Decke, stand auf einem Bord ein kleiner Fernsehapparat. Es lief eine Nachmittagssoap ohne Ton. Neben dem Bett war ein fahrbarer Nachttisch, darauf ein Tablett mit Obst, Joghurt und Knäckebrot. Das war eindeutig ein Krankenzimmer. Er der Patient. Plotek hob das Plumeau. Scheiße! Er hatte nur eines dieser unansehnlichen Krankenhemdchen an, bei denen der Arsch permanent Freigang hat. Wie er hierhergekommen war und warum er hier lag, war ihm völlig unklar. Plotek konnte sich an nichts mehr erinnern. Eigentlich ein Idealzustand, hätte er jetzt denken können, so ohne jegliche Erinnerung, frei von aller belastenden Vergangenheit. Aber keine Spur davon. Eher das Gegenteil. Und das war ziemlich unheimlich. Nicht zu wissen, was war, keinen blassen Schimmer von rein gar nichts zu haben. Das Einzige, was als Erinnerung noch in seinem Kopf herumspukte, war ein Stadion, die SpVg Altona-Nord und ein Fußballspiel. Und dann war die Laterne aus, der Erinnerungsfaden gerissen, alles zappenduster.

Jetzt hörte er ein leises Techno-Gewummer, das von dem Bett neben ihm kam. Darin lag ein junger Mann mit eingegipstem Bein und blätterte, mit einem Kopfhörer auf den Ohren, in einer Zeitschrift. Das war der ›Kicker‹. Irgendwie kam Plotek dieser Junge bekannt vor. Irgendwo war ihm der schon mal begegnet. Die Stimme dagegen hatte er bis vorhin im dämmrigen Zustand noch nie gehört. Zumindest die des Jungen nicht. Die andere ältere und mindestens eine Oktave tiefere Stimme, die ihn langsam aus dem Koma in den Wachzustand lockte, kam ihm dafür umso vertrauter vor. Die hatte er schon einmal gehört. Irgendwann vor langer Zeit. Um herauszufinden, wann genau, hätte er sich jetzt aber ganz genau erinnern und tief in die graue Vergangenheit hinuntersteigen müssen. Wer will das schon? Plotek nicht. Dafür schmerzte sein Kopf viel zu sehr. Vielleicht kam das Techno-Gewummer gar nicht von dem Walkman, sondern wurde erst in seinem Kopf produziert. So kam es ihm zumindest jetzt vor. Mit jedem Schlag eine kleine Explosion. Bum, bum, aua, bum. Jetzt hilft nur noch Aspirin, dachte Plotek und wollte sich aufrichten. Aber irgendwie kam er nicht hoch.

»Na, auch schon wach?«, sagte eine Stimme im Bett neben ihm, begleitet von einem dreckigen Lachen.

Schlagartig fiel Plotek ein, wo er den Jungen schon einmal gesehen hatte. Auf dem Spielfeld, in kurzen Hosen und mit schmerzverzerrtem Gesicht. Das war einer dieser jungen Wunderstürmer, das war Jo Hillebrand, der da neben ihm lag und aus einem Meter Entfernung noch viel jünger aussah als von der Tribüne aus. Irgendwie war ihm dieser junge Schnösel mit dem Bartflaum über der Oberlippe und der unreinen Haut gleich ziemlich unsympathisch.

»Musst läuten, dann kommt die Alte.«

Und noch ehe Plotek reagieren konnte, drückte der Junge schon auf den Knopf, der an einem Kabel über seinem Bett hing.

»Aber Vorsicht, mit der ist nicht zu spaßen. Die Mutti hat hier nicht nur die Hosen an, sondern auch Haare auf den Zähnen«, fuhr die Stimme fort.

Kaum eine Minute später ging die Tür auf und eine weiß gekleidete Schwester kam herein. Wenn das die Alte, die

Mutti war, dann bin ich schon tot, dachte Plotek und sah den Jungen verständnislos an, der vorwitzig grinste.

»Sie haben geläutet?«, fragte die Schwester forsch und sah zu Jo Hillebrand, der in einer Mischung aus Häme und Schadenfreude auf Plotek zeigte.

»Ach, Sie sind wach, das ist aber schön«, sagte die Schwester jetzt zu Plotek, »ich bin Schwester Sieglinde, wie geht es Ihnen?«

Schlecht, wollte Plotek sagen, ganz schlecht. Aber noch ehe er ein Wort herausbringen konnte, fuhr Schwester Sieglinde schon fort: »Das wird schon wieder.«

»Aspirin«, flehte Plotek, »bitte.«

»Warten Sie, ich bringe Ihnen was, dann spüren Sie den Schmerz nicht mehr so sehr.«

Noch ehe Schwester Sieglinde das Zimmer wieder verlassen konnte, knallte ihr Jo Hillebrand eine Forderung an den Kopf. In einem Tonfall, der die Schwester zu seiner Leibeigenen degradierte, sagte er: »Ich brauche was zu trinken!«

Hol dir halt was, dachte Plotek, was ist das denn für ein verzogener, widerlicher Dreikäsehoch.

Kaum war die Schwester aus dem Zimmer, fing Jo Hillebrand schon wieder an zu quasseln.

»Mit der alten Schachtel musst du dich gut stellen, dann ist das hier gar nicht so schlecht«, sagte er und kicherte wie ein Pennäler bei einem obszönen Witz.

»Mich mag sie nicht. Und wenn ich dir was verraten darf, ich mag den alten Drachen auch nicht.«

Schwester Sieglinde war höchstens 35, dachte Plotek, und mit Sicherheit einige Jahre jünger als er selbst und von Drachen keine Spur. Eher Engel, Schwan, Schimmel oder dergleichen. Entweder leidet dieser pubertierende Superkicker an extremen Wahrnehmungsstörungen oder zwischen mir und ihm liegen nicht nur eine Generation, sondern mehrere Milchstraßen. Vielleicht ist aber auch sein Kopf vom vielen Köpfen ein Fußball geworden und im Hirn weilt seither nur noch lauwarme Luft. Da passt natürlich so eine durchaus attraktiv aussehende Schwester Sieglinde im besten Alter nicht hinein. In Ploteks Hirn, auch wenn es noch so pochte und schmerzte, passte sie allemal hinein.

Die Tür ging wieder auf und Schwester Sieglinde stand erneut im Zimmer. In der einen Hand hatte sie ein Glas mit einer blubbernden Flüssigkeit, in der anderen eine Flasche. Den Power-Drink stellte sie auf den Nachttisch von Jo Hillebrand, neben eine Packung rosafarbener Himbeerbonbons. Dann setzte sie sich auf Ploteks Bett, griff hinter seinen Rücken und half ihm, sich aufzurichten. Er spürte ihre kalte Hand auf seiner Haut und wunderte sich über die Temperatur. Das gibt's oft, Menschen, die immerzu kalte Hände haben, kalte Nasen, kalte Ohren. Oder kalte Füße, wie Plotek. Ständig hatte er kalte Füße, schon von klein auf. Woran das lag? An mangelnder Durchblutung, zu dünnen Socken, löchrigen Mokassins. Keine Ahnung. Jetzt sah Plotek der Schwester direkt in den Ausschnitt ihrer Kittelschürze, wo frech eine kleine Tätowierung herausschaute. Was da genau auf der Haut eingeritzt war, konnte er leider nicht erkennen. Das muss doch wehtun, dachte Plotek noch, da auf der zarten Brust, als Schwester Sieglinde das Glas an seinen Mund führte. »Trinken Sie«, sagte sie, »das hilft.«

Dann stand sie auf, wandte sich an Jo Hillebrand und zischte streng: »Machen Sie den Kopfhörer leiser und nehmen Sie ein wenig Rücksicht auf die anderen Patienten.«

Jo Hillebrand grinste boshaft und erwiderte: »Den Kopfhörer kann man nicht leiser machen, liebe Schwester Siegheil, höchstens den MP3-Player. Und wer sind denn die anderen, wenn ich fragen darf?« Er richtete sich im Bett auf und sah sich demonstrativ um.

Klugscheißer, dachte Plotek und wollte der Schwester zu Hilfe eilen. Aber vergiss es. Natürlich brachte er wieder mal den Mund nicht auf. Und ärgerte sich darüber.

»Sehr witzig«, sagte Schwester Sieglinde, »Sie wissen ganz genau, was ich meine.«

Jo Hillebrand zog die Schultern bis zu den Ohren und grinste wieder. Dabei wirkte er noch jünger, wie ein Lausbub vor der Pubertät.

»Das hier ist ein Krankenzimmer und keine Umkleidekabine.«

»Stimmt, in Umkleidekabinen gibt es keine alten Jungfern, die herumbellen«, sagte Jo so leise, dass er kaum zu verstehen war. Kaum. Denn Plotek verstand. Und Schwester Sieglinde auch.

»Und Rücksicht ist ein Wort, das Sie vielleicht nicht kennen, aber möglichst schnell lernen sollten.«

»Wau, wau, wau!«, bellte Jo Hillebrand und schien sich köstlich zu amüsieren.

Schwester Sieglinde ging zur Tür. »Wenn es nicht besser wird, läuten Sie einfach. Dann bringe ich Ihnen was anderes«, sagte sie zu Plotek, lächelte und verschwand.

Auch Plotek versuchte zu lächeln. Es misslang. Jo Hillebrand versuchte noch immer einen Yorkshireterrier zu imitieren.

»Und gefällt sie dir?«

Plotek drehte ihm den Rücken zu und ließ unter seiner Decke einen lauten Furz in Richtung des anderen Bettes entweichen.

»So 'ne Sau!«, hörte er Jo Hillebrand noch brummen, bevor er mit einem Lächeln einschlief, weil er gerade an Peter Pacult dachte, *der wo nicht Weltmeister wurde*, aber so schöne Stilblüten sagen konnte wie: *Ja, der FC Tirol hat eine Obduktion für mich.*

6

Als Plotek nach Stunden wieder aufwachte, schlief Jo Hillebrand. Der Power-Drink auf dem Nachttisch war leer. Die Packung mit den Bonbons noch immer da. Ich dachte, so etwas macht fit, sinnierte Plotek und schmunzelte. Das Schmunzeln allerdings verging ihm schnell, als er nämlich Jo Hillebrand schnarchen hörte. Und zwar so dermaßen laut, dass er nicht mehr einschlafen konnte. Zunächst verdächtigte Plotek den Superstürmer, ihn, Plotek, absichtlich beim Schlafen zu stören. Als sich aber Lautstärke und Schnarchfrequenz über die nächste halbe Stunde hinweg nicht veränderten, war ihm klar, dass er nichts dafür konnte. Ich auch nicht, dachte Plotek und wälzte sich von der einen Seite auf die andere, ohne ein Auge zuzumachen. Draußen war es bereits dunkel und in seinem Kopf feierte der Schmerz noch immer After-Work-Partys. Also hievte er sich schließlich, schon halb taub von der ganzen Schnarcherei und völlig gerädert aus dem Bett, schleppte sich zur Tür und torkelte auf den Krankenhausflur hinaus. Der Flur war nur schummrig beleuchtet. Langsam tastete er sich auf der Suche nach der Schwester an der Wand entlang. Jetzt merkte er nicht nur den Schmerz im Kopf. Auch die Beine zitterten und um die Brust herum stach es bei jedem Atemzug. Das Krankenhaushemdchen flatterte in der abgestandenen Luft und sein nackter Arsch war für jedermann zur Besichtigung freigegeben. Ihm war das ziemlich peinlich. Nicht nur die unfreiwillig zur Schau gestellte Nacktheit war Plotek ein Dorn im Auge, auch das lächerliche Hemdchen stieß nicht gerade auf seine uneingeschränkte Zustimmung. Außerdem zog es an den Arschbacken wie an einer viel befahrenen Kreuzung. Bloß gut, dass außer ihm niemand mehr unterwegs war, dachte Plotek. Aber denkste. Noch ehe der Gedanke zu Ende gedacht war, bog schon eine Gestalt im gleichen Krankenhaushemdchen um die Ecke. Ein Rollwägelchen mit Infusionsflasche hinter sich herziehend kam sie ihm schwankend entgegen. Als sie auf gleicher Höhe waren, blieb der Mann, ungefähr doppelt so alt wie Plotek und noch viel dicker, neben ihm stehen. Er holte tief Luft und nuschelte: »Nicht schimpfen, bin schon wieder auf dem Weg ins Bett, Herr Doktor!« Dann rülpste er leise und torkelte weiter.

Plotek sah ihm nach. Die rosafarbenen, plüschigen Hauspantoffeln und der dicke haarige Arsch unter dem Hemdchen ließen ihn grinsen. An der nächsten Ecke bog der Mann ab und war verschwunden. Als Plotek sich wieder umdrehte, hörte er plötzlich eine Stimme und erschrak.

»Suchen Sie mich?«

Vor ihm stand jetzt Schwester Sieglinde und lächelte. Plotek nickte.

»Na, dann kommen Sie mal mit.« Sie führte ihn wie einen schwer Verwundeten ins Schwesternzimmer.

»Setzen Sie sich.«

Plotek ließ sich erschöpft auf einen Stuhl fallen, atmete tief und wischte sich mit der Hand den Schweiß von der Stirn.

»Wie kann ich Ihnen helfen?«

Plotek überlegte. Tja, das ist eine gute Frage, dachte er und wusste keine Antwort. Nicht einmal eine Spur von einer Antwort war in Sicht. Dafür eine weitere Frage.

»Sie können nicht schlafen, stimmt's?«, fuhr Schwester Sieglinde fort, als hätte sie Plotek längst durchschaut und sich darauf eingestellt, ihm alles aus der Nase ziehen zu müssen.

Plotek nickte wieder und wollte erklären, warum. Aber noch ehe er den Mund aufbrachte, fiel ihm die Schwester schon ins Wort: »Sie brauchen gar nichts zu erklären, ich weiß schon.«

Also sagte er eben nichts.

»Hier, nehmen Sie diese Tablette, dann werden Sie schlafen wie im Himmel.«

Also, doch nicht Schwan oder Schimmel, sondern Engel, dachte Plotek und lächelte. Schwester Sieglinde reichte ihm eine Tablette, stand dann auf, holte eine Flasche aus dem Schrank, schenkte einen Plastikbecher halb voll und reichte ihn Plotek. Der Becher roch seltsam. Oder vielmehr der Inhalt. Das merkte Plotek sofort. Dafür hat er ein Näschen. Das war kein Wasser, auch kein Power-Drink, das war Schnaps. Cognac. Plotek sah Schwester Sieglinde erstaunt an, die aber nur einmal zwinkerte und so vertraulich, als würden sie sich schon ewig kennen, sagte: »Ich weiß doch, was Ihnen fehlt.«

Hatte sie auch wieder recht. Vielleicht waren die zittrigen Knie und die Schweißausbrüche schon die ersten Anzeichen von Alkoholentzug. Plotek war auf den ersten Blick natürlich kein Alkoholiker. Auf den zweiten dagegen konsumierte er täglich reichlich Alkohol. Bier, Schnaps, Wein, Tequila. Und wenn dann der Stoff fehlte, rebellierte natürlich der Körper.

»*Unertl*-Weißbier ist kein Alkohol«, sagte Agnes immer, wenn der lasterhafte Bierkonsum mal wieder Thema war. »*Unertl*-Weißbier ist das Gleitmittel für den menschlichen Gefühlshaushalt.«

»Und Tequila?«

»Ein Präservativ gegen scheußliche Depression.«

Das machte das Trinken dann wieder vergnüglicher.

Plotek hatte schon lange nichts mehr getrunken – zumindest konnte er sich nicht mehr daran erinnern. Er schob die Tablette in den Mund und spülte sie mit Cognac hinunter. Augenblicklich ließ das Zittern nach, die Schweißdrüsen machten Pause und der Schmerz in der Brust stach nur noch halb so spitz. Danke, wollte er sagen, brachte aber nichts heraus. Schwester Sieglinde kramte derweil in einer Schublade, zog ein Kuvert hervor und gab es Plotek.

»Das soll ich Ihnen noch geben.«

Plotek hielt das Kuvert in der Hand und starrte auf das Papier, als wäre es eine Botschaft aus einer anderen Welt und der Absender auch nach stundenlangem Nachdenken nicht zu ermitteln.

»Na, machen Sie schon auf«, sagte Sieglinde. Es klang, als wüsste sie längst, was darin stand.

Er öffnete das Kuvert, zog einen Bogen Hotelbriefpapier heraus und las lautlos die krakelig hingeschriebenen Sätze.

Ich kann leider nicht bei dir in Hamburg bleiben. Komme dich aber nächstes Wochenende besuchen. Ruf mich an, wenn du kannst. Agnes (Kuss) PS Gute Besserung auch von Arno Brunner – er kommt die Tage bei dir vorbei.

Bloß nicht, dachte Plotek. Es passte ihm gar nicht, dass Agnes und Arno Brunner sich getroffen hatten. Ob das schon erste Anzeichen von Eifersucht waren, die da in Plotek aufkeimte? Keine Ahnung. Im Prinzip war Plotek nicht eifersüchtig. Noch nie gewesen. Gründe gab es natürlich oft. Aber Plotek war keiner, der sich von einem Grund drängen ließ. Auch nicht zur Eifersucht. Zu gar nichts. Er war einfach anders, der Plotek.

»Unangenehm?«, fragte Sieglinde jetzt.

»Hm«, machte Plotek und dachte, es gibt Unangenehmeres. Obgleich ihm auf Anhieb gar nichts einfiel. Dann schon. Zum Beispiel Hodenkrebs, Lungenkrebs, Herzinfarkt, Schlaganfall und alles. Auch ein Mandel-Abszess ist nicht schön und viel schlimmer. Oder Suppi-extra-plus. Oder Lothar Matthäus. Andy Brehme. Eine Reise im Flugzeug. Und ein schnarchender Superkicker im Zimmer. Während sich in Ploteks Kopf das Unangenehme und das Scheußliche die Türklinke in die Hand gaben, holte Sieglinde erneut die Flasche aus dem Schrank und schenkte den Becher ein weiteres Mal halb voll. Ohne abzusetzen, schüttete Plotek den Cognac die Kehle hinunter und spülte mit ihm alles Leidige dieser Welt bis auf Weiteres davon. Jetzt zitterte er gar nicht mehr. Er fühlte sich viel besser. *Vom Gefühl her hatte er jetzt ein gutes Feeling*, um einmal mehr Andreas Möller ins Spiel zu bringen. Er fühlte sich leicht und Dankbarkeit machte sich in ihm breit, die Schwester Sieglinde fast zu Mutter Teresa mutieren ließ. Zum ersten Mal fielen ihm die mädchenhaften Gesichtszüge der Schwester auf. Ihre enzianblauen Augen, der schmale Mund mit den leicht nach oben gezogenen Winkeln und die kleine Stupsnase. Und wieder blieb er an der kleinen Tätowierung im Ausschnitt hängen. Manchmal schiebt sich eben etwas in das Gesichtsfeld und bannt den Blick, sodass man nicht mehr wegsehen kann. Plotek war von der Tätowierung gebannt. Obwohl er noch immer nicht erkennen konnte, was sie eigentlich darstellte. Irgendetwas Rundes musste es sein.

»Ein Ball«, sagte Sieglinde und schob die Kittelschürze ein wenig zur Seite. Auf der Haut war tatsächlich ein schmuckvoll tätowierter Fußball inmitten eines gleichschenkligen Dreiecks zu sehen.

»Schön«, entfuhr es Plotek, den Blick noch immer auf die Stelle zwischen ihren Brüsten gerichtet.

»Schön schmerzhaft«, entgegnete Sieglinde. »Eine Jugendsünde.« Dann lachte sie ein wenig. »Da macht man manchmal Dinge, die man später bereut.«

Aber doch nicht den schönen Ball, dachte Plotek und seine eigenen Jugendsünden fielen ihm ein. Heintje, den er in seiner Jugend abgrundtief verehrt hatte, und die Stangelhuber Rosi, der Pfarrer Thanwälder, die ganze Kindheit. Seine Kindheit war eine einzige Jugendsünde, die er seither bereut hatte.

»Damals war ich mit einem Fußballer zusammen. Sie wissen schon, die Liebe ist rund und muss ins Eckige«, sagte Sieglinde und lachte laut. Sie zog die Kittelschürze wieder zurecht, sodass der Ball verschwand.

Schade, dachte Plotek und wandte den Blick ab. Er hob noch einmal seinen Becher und Sieglinde schenkte nach.

»So, jetzt ist aber Schluss«, sagte sie in gespielt ernstem Tonfall, sodass Plotek den Eindruck nicht loswurde, dass das erst der Anfang sein könnte.

»Was ist heute für ein Tag?«, fragte Plotek, nachdem der Cognac in seinen Körper gelangt war und die Knie fast schon schläfrig machte.

»Was für eine Nacht?«, korrigierte Sieglinde. »Sonntag.«

Also doch Tag, dachte Plotek, wollte aber nicht spitzfindig sein.

»Sie waren einen Tag ohne Bewusstsein«, fügte Sieglinde hinzu, »aber ich denke mal, in drei, vier Tagen können Sie schon wieder entlassen werden.«

Das waren viele Tage auf einmal, dachte Plotek und dann fiel ihm plötzlich ein, dass er gar nicht wusste, warum bin ich eigentlich hier? Und es gelang ihm sogar, seine Frage zu stellen.

»Sie wurden auf der Tribüne bewusstlos, beim Pokalspiel«, antwortete Sieglinde. »Sie haben ein Schädel-Hirn-

Trauma, eine Gehirnerschütterung und einen Rippenbruch.«

Das ist jetzt auch wieder ziemlich viel auf einmal, kam es Plotek in den Sinn, aber immerhin besser als Hodenkrebs, Lungenkrebs, Herzinfarkt, Schlaganfall und alles.

Er stand auf. Oder versuchte es zumindest. Musste sich aber sofort wieder hinsetzen. Entweder waren die Knie inzwischen in einen Tiefschlaf verfallen und mit ihnen die Beine oder der Cognac hatte den Motor ganz heruntergefahren oder das Valium. Oder was weiß ich, dachte Plotek und schickte einen Hilfe suchenden Blick zur Schwester. Die verstand sofort, packte ihn am Arm und zog ihn vom Stuhl hoch.

»Herr Plotek! Darf ich Sie was fragen?«, sagte sie dann und blieb vor ihm stehen.

Plotek nickte.

»Sie wissen, dass Jo Hillebrand mich nicht ausstehen kann?«

Wieder nickte Plotek.

»Ich bitte Sie, verwenden Sie das nicht gegen ihn. Er ist noch ein Junge, ungezogen ist er, ja, aber ansonsten ist er schon in Ordnung.«

Woher will sie das denn wissen, dachte Plotek und sah auf den Ball an ihrem Busen, der jetzt wieder ein wenig hervorschaute.

»Irgendwann wird auch der vernünftig, nicht wahr?«

Noch einmal nickte Plotek und dann torkelte er am Arm von Schwester Sieglinde zurück in sein Zimmer. Stieg schnell in sein Bett, Augen zu und Gute Nacht.

Als er am nächsten Morgen aufwachte, schmerzte sein Schädel. In den Beinen spürte er ein unangenehmes Kribbeln und in der Brust stach es wieder, als wäre eine heimtückische

Mistgabel am Werk. Gott sei Dank war im Bett nebenan Ruhe. Kein Schnarchen, kein Röcheln, kein Nichts. Auch schön, dachte Plotek und wollte die Augen wieder schließen, um noch ein wenig vor sich hinzudämmern. Aber keine Chance. Er brachte kein Auge mehr zu. Der Grund, das Kribbeln in den Beinen und das Kribbeln der Gedanken, die jetzt durch seinen Kopf gingen. Nach einiger Zeit nur noch ein Gedanke, der wie ein hässliches Transparent zwischen seine Ohren gespannt war: Warum schnarcht Jo Hillebrand nicht mehr? Vielleicht ist er schon wach, dachte Plotek, drehte sich um und sah zum anderen Bett hinüber. Noch immer alles ruhig. Unwahrscheinlich. Wenn er wach wäre, hätte er schon längst wieder seine Despektierlichkeiten in die Welt hinausposaunt oder mit dem Techno-Gewummer die Luft akustisch verpestet. Plotek hievte sich aus dem Bett, hielt sich am Nachtkasten fest und machte einen Schritt auf Jo Hillebrands Bett zu. Er stützte sich am Bettrand ab und beugte sich über den Kopf des Superkickers, der mit geschlossenen Augen unbeweglich auf dem Kissen lag. Plotek lauschte. Aber nichts. Kein Atem, nichts. Wenn man nicht atmet, dachte Plotek, hält man die Luft an. So lange kann man die Luft nicht anhalten, fiel ihm dann ein. Also: Ohne Atem kein Leben, ohne Leben tot. Und dann: Scheiße, der ist tot, dachte Plotek, wieder ein Wunderkicker weniger. Jetzt wird's langsam eng für den deutschen Fußball. Das ist ein gar nicht lustiges Kickersterben – letzte Woche Ivo Jovanovic, jetzt Jo Hillebrand. Und Benny van der Tal ist seit kurzem auch außer Gefecht gesetzt. Wo soll das bloß enden, dachte Plotek. Dann fiel ihm der Präsident des deutschen Fußballbundes, Gerhard Mayer-Volltreffer und dessen Bekenntnis ein: *Wenn beim Spiel Bayern gegen Cottbus nur zwei Germanen in der Anfangsformation stehen, kann irgendwas nicht stimmen.* Nur was? Hat der nicht gesagt, der germanische deutsche

Fußballpräsident. Jetzt erst fiel Plotek auf, dass Germane Hillebrand am Hals einen dünnen Strich hatte. Sah von weitem aus wie ein rotes Kettchen. Die Marie aus ›Woyzek‹, fiel Plotek jetzt ein, Theater, Georg Büchner. Er als Franz, Stadttheater Erlangen, Mitte der 90er: »Was bist du so bleich, Marie? Was hast du eine rote Schnur um den Hals? Bei wem hast du das Halsband verdient mit deinen Sünden?«

Hat er sie umgebracht, der Woyzeck, die schöne Marie und wusste es nicht mehr, wollte es nicht mehr wissen. »Der Mond ist wie ein blutig Eisen!«

Und Jo Hillebrand ist auch mausetot, dachte Plotek und bemerkte jetzt die weiße Nase und die Lippen, so blau wie Enzian. Der Blick in das Gesicht eines Menschen, dem geholfen ist, ist der Blick in eine schöne Gegend. Dauernd fielen Plotek diese Sprüche ein – nein, der war nicht von Andy Brehme, auch nicht von Lothar Matthäus, sondern von einem großen deutschen Dichter, an dessen Namen sich Plotek jetzt aber nicht erinnern konnte – egal. Er spielte weiter gedanklich den Woyzeck durch und quälte sich durch die grauenvolle Inszenierung in Erlangen, als es an der Tür plötzlich klopfte. Plotek zog das Plumeau über den toten Jo Hillebrand und sagte: »Herein!«

Ein Mann mit schulterlangen, blonden Haaren, Trainingsanzug, stand jetzt zwischen den Türpfosten.

»Das ist doch ...«, sagte er mit erstaunter Miene. »Paul? Bist du's? Ich werd' verrückt! Das gibt es doch nicht, das ist doch ...«

Und wer bist du, dachte Plotek und wusste, dass ihm die Stimme von irgendwoher bekannt vorkam. Das war der Mann, der gestern am Bett von Jo Hillebrand gesessen hatte. Klar. Aber auch schon davor hatte er die Stimme irgendwo irgendwie irgendwann gehört. Plotek stand noch immer neben dem Bett und mit beiden Beinen auf der Leitung.

»Plotek, Paul Plotek, der schnellste Rechtsaußen, den Aalen je hatte, stimmt's?«, sagte der Mann und seine stahlblauen Augen sahen Plotek freundlich an. »VfR Aalen, Anfang der 80er, B-Jugend, na?«

Langsam dämmerte es Plotek. In Gedanken ging er die Mannschaft durch. Vor seinem geistigen Auge tauchte das Mannschaftsbild mit achtzehn pickligen Buben in kurzen Hosen auf, die von der großen Fußballkarriere träumten. Mittendrin er selbst. Vom Sturm bis zur Abwehr alles Milchgesichter mit Oberlippenflaum. Schließlich blieb er am Torwart hängen.

»Wenny?«

Der Mann an der Tür nickte und strahlte gleichzeitig. Der schöne Werner, genannt Wenny, Torwart beim VfR Aalen in der Jugend, später beim VfB Stuttgart, auch in der Jugend. Dann hatte er ihn aus den Augen verloren.

»Was machst du denn hier?«, platzten sie jetzt beide gleichzeitig heraus.

»Ich besuche Jo«, erklärte Wenny und zeigte auf das Bett von Jo Hillebrand. Der hat sich kaum verändert, dachte Plotek, älter ist er geworden, ja, aber sonst? Ein paar Falten, das schon, aber darüber hinaus sieht er aus wie früher, kein Bauch, alles noch straff, braun gebrannt, gepflegt und kein einziges graues Haar.

»Gefärbt«, sagte Wenny, als hätte er Ploteks Gedanken gelesen. »Du hast dich ganz schön verändert. Hätte dich fast nicht mehr erkannt.«

Ja, dachte Plotek, ich bin fett geworden, grau und ungepflegt.

»Mensch, wie kommst du denn hierher?«, fragte Wenny noch einmal.

Plotek zuckte die Schultern, Wenny stürmte auf ihn zu und umarmte ihn. Was Plotek gar nicht recht war. Erstens wegen dem Krankenhemdchen und dem nackten Arsch, der hinten heraussah, und zweitens wegen Wenny und seiner kalten Hand auf dem Rücken. Man muss wissen, dass Plotek Wenny seit über zwanzig Jahre weder gesprochen noch gesehen hatte. Und jetzt wurde der gleich so eng und intim, als wären sie ein Herz und eine Seele. Dabei waren sie früher auch nicht gerade Freunde. Plotek spielte vorne, Wenny hinten. Da läuft man sich auf dem Platz nicht so oft über den Weg. Sturm und Abwehr sind zwei Welten, zwei Philosophien. Die einen wollen Tore schießen, die anderen wollen es verhindern. Das passt nicht besonders gut zusammen. Und wenn man ehrlich ist, wollen sie auch gar nicht so viel miteinander zu tun haben. Natürlich wird immer die Einheit der Mannschaft beschworen, elf Freunde müsst ihr sein und so ein Quatsch, einer für alle, alle für einen – aber vergiss es. Das ist Theorie. In die Praxis umgesetzt heißt das, jeder für sich und der Germanenpräsi gegen alle. Aber Plotek hatte generell so seine Probleme mit körperlichem Kontakt. Schon damals, beim Fußball. Er konnte es nie ausstehen, wenn die Abwehrspieler glaubten, ihn immer ganz eng decken zu müssen. Oder wenn beim Torjubel die Mitspieler herzten. Und heute war das nicht anders. Auch ohne Gegner und Mitspieler. Eigentlich war es noch viel schlimmer. Plotek ließ kaum jemanden an sich heran. Manchmal Frauen, Männer überhaupt nicht. Ob das was mit der Erziehung, mit der Kindheit, Pfarrer Thanwälder oder der Psyche und allem zu tun hatte? Hm, wenn man das wüsste. Würde auch nichts ändern. Na ja, ab und an kam ihm Agnes etwas näher. Aber ansonsten liebte er die Distanz. Als ob auch Wenny jetzt dieselben Gedanken durch den Kopf geflankt wären, ließ er Plotek wieder los. Der Grund dafür allerdings war der tote Hillebrand im Bett.

»Jo?«

Wenny zog das Plumeau vom Bett, erstarrte und glotzte wie hypnotisiert auf den toten Superstürmer. Plotek glotzte auch, obwohl er den Anblick ja schon kannte.

»Was ist denn mit dem?«, stammelte Wenny.

»Tot«, sagte Plotek ganz leise, um den Toten nicht zu stören. Totenruhe quasi, Pietät und alles.

»Was?«, stotterte Wenny noch immer ganz benommen. »Aber, warum denn, wie denn, was denn ...«

»Keine Ahnung, hab' es auch gerade erst bemerkt.«

»Scheiße.«

»Ziemlich.«

»Ich hol die Schwester.«

»Ja.«

Und schon verschwand Wenny wieder und Plotek blieb allein mit dem toten Jo Hillebrand zurück. Totenwache eben. Jetzt erst fiel ihm an Jos eingegipstem Bein ein roter Kussmund auf. Ob der gestern auch schon da war? Keine Ahnung. Ansonsten fiel ihm nichts auf. Doch, der Power-Drink war vom Nachtkästchen verschwunden, die Tüte mit den rosafarbenen Himbeerbonbons war noch da.

Es dauerte nicht lange, da kam Wenny zurück. Und mit ihm nicht nur die Schwester, sondern auch zwei Pfleger und der Stationsarzt, der dann nicht nur den Tod, sondern auch die Todesursache und die ungefähre Todeszeit feststellte. Schließlich kam auch noch die Kriminalpolizei und, als die fertig war, der Bestatter. Und die Presse. Es handelte sich eben nicht um irgendeinen Toten, der hier das Zeitliche gesegnet hatte, sondern um die Angriffshoffnung im deutschen Fußball. Die jetzt tot war. Da war natürlich auch ein öffentliches Interesse angesagt. Im Krankenhaus machte sich eine Stimmung breit wie auf dem Platz oder in der Umkleidekabine nach einer ganz schlimmen Niederlage. Soll heißen: Trauer, Trauer, Trauer.

Am Abend war vieles schon ein wenig klarer. Nicht nur für die Presse. Irgendwann in der Nacht, eher in den frühen Morgenstunden musste Jo Hillebrand gestorben sein. Zwischen vier und acht, meinten die Mediziner. Na ja, gestorben. Aller Wahrscheinlichkeit nach war ihm beim Sterben geholfen worden. Man kann auch Mord sagen, wenn es nicht so hässlich klingen würde. Jo Hillebrand wurde, die Spuren am Hals ließen keinen anderen Schluss zu, erdrosselt. Womit, war unklar. Von wem, auch. Verdächtigt wurde jeder. Auch Plotek.

»Ihr Alibi?«, fragte ein Kriminaler mit asketischem Äußeren und knarzender Stimme, der die Verhöre im Schwesternzimmer durchführte.

»Ich habe geschlafen«, sagte Plotek.

»Klar, was auch sonst. Zeugen?«

»Jo Hille …«, sagte Plotek und unterbrach sich, nachdem der Kommissar ihn misstrauisch ansah.

»Und Schwester Sieglinde.«

Die Schwester wurde herbeizitiert.

»Stimmt«, sagte Schwester Sieglinde. »Valium 5. Da schlafen Sie tief und fest und wachen die nächsten sechs Stunden nicht auf.«

»Wann?«, fragte der Kommissar und legte seine Asketenstirn in Falten.

»Um drei.«

»Warum wissen Sie das so genau?« Noch mehr Falten.

»Ich habe es in die Krankenakte geschrieben. Alles muss genau vermerkt werden.« Sieglinde zerstreute jeglichen Zweifel.

»Das wäre dann neun«, sagte der Kommissar. Die Falten waren inzwischen verschwunden, er schnalzte mit den Fingern und Plotek stand mal wieder auf dem Schlauch. Aber im Rechnen war er noch nie eine Leuchte gewesen. Glück gehabt, dachte Plotek, als er schließlich fertig gerechnet hatte. Schwester Sieglinde lächelte. Nur der asketisch aussehende Kommissar war nicht erfreut, weil ihm ein Tatverdächtiger weggebrochen war. Es wurde eng für den Ermittler und die Hamburger Kriminalpolizei. Die stand natürlich unter Druck. Öffentlichkeit, Presse, Fernsehen, Polizeipräsident, DFB, Fanclubs und alles. Die gesamte Fußballwelt stand kopf und verlangte Fahndungsresultate, so schnell wie möglich und bevor die ersten Stimmen laut wurden, die an der Effektivität der Polizei zweifelten. Aber weder im Fall Ivo Jovanovic noch im Fall Jo Hillebrand war auch nur irgendwo ein winziges Licht zu sehen. Die Polizei tappte absolut im Dunkeln und alles blieb unklar. Ein schneller Aufklärungserfolg war so unwahrscheinlich wie der Altona-Nord-Aufstieg in die erste Liga.

»Halten Sie sich zur Verfügung«, sagte der Kommissar nach Beendigung des Verhörs und sah dabei so aus, als wäre er Gandhi, der seine Grundsätze jeden Augenblick über den Haufen zu schmeißen drohte. »Und verlassen Sie bis auf weiteres nicht die Stadt.«

Also immer noch tatverdächtig, dachte Plotek, oder seit wann werden Zeugen mit derartigen Auflagen belegt. Na ja, wenn man keine Fahndungserfolge hat, keine Hinweise, Verdachtsmomente auch nicht, weder Motiv, noch irgendetwas anderes, wenn man rein gar nichts hat, klammert man sich eben an alles und jeden. Das ist dann wiederum ziemlich viel.

»Ich hab Ihnen nur eine Zweier gegeben«, sagte Schwester Sieglinde zu Plotek auf dem Krankenhausflur, als der Asketen-Kommissar fertig war, und legte dabei den Zeigefinger auf ihren schmalen, schönen Mund.

Wirkt nicht mal drei Stunden, dachte Plotek, soll heißen, spätestens um sechs war er wieder wach. Tatzeit zwischen vier und acht. Folge: Wieder Tatverdächtiger. Herzlich willkommen im Kreis der potenziellen Mörder. Der Kommissar hätte sich bestimmt gefreut.

»Ihnen sieht doch ein Blinder an, dass Sie niemandem etwas zuleide tun können«, beruhigte ihn Sieglinde.

»Danke«, erwiderte Plotek und nickte, als wäre er jetzt Gandhi.

»Ich behalte es auch für mich.«

Noch mal danke, dachte Plotek, sagte es aber nicht, sondern stutzte und wartete, ob sie noch mehr zu sagen hätte. Und sie hatte.

»Da wäre noch was, Herr Plotek.« Kurze Pause, scheuer Blick. »Sie müssen mir helfen. Ich glaube nicht an die Polizei. Für die ist das ein Fall unter vielen. Na ja, Jo Hillebrand ist nicht irgendein Opfer. Der öffentliche Druck ist groß. Aber Druck hin oder her, ein Täter fällt nicht einfach vom Himmel.«

Sie machte eine Miene, als ob Plotek tatsächlich Hand angelegt hätte.

»Halten Sie die Ohren offen. Wenn Sie etwas hören, sagen Sie mir Bescheid, okay?«

Hä, dachte Plotek, was soll das denn bedeuten?

»Okay?«

Plotek nickte, obgleich er nicht verbergen konnte, dass er einigermaßen irritiert war. Was hatte er mit Jo Hillebrand zu schaffen? Und mit Schwester Sieglinde? Dass sie ihm Cognac verabreicht hatte, war nett, sie selbst auch, und dass sie den Kommissar angeschwindelt hat – okay. Aber deswegen muss sie mich ja nicht gleich in den Denunziantenstand heben und zum Spitzel hochsterilisieren, um es mit Bruno Labbadia zu sagen.

»Ach so, Herr Plotek«, rief ihm die Schwester nach, als er bereits wieder auf dem Flur war, »beinahe hätte ich es vergessen. Sie müssen umziehen. Ihr Zimmer ist bis auf weiteres versiegelt. Ich habe Ihnen in 401 ein Bett fertig gemacht. Ist das recht?«

»Ja.«

7

Im Zimmer 401 roch es wie in Ploteks Lieblingsgaststätte. Soll heißen, nach Rauch, Bier und altem Fett. Ungewöhnlich für ein Krankenzimmer, dachte Plotek und wunderte sich ein wenig. Im Zimmer standen zwei Betten, eines davon war belegt. Ein Mann, vielleicht zehn, fünfzehn Jahre älter als Plotek, dünn, fast schon hager und auf der Stirn ein auffälliges Brandmal wie der frühere sowjetische Führer.

»*Heute ist immer ein schlechter Tag*«, sagte der Mann mit harter osteuropäischer Sprachfärbung und leicht lispelnd.

Das habe ich schon mal gehört, dachte Plotek.

»Wilfried Schäfer ist Ihnen ein Begriff, oder?«, sagte der Mann und zwinkerte, als hätte er etwas im Auge.

Plotek nickte und dachte, nicht ganz korrekt, nicht Wilfried, sondern Winfried – wenn schon. Das sagte er aber nicht, sondern was anderes, nämlich »KSC«, und zwinkerte ebenfalls.

»Stuttgart.«

»Kamerun.«

Jetzt zwinkerten beide und lachten. »Spielen Sie Schach?«, fragte der Mann.

»Schlecht.«

»Macht nichts – gewinnen tu ohnehin immer ich.« Der Mann öffnete das Nachtkästchen und holte ein aufklappbares Schachbrett und die dazugehörigen Figuren aus Holz heraus.

»Ich nehme schwarz.«

»Meinetwegen.«

»Fangen Sie an.«

»Wenn es sein muss.«

»Es muss!« Der Mann mit dem Brandmal lachte und Plotek lachte auch. Das Lachen verging ihm aber schnell, denn nach wenigen Zügen war Plotek klar, dass er gegen den Mann keine Chance hatte. Der sieht nicht nur aus wie ein sowjetischer Führer, dachte Plotek, der spielt auch wie ein russischer Schachgroßmeister. Das war ein russischer Schachgroßmeister! Jede Figur, die der Schachgroßmeister des Feldes verwies, stellte Plotek neben das Brett, sodass sie akkurat in einer Reihe auf dem Nachttischchen standen und an einen Soldatentrupp auf dem Exerzierplatz erinnerten.

»Schach!«

Scheiße, dachte Plotek, wieder nicht aufgepasst. Er nahm den geschlagenen Turm und stellte ihn zu den anderen Figuren, sorgfältig und so sehr um Genauigkeit bemüht, dass es fast schon beängstigend war. Plotek konnte sich nicht mehr auf das Spiel konzentrieren. Er war wie versessen darauf, für Akkuratesse neben dem Brett zu sorgen. So etwas gab es ja oft. Man stellt die Zahnbürste immer genau so in den Zahnputzbecher, dass sie mit den Borsten nach vorne weist. Sonst kann man nicht schlafen und muss aufstehen, um sie in die richtige Position zu bringen. Oder man springt über Asphaltplatten und darf auf keinen Fall auf die Fugen treten, weil man sonst augenblicklich von Bomben zerfetzt werden könnte.

»Zwanghaft«, sagte der Schachgroßmeister, dem Ploteks Ordnungswahn aufgefallen war. »Ich kenne das.«

Ich nicht, dachte Plotek und sah besorgt auf das Schachbrett, auf dem kaum mehr weiße Figuren zu sehen waren.

Plotek war noch nie ein Ordnungsfanatiker gewesen, auch Rituale spielten in seinem Leben keine große Rolle. Und die Zwänge, von denen er nicht lassen konnte, waren alles andere als pathologisch. Höchstens der Zwang, immer zum Arzt gehen zu müssen. Aber dafür gab es ja handfeste Gründe: Hodenkrebs, Lungenkrebs, Herzinfarkt und alles. Oder zumindest der Verdacht darauf. Ansonsten war Plotek von Kindesbeinen an eher ein undurchschaubarer Chaot, der meistens alles liegen ließ und nie nichts aufräumte.

»Vor mir war früher kein Wasserhahn sicher«, sagte der Schachgroßmeister wieder in seinem unnachahmlichen osteuropäischen Akzent. »Ich musste ständig kontrollieren, ob Herdplatten und Lichtschalter ausgeschaltet waren.«

Grauenvoll, dachte Plotek und ordnete die Schachfiguren neben dem Brett. Jetzt auch die Schwarzen des Schachgroßmeisters.

»Ich war nicht mehr ich selbst. Ich war gefangen in meinen Zwängen. Putzen, zählen, sammeln, kontrollieren auf Teufel komm raus. Und das Schlimmste, ich konnte keine Türklinken mehr anfassen«, sagte der Schachgroßmeister und sah Plotek an, als wüsste der, warum. Aber vergiss es. Plotek hatte keinen blassen Schimmer.

»Aus Angst vor Bakterien, Ansteckung, Tod. Geld konnte ich auch nicht anfassen. Ständig musste ich mir die Hände waschen. Zuletzt bin ich nur noch mit Handschuhen außer Haus, auch im Hochsommer.«

Plotek wurde es ganz anders zumute. Obwohl ihm das Ordnen von Schachfiguren eher harmlos erschien. Aber vielleicht war das erst der Anfang und ein Ende der Zwanghaftigkeiten nicht abzusehen.

»Dabei hatte ich ständig Herzrasen und Schweißausbrüche und vor Angst schlotterten mir die Knie – furchtbar«, fuhr der Schachgroßmeister fort und kickte soeben wieder ein Pferd vom Brett, das Plotek sogleich in das Heer der anderen Figuren einordnete.

»Das geht auf neurobiologische Veränderungen im Hirn zurück. Die Impulsübertragungen in den Hirnarealen sind da etwas gestört.«

Und was macht man dagegen, dachte Plotek und spürte, wie sein Herz zu rasen begann und die Hände feucht wurden.

»Verhaltenstherapie«, sagte der Schachgroßmeister und dann: »Schach matt!«

Puh, das ging aber schnell, dachte Plotek und stellte den König zu den anderen Figuren.

Der Mann lächelte und zeigte dabei seine gelben schlechten Zähne.

»Piotr«, sagte er und streckte Plotek seine Hand entgegen.

»Plotek.«

Plotek hatte augenblicklich das Gefühl, die Hände waschen zu müssen.

Piotr öffnete sein Nachtkästchen, holte eine Flasche und zwei Gläser heraus und schenkte ein.

»Prost.«

Während sie den Wodka tranken, dachte Plotek an die neurobiologischen Veränderungen. Ob sie mit der SpVg Altona-Nord zu tun hatten, dem Pokalspiel, dem Stadion, der Ohnmacht? Möglich. Und wie zur Bestätigung schob er seine Hauspantoffeln ordentlich zusammen, als wären sie eineiige Zwillinge.

»Manchmal gibt sich das aber auch wieder«, sagte Piotr, nachdem er noch einen Schluck getrunken hatte und sich erneut mit Ploteks Hirnarealen auseinandersetzte. »Zum Beispiel nach Unfällen, Schädel-Hirn-Traumata und so weiter.«

Der kennt sich aber aus, dachte Plotek und war trotzdem

nicht beruhigt. Piotr schenkte ein weiteres Mal die Gläser voll.

»Prost.«

Was Schwester Sieglinde wohl dazu sagen würde, dachte Plotek und schüttete den Wodka in einem Zug hinunter.

»Die drückt ein Auge zu«, sagte Piotr, als hätte er Ploteks Gedanken erraten, und stellte die Schachfiguren wieder aufs Brett.

»Manchmal auch zwei.«

Ein seltsamer Glanz blitzte in Piotrs Augen und das Brandmal sah aus, als leuchtete es. Die beiden sagten nichts mehr, tranken und schienen ihren Gedanken nachzuhängen, bis Piotr schließlich schon ein wenig lallend fragte: »Revanche?«

»Meinetwegen.«

»Sie fangen an!«

Plotek machte den ersten Zug mit dem weißen Bauern und wieder ordnete er die aus dem Spiel gekickten Figuren auf dem Nachtkästchen.

Die beiden spielten den ganzen Tag und die halbe Nacht hindurch Schach, tranken Wodka und unterhielten sich über Zwangserkrankungen, Rituale und die Überaktivität im Gehirn.

Ab und zu schaute Schwester Sieglinde oder eine andere Schwester herein, war aber jedesmal rasch wieder verschwunden.

Warum Piotr im Krankenhaus lag, verriet er Plotek nicht. Das fand er sympathisch. Mit den eigenen Krankheiten nicht gleich hausieren, dachte Plotek und verlor auch die nächsten Partien haushoch.

Spät in der Nacht waren beide so erschöpft und betrunken, dass sie wortlos einschliefen. Na ja, zumindest Piotr. Plotek nicht.

Obwohl Piotr weder schnarchte noch sonst etwas, konnte Plotek nicht richtig schlafen. Seine zwanghaften Gedanken ließen ihn nicht los und noch im Dämmerzustand sortierte er imaginäre Schachfiguren. Und als er dann doch endlich einschlief, träumte er von Flugzeugabstürzen. Er sah sich selbst in einer Boeing sitzen, durch die Luft fliegen und abstürzen. Er sah sich durch die Wolken fallen, immer tiefer der Erde entgegen und dem Ozean. Er schlug auf der Wasseroberfläche auf und zerschellte in Millionen winzig kleiner Bruchstücke, die immer weiter nach unten sanken. Er sah, wie er von gierigen Haifischmäulern aufgefressen und im Haifischmagen verdaut und anschließend wieder ausgeschieden wurde. Er sah sich auf dem Meeresgrund liegen als kleine Haifischscheißhaufen und in die Weltmeere hineinstinken. Bis er schließlich vom unangenehmen Gestank aufwachte, in Schweiß gebadet, aber auch erleichtert, doch kein Scheißhaufen zu sein.

Gegen Morgen endlich fand er tiefen Schlaf und träumte nicht mehr. Plötzlich ging die Tür mit einem Schwung auf und fiel mit einem so lauten Knall wieder zu, dass Plotek erschrocken zusammenfuhr und die Augen aufriss. Bei dem Anblick, der sich ihm bot, hätte er sie am liebsten gleich wieder zugemacht. Aber keine Chance. Lachend und mit Ploteks Reisetasche in der Hand stand Arno vor ihm.

»Mensch, Plotek, was machst du denn für Sachen?«, fragte er, warf die Reisetasche auf den Boden und setzte sich neben Plotek auf die Bettkante.

Was stellst du denn für blöde Fragen, dachte Plotek und überlegte krampfhaft, wie er dieser unangenehmen Situation entkommen konnte. Er warf Piotr, der längst wieder das Schachbrett aufgestellt hatte, einen Hilfe suchenden Blick zu.

»Oder hast du dich nur wegen den geilen Schwestern hier einweisen lassen?«, fragte Arno und lachte sein aufgesetztes Altöttinger Wallfahrtslachen. Na ja, das war eben Arnos Humor. Und hatte mit Ploteks Humor überhaupt nichts zu tun. Auch Piotr hatte offenbar seine Probleme damit. Hinter Arnos Rücken machte er ganz schnell eine Scheibenwischerbewegung, was Plotek als ein unmissverständliches Zeichen deutete. Plotek nickte. Arno lachte noch immer übers ganze Gesicht.

»Ich habe dich zuerst gar nicht gefunden«, sagte er.

»Ich lag zuerst im Zimmer beim toten Fußballer«, erklärte Plotek.

Arnos gute Stimmung war dahin. Gerade noch beschwingt freundlich machte er von einer Sekunde auf die andere eine todtraurige Miene.

»Schreckliche Geschichte«, schluchzte er und sah aus, als wollte er gleich anfangen zu weinen. Ohne dass Plotek ihn gefragt hätte, erzählte Arno bereitwillig, warum er plötzlich nur noch wie ein Häufchen Elend auf der Bettkante saß.

»Jo Hillebrand war ein großartiger Spieler«, sagte er und seufzte. »Ich hatte ihn unter Vertrag. Er war mein Schützling, verstehst du?«

Unentschlossenes Nicken von Plotek und Achselzucken von Piotr.

»Und das beste Pferd im Stall, nachdem Ivo Jovanovic den Löffel abgegeben hat«, fügte Arno hinzu. »Hinter Jo waren alle her. Und die Preise stiegen wie die Aktien nach Massenentlassungen.« Er sah zu dem kleinen Fernseher knapp unter der Decke hinauf, als wäre der Kurs mittlerweile dort oben angekommen. »Nächste Woche hätte der Deal perfekt gemacht werden sollen. Alles war paletti, Gehalt, Laufzeit, Werbeverträge, Provision. Die Bayern hätten nur noch unterschreiben müssen.«

Er stand auf und ging unruhig auf und ab.

»Und jetzt ist alles futsch«, sagte er und raufte sich die Haare.

Du Armer, dachte Plotek, kannst du dir eben ein Reihenhaus weniger kaufen. Und Piotr schien ähnlich zu denken, zumindest konnte man sein dezentes Grinsen so deuten.

»Das ist natürlich kein Zufall«, sagte Arno leise und mit eindringlicher Stimme. Er setzte sich wieder auf Ploteks Bettkante und beugte sich zu ihm hinunter. »Da steckt ein brutales Kalkül dahinter. Irgendjemand hat es da nicht nur auf den deutschen Fußballnachwuchs, sondern auch auf mich abgesehen.« Arno ballte die Hände vor Wut.

Plotek zuckte die Schultern und Piotr sagte: »Die Liga-Mafia vielleicht, wenn es so etwas gibt.« Mit seinem osteuropäischen Akzent klang er hundertprozentig überzeugend.

Arno zuckte zusammen und sah Piotr jetzt aufmerksam an.

»Der Mann ist Hellseher«, sagte er und nickte Piotr anerkennend zu. Ernst und nachdenklich wandte er sich wieder an Plotek. »Aber das finde ich schon noch heraus. Und wehe dem!«

Er ließ seine Finger knacken und raufte sich die Haare. Plotek zuckte die Schultern und Piotr machte eine Scheibenwischerbewegung.

Arno stand auf und sah wieder zur Decke hinauf, wo lautlos der Fernseher lief, den ganzen Tag ununterbrochen. Einen Moment lang verfolgte er die vormittägliche Talkshow, bei der sich schlecht gekleidete, dicke Menschen mit extremen Hautproblemen pausenlos anschrien.

»Mach doch mal lauter«, sagte Arno, ohne den Blick vom Bildschirm abzuwenden, »die kenne ich.«

Piotr drückte auf der Fernbedienung herum, sodass der Apparat plötzlich anfing zu sprechen. Eine dicke Frau, die in einen Korbstuhl gequetscht war, brüllte so sehr, dass ihr Gesicht rot anlief und die Adern an den Schläfen schnürsenkeldick anschwollen. »Immer glotzt er, und wenn ich mal was sehen will, nimmt er mir die Fernbedienung weg.«

»Das ist die Merz Monika«, sagte Arno, »die Maria Magdalena der Passionsspiele aus Altötting, erinnerst du dich?«

Klar, dachte Plotek, mein Gott, ist die fett geworden. Und hässlich. Da sieht man mal wieder, wie schnell so was gehen kann. Eine kleine Nachlässigkeit und schon sieht das Gesicht aus wie ein Pfannkuchen, die Extremitäten werden zu Leberwürsten und die Finger zu gekochten Debrezinern.

»Es gibt doch noch was anderes als Fußball«, keifte jetzt die dicke Frau im Fernseher, bis die Moderatorin umgeben von Zuschauern und mit Kärtchen und Mikrofon in der Hand fragte: »Und was sagst du dazu, Ralf?«

Ralf, der ähnlich dick und hässlich war wie die Merz Monika, sagte zuerst nichts. Er saß in seinem Korbstuhl und sah aus, als würde er darauf warten, bis ihn da wieder jemand herausholte.

Als niemand mehr damit rechnete, sagte der Mann plötzlich: »Stimmt«, und lachte ein bisschen. Und das war offenbar schon zu viel, denn die dicke Frau mischte sich wieder ein: »Findest du das lustig?«

»Weiß nicht«, antwortete Ralf eingeschüchtert und die Dicke keifte hämisch: »Nichts weißt du, gar nichts.« Dann lachte sie, dass ihre großen Brüste hüpften, als wollten sie aus dem Korbstuhl und Ralf an den Hals springen. »Du bist doch strunzdumm!«

»Und du kannst nicht mal kochen«, sagte Ralf ganz ruhig, eher zu sich selbst.

»Besser wie du«, antwortete die dicke Frau ebenso ruhig. Und während Plotek dachte, heißt das nicht »als«?, befreite sich die Frau mühsam aus dem Korbstuhl, ging langsam auf Ralf zu und verpasste ihm eine so deftige Ohrfeige, dass sich alle fünf Finger in Ralfs Gesicht abzeichneten.

»Das reicht«, sagte Arno und Piotr stellte den Ton wieder ab, sodass die kleine Rauferei von Ralf und der dicken Frau lautlos ablief.

Arno wandte sich wieder an Plotek. »Ich soll dich von der Agnes schön grüßen«, sagte er unvermittelt. Dann herzte er Plotek, als würde die beiden eine jahrelange intensive Freundschaft verbinden.

»Da drin sind deine Klamotten.« Arno zeigte auf die Reisetasche. »Agnes kommt wahrscheinlich am Wochenende. Sie ruft dich aber vorher noch an. Mensch, Plotek!«

In diesem Moment ging die Tür auf und Wenny kam herein. Arno drehte sich um und stand erschrocken auf. Er sah aus, als würde ihm der Leibhaftige begegnen. Wenny machte einen ganz ähnlichen Eindruck. Piotr und Plotek sahen sich an und zuckten die Schultern.

Wie in ›Spiel mir das Lied vom Tod‹ standen sich Wenny und Arno jetzt gegenüber. Plotek blies in Gedanken die Mundharmonika.

»Was will denn dieser Drecksack hier?«, zischte Wenny und ließ die Tür mit einem Knall zufallen.

Noch ehe irgendjemand antworten konnte, stürzte sich Wenny schon mit wehenden Haaren auf Arno. Beide fielen zu Boden und kugelten zwischen den Betten herum, als wäre das Krankenzimmer Schauplatz der Winnetou-Festspiele in Bad Segeberg. Es sah komisch aus. Einmal war Wenny oben, dann wieder Arno. Die Hemden hingen ihnen aus den Hosen und die Gesichter waren krebsrot vor Wut und Anstrengung. Die Rauferei ging so lange weiter, bis Piotr plötzlich in sein Nachtkästchen griff, einen kleinen Revolver herausholte und einmal in die Luft schoss. Dann war Ruhe. Nur Ploteks Ohren fiepten ab jetzt wie ein Ferkel, dem man die Kehle durchschneidet.

Arno und Wenny lagen noch immer auf dem Boden und sahen Piotr mit vor Angst geweiteten Augen an, als wollten sie sagen, war doch nur Spaß, ist schon gut. In aller Seelenruhe packte Piotr den Revolver wieder in die Schublade. Schwester Sieglinde kam ins Zimmer gestürzt.

»Was ist denn hier los?«, fragte sie mit Blick auf die beiden Männer am Boden.

»Meinungsverschiedenheiten«, antwortete Piotr ganz trocken, während sich Arno und Wenny schwer keuchend vom Boden erhoben.

»Ich glaube, die sind jetzt aber ausgeräumt«, fügte Piotr hinzu und warf einen Blick auf die Schublade, woraufhin Arno wütend nickte und grummelnd das Krankenzimmer verließ. Wenny ordnete seine langen, blonden Haare und setzte sich dann auf die Bettkante neben Plotek.

»Na, dann bin ich aber froh«, sagte Schwester Sieglinde, warf Wenny noch einen bösen Blick zu und ging aus dem Zimmer. Plotek beobachtete die ganze Zeit das Einschussloch an der Decke über seinem Bett, aus dem noch immer ein wenig Staub rieselte. Er fragte sich, warum Piotr eigentlich einen Revolver im Nachttisch aufbewahrte.

Piotr machte eine Miene, als wollte er entschuldigend sagen: Warum nicht?

»Tut mir leid«, sagte Wenny jetzt kleinlaut und strich sich noch immer liebevoll über das Haar, »aber wenn ich den sehe, kann ich nicht anders, dann brennen bei mir einfach die Sicherungen durch.«

Er schniefte ein wenig und dachte nach. »Was wollte dieser Drecksack überhaupt hier?«, fragte er dann.

»Nichts«, sagte Plotek, was so natürlich nicht ganz stimmte. Und dachte, was willst du überhaupt hier?

Wenny schien auch darüber nachdenken zu wollen und machte wieder eine lange Pause, in der er sich abermals über das Haar strich und gotterbärmlich schniefte.

»Wie geht's dir?«, fragte er schließlich und machte eine Miene, als wäre er in Wahrheit nicht weiter interessiert.

»Geht so«, antwortete Plotek ähnlich desinteressiert und sah auf das kleine Staubhäufchen, das sich auf seinem Plumeau gebildet hatte.

»Und selbst?«

»Hm, nicht so«, erwiderte Wenny und vermittelte dabei den Eindruck, als wollte er sich gleich neben Plotek ins Bett legen. Wenny druckste noch ein wenig herum und rückte dann endlich mit der Sprache heraus.

»Kann ich offen sprechen?«, fragte er und sah mit einem Seitenblick zu Piotr, der die Schachfiguren auf das Brett stellte. Plotek nickte und dachte, einem russischen Schachgroßmeister mit einem scharfen Revolver und noch schärferem Wodka im Nachtkasten braucht man nichts zu verheimlichen. Der weiß ohnehin alles.

»Du bist doch der Einzige, auf den ich mich noch verlassen kann«, sagte Wenny vertrauensselig und ein wenig leiser noch als zuvor. Plotek zuckte mit den Schultern und dachte, was wird das, wenn es fertig ist.

»Das mit Ivo und Jo ist nicht mit rechten Dingen zugegangen«, sagte Wenny jetzt noch leiser. Seine Stimme klang brüchig. Klar, dachte Plotek, Mord geht nie mit rechten Dingen zu.

»Ich habe da so meine Vermutungen«, fügte Wenny hinzu und hielt sich noch immer bedeckt.

Dann geh zur Polizei, dachte Plotek, oder beauftrage einen Detektiv oder setz dich mit Arno ins Benehmen, den scheint nämlich Ähnliches umzutreiben. Aber lass mich damit in Ruhe.

»Und einen Verdacht habe ich auch. Ich möchte natürlich niemanden reinreiten und denunzieren. Ich brauche Beweise, verstehst du?«

Mit kindlicher Offenheit sah er Plotek an. »Und da dachte ich, vielleicht könntest du mir helfen und ...«

Der spinnt doch, dachte Plotek, ich war mal Schauspieler, ja, bin jetzt krank, habe ein Schädel-Hirn-Trauma, einen Rippenbruch und leide darüber hinaus seit neuestem höchstwahrscheinlich unter einer Zwangsneurose, genauer unter einer pathologischen Detailversessenheit – wie kann ich da Aufgaben übernehmen, die mich schon gedanklich überfordern?

»Du warst früher immer kollegial und integer«, sagte Wenny und versuchte, mit alten Geschichten zu hausieren. »Und das hat sich doch bestimmt nicht verändert.«

Woher will der das denn wissen, dachte Plotek und fing an, eine innere Abwehr zu entwickeln.

»Bitte, hilf mir«, flehte Wenny und griff nach Ploteks Hand, die zu waschen Plotek augenblicklich den Impuls verspürte.

Wie stellst du dir das vor, wollte Plotek sagen. Wenny aber ließ ihn erst gar nicht zu Wort kommen. Er drückte weiterhin Ploteks Hand, als wäre sie ein Stoffelefant, und wurde immer rührseliger und flehentlicher.

»Ich fühle mich bedroht«, schluchzte er und wischte sich über sein verschwitztes Gesicht.

»Von wem?«

»Keine Ahnung. Ich bekomme seit Tagen nächtliche Anrufe und hier, schau ...«

Er zog einen zerknitterten Zettel aus der Tasche und hielt ihn Plotek unter die Nase.

»Der steckte an meiner Windschutzscheibe«, sagte Wenny und schniefte wieder.

»Der nächste bist du!«, las Plotek halblaut, während Wenny jetzt tatsächlich still vor sich hin weinte. Plotek hatte so seine Probleme mit weinenden Menschen. Schon immer. Weinende Frauen konnte er nicht ausstehen, weinende Männer noch weniger. Und weinende Männer mit langen Haaren waren für ihn unerträglich. Da spürte er eine physische Abneigung. Die Härchen auf seinen Unterarmen stellten sich auf und eine Gänsehaut überzog seinen Körper großflächig. Er durfte der Sentimentalität jetzt keinen Platz einräumen, sonst würde Wenny alle Hemmungen verlieren. Er musste einfach ganz emotionslos weiterfragen. Das half manchmal.

»Warum?«, fragte Plotek so nüchtern wie ein Fallmanager von der Arbeitsagentur und befreite seine Hand aus Wennys Umklammerung.

»Weiß nicht«, schluchzte Wenny wieder, »irgendwie hat das wohl mit Jo und Ivo zu tun, vielleicht auch mit Benny.«

»Gehen Sie doch zur Polizei«, sagte Piotr vom anderen Bett, schon ein wenig ungeduldig.

Wenny lachte jetzt in einer Mischung aus Verzweiflung und Galgenhumor. »So lange du nicht mit einem Messer im Bauch auf der Couch liegst, tun die nichts für dich.«

Verständnisvolles Nicken von Piotr und solidarisches Nicken von Plotek.

»Kann ich mich auf dich verlassen?«, fragte Wenny nach einer längeren Pause.

»Hm«, machte Plotek und wusste nicht, wie das aussehen sollte.

»Danke.«

»Können wir?«, fragte nun Piotr und zeigte auf die Schachfiguren.

»Bis bald«, sagte Wenny, stand auf und ging zur Tür. Bevor er hinausging, warf er Plotek noch einen Blick zu.

»Mmh«, machte Plotek und dachte dabei an den Kaiser, *der wo auch mal Weltmeister wurde* und behauptet hatte: *»Es gibt nur eine Möglichkeit: Sieg, Unentschieden oder Niederlage.«*

Plotek nickte und strich die Falten von der Bettdecke. »Weiß beginnt!«, sagte Piotr und Plotek dachte, klar, wie immer und dann verliere ich wieder – wie immer.

8

»Schieß doch, schieß«, schrie Rainer von Plorre, der Starreporter und Phrasenmäher aus dem Fernseher.

Und sie schossen. Und Plotek stand an der Torwand, nackt und gefesselt an Armen und Beinen, festgenagelt wie Jesus am Kreuz. Seine Knie schlotterten, die Zähne klapperten und in den Augen hockte die Angst.

»Es wird einen Sieger geben und zwar einen endgültigen«, hörte er Rainer von Plorre martialisch krächzen und dann sah er Matthäus und Brehme, die noch entschlossener auf die Torwand ballerten. Bloß gut, dass beide so schlecht trafen. Mit den Bällen, den neuen WM-Bällen, die für ein paar Cent von kleinen asiatischen Kinderfingern zusammengeflickt wurden, damit die großen Pranken der deutschen Sportmittelhersteller sich die Hosentaschen besonders vollschaufeln konnten. Als hätten die beiden ruhmvollen ehemaligen Nationalspieler die grüblerischen Gedanken gehört, ließen sie die Bälle plötzlich liegen und nahmen fein geschliffene scharfe Solinger Küchenmesser zur Hand, die sie mit voller Wucht auf die Torwand schleuderten. Aber vergiss es. Auch die trafen nicht. Zumindest nicht Plotek. Versager, hätte jetzt Plotek denken können, wenn er gedacht hätte. Aber plötzlich ging das Denken nicht mehr. Seltsam – ob das mit der pathologischen Detailversessenheit zu tun hatte? Keine Ahnung. Vielleicht lag es aber auch einfach an der Angst, jeder Atemzug könnte der letzte sein.

Aber dem war keineswegs so. Als die beiden Sportler zu kleinen, bestens in der Hand liegenden Schusswaffen wechselten und kleine Löcher in Plotek hineinschossen, atmete er wider Erwarten einfach weiter. Er war von vorwitzigen hässlichen Löchern übersät, aus denen eine braune, dünne Flüssigkeit sickerte, die nach Dosensuppe roch. Der ganze Plotek war perforiert wie eine Mückenklatsche, ein Nudelsieb und tropfte, als wäre er von Kopf bis Fuß komplett inkontinent.

»Das ist ja ekelhaft«, schrien die beiden ehemaligen Nationalkicker und ließen endlich von ihm ab.

»Das ist ja ekelhaft«, schrie auch Rainer von Plorre, »das hat ein Nachspiel.«

»Nein!«, schrie Plotek, »nein, bitte nicht, nein, kein Nachspiel!« Er schlug vor Entsetzen die Augen auf und war natürlich erleichtert, dass er nur geträumt hatte. Allerdings war einer der beiden Spieler, *die wo Weltmeister waren*, tatsächlich in seinem Zimmer, zwar nicht leibhaftig, aber immerhin sichtbar. Aus dem Fernseher an der Decke sah er zu Plotek herab und sagte: »Das ist natürlich bedauerlich, aber das gab es schon immer im Fußball und wird es immer geben. Wo gehobelt wird, da sinken Späne.«

Fallen, dachte Plotek, wenn schon, dann fallen Späne. Und der ehemalige Nationalspieler fuhr fort: »Das sind natürlich Fouls, wo wir auch als Spieler nicht gerne sehen.«

Was Plotek jetzt sah, war eindeutig eine illustre Diskussionsrunde im Deutschen Sportfernsehen. Neben dem ehemaligen Nationalspieler saßen im Halbrund Arno Brunner, eingeladen als Spielervermittler, daneben der Dosensuppenhersteller Gerhard-Frank Stadelmaier als Sponsor und Förderer junger Fußballtalente, je ein aktiver und ein aus den Diensten entlassener Trainer, ein Manager und zuletzt der Starreporter Rainer von Plorre, der jetzt bedächtig in die Runde fragte: »Sind da vielleicht Kräfte am Werk, die mit Fußball wenig zu tun haben?«

Betretenes Schweigen in der Runde, während Plotek dachte, wo ist eigentlich Piotr. Das Bett neben ihm war auf jeden Fall leer. Vielleicht pissen oder Wodka-Nachschub holen, überlegte er.

»Na ja, die Fans fragen sich natürlich, muss das sein«, fuhr Rainer von Plorre fort.

Und Plotek fragte sich, was? Was muss sein? ›Hamlet‹ schlich sich in sein Gedächtnis ein, das Theater, er als der dänische Königssohn, irgendwann Ende der 90er-Jahre, Stadttheater Konstanz. »Sein oder nicht sein, das ist hier die Frage.« Wie spricht man das heutzutage, kann man das überhaupt noch – sprechen? Er, Plotek, in der Inszenierung damals, konnte es nicht. Er hatte die Worte gesummt und Unverständnis geerntet, zuerst von den Zuschauern, dann von den Kollegen und zuletzt vom Regisseur. Der Grund: Sein Einfall war nicht abgesprochen. Einfach mal was anderes ausprobieren, hatte Plotek damals ganz spontan gedacht, die ausgetretenen Wege verlassen, unkonventionell sein oder nicht sein. Nicht sprechen, summen. Aber vergiss es. Da waren sie eben alle viel zu humorlos. Gelacht hatte jedenfalls niemand. Eher im Gegenteil.

»Ist es richtig wenn 18-, 19-jährige Spieler schon so hohe Gehälter kassieren?«, fragte jetzt Rainer von Plorre ähnlich ernst.

Tja, was ist schon richtig? Die Vogelgrippe? Globalisierung? Großwetterlage, Führerschein mit siebzehn, Rente mit 67, 42-Stunden-Woche, die Stallpflicht, FCKW, das Ozonloch, der Atomsperrvertrag, Präimplantationsdiagnostik, Hund, Katze, Maus?

Und was ist falsch? Die Vogelgrippe? Globalisierung? Großwetterlage, Führerschein mit siebzehn, Rente mit 67,

42-Stunden-Woche, die Stallpflicht, FCKW, das Ozonloch, der Atomsperrvertrag, Präimplantationsdiagnostik, Hund, Katze, Maus?

Wer weiß?

»Das schafft doch Neid und Missgunst und dergleichen, oder?« Von Plorre setzte noch eins drauf.

»Die Neid-Debatte haben wir ja nicht nur beim Fußball«, mischte sich Dosensuppenhersteller Stadelmaier jetzt ein und rückte dabei seine Designerbrille auf der Nase zurecht. »Das ist ja in der ganzen Gesellschaft so.«

»Warum soll das dann beim Fußball anders sein«, kam ihm Arno Brunner ein wenig kurzatmig zu Hilfe.

»Geht es im Fußball nur noch um Geld?«, fragte jetzt von Plorre.

Die Runde verneinte kollektiv, Plotek nickte entschlossen.

Natürlich geht es um Geld, zumindest bei denen da in der Runde, dachte Plotek. Ausschließlich. Vielleicht geht es dem Rauschebart auf der Tribüne im Stadion mit seiner verbotenen Substanz in der Zigarette um Fußball, Athletik, Technik, Taktik, Ausdauer, Ästhetik, Lebensgefühl und alles, ja, kann sein, aber denen da in der Glotze geht es genauso glaubwürdig um Fußball wie der katholischen Kirche um die Vergebung der Sünden und um einen Platz im Himmelreich. Und dann dachte Plotek plötzlich, seltsam, die Erinnerung ist jetzt doch wieder zurück. Zumindest konnte er sich an den Rauschebart erinnern, an die Joints und die Pokalsensation. Wie war das Spiel überhaupt ausgegangen?, fragte er sich.

»Wir machen jetzt erst mal eine kurze Pause«, sagte von Plorre und sah Plotek direkt an. »Bleiben Sie dran.«

Leck mich, dachte Plotek und wollte wegzappen, aber erstens fand er die Fernbedienung nicht und zweitens kam ein Werbespot, der seine ganze Aufmerksamkeit auf sich zog.

»Da ist Jo!«, stieß er überrascht und zugleich verwundert aus. Und tatsächlich, Jo Hillebrand tauchte im Fernseher auf. War das nun absolut pietätlos oder aber unbedacht und nachlässig oder nichts von dem. *The show must go on.* Geldverdienen kann man auch über den Tod hinaus. Und die Moral ist etwas für evangelische Grundschullehrerinnen und katholische Betschwestern, aber nichts für einen in alle Welt exportierenden multi-nationalen Dosensuppenmagnaten. Im Fernseher war nämlich ein Werbeclip für Suppi-extra-plus zu sehen. Mit Jo Hillebrand. Mit dem jetzt toten Jo Hillebrand. Er lächelte in die Kamera. »Mmh, das schmeckt herzhaft«, schwärmte er und löffelte herzhaft Dosensuppe. Lüge!, das schmeckt nicht, zumindest nicht herzhaft, das schmeckt nach gammeligem Fleisch und nach perfider Sabotage. Das wusste Plotek. Allein bei dem Gedanken wurde ihm schon wieder übel. Apropos Sabotage. Plotek schoss ein Gedanke durch den Kopf wie der Ball, der ihn niedergestreckt hatte. Wer könnte etwas dagegen gehabt haben, dass Jo Hillebrand in einem sündteuren Transfer zum Rekordmeister wechselt? Oder, anders gefragt, wer hätte davon profitiert? Der Rekordmeister natürlich, klar, durch vermutlich viele Tore. Arno als Spielervermittler, auch klar. Der Dosensuppenhersteller als Werbepartner. Die SpVg Altona-Nord durch die fette Ablöse und nicht zuletzt Jo Hillebrand selbst, der höchstwahrscheinlich eine steile Karriere hingelegt und ganz sicher ein dickes Salär eingestrichen hätte. Wem sonst hätte der Transfer sauer aufstoßen können? Plotek dachte angestrengt nach, es fiel ihm aber niemand ein. Und trotzdem war Jo Hillebrand tot. Nicht im Fernsehen – soeben gab er ein genussvolles »Mmh« von sich. Aber im Leben. Einen Unfall hatte der Kommissar ausgeschlossen. Es musste also jemanden geben, der entschieden etwas gegen Jo Hillebrand hatte. Und gegen Ivo Jovanovic. Wenn das kein Zufall war, dann steckte System dahinter. Das behauptete Wenny ja auch, kam es Plotek in den Sinn. Nur was für eines.

»Also, ich halte nichts von solchen Verschwörungstheoretikern«, sagte Arno Brunner mit belegter Stimme, wieder auf dem Bildschirm zurück. Und das hieß so viel wie: Vorsicht, vermintes Terrain. »Und mal ehrlich, wer soll etwas gegen einen so sympathischen, beliebten und gutaussehenden Hoffnungsträger wie Jo Hillebrand gehabt haben?«

So viele Adjektive auf einmal, dachte Plotek und sah die tiefen Stirnfalten bei allen in der Runde, das ahnungslose Schulterzucken beim Dosensuppenhersteller.

»Ich tippe da eher auf einen Bereich außerhalb des Fußballs, vielleicht was Privates, Zwischenmenschliches, Beziehungstechnisches, vielleicht auch ein Psychopath oder so etwas«, legte Arno selbstbewusst nach.

Wieder Stirnfalten und Räuspern.

Meinetwegen, dachte Plotek, aber Mord ist eben kein Toto und Mörder sind keine Tippgemeinschaft. In diesem Moment klingelte das Telefon auf dem Nachttisch von Piotr. Als das Klingeln nicht mehr aufhören wollte, hob Plotek eben ab. Noch ehe er etwas sagen konnte, fing eine weibliche Stimme am anderen Ende schon an zu schimpfen.

»Du Sauhund, du dreckiger, du ...!«

Vielleicht eine Schachgegnerin, die die permanenten Niederlagen nicht ertragen konnte. Und schon fing die Frau am anderen Ende an zu schluchzen und zu weinen und Plotek dachte, vielleicht doch keine Schachgegnerin, sondern eher was Privates, Zwischenmenschliches, Beziehungstechnisches, vielleicht auch ein Psychopath oder aber verwählt. Und er legte einfach auf. Keine fünf Sekunden später klingelte es wieder. Dieses Mal war es aber nicht Piotrs Telefon, sondern das auf Ploteks Nachttischchen.

»Ja?«

»Plotek, bist du's?«, kam es aus dem Hörer.

»Glaub schon«, sagte Plotek, man weiß ja nie.

Ein Lachen am anderen Ende und Plotek war klar, wer es war. Das war das schönste Lachen, das er kannte. Das war Agnes' Lachen. Das war Agnes, die jetzt sagte: »Ah, ich merke schon, dir geht es wieder besser, oder?«

»Geht.«

»Siehst du auch gerade den Arno im Fernsehen?«

»Ne«, log er.

»Ein netter Kerl, er hat sich rührend um mich gekümmert, als das mit dir passiert ist.«

Um dich?, dachte Plotek ein wenig verblüfft und dann, kein Wunder, vor dem ist niemand sicher, der auch nur im Entferntesten an eine Frau erinnert.

»Er hat auch versprochen, dass er sich um dich kümmern wird.« Kurze Pause, dann fuhr sie fort: »Hat er dich schon besucht?«

»Ne«, log Plotek wieder.

»Komisch, aber er hat mir gesagt ....«

»Arno sagt viel«, brummte Plotek »und noch mehr Blödsinn.«

»Was?«

»Nichts.«

Wieder eine Pause, dann Agnes: »Du, ich kann nicht lange sprechen, wollte nur hören, wie es dir geht.«

»Ja.«

»Die Ärzte sagen, in ein paar Tagen bist du wieder auf den Beinen.«

»Hm.«

»Plotek, ich weiß nicht, ob ich es schaffe, am Wochenende zu kommen. Aber vielleicht bist du ja bis dahin schon wieder zurück. Ich vermisse dich.«

»Hm.«

»Also, gute Besserung, gell.«

»Agnes?«, hakte Plotek ein, bevor sie auflegen konnte.

»Ja.«

»Schaust du nach dem Fritz?«

»Klar.«

»Der Schlüssel liegt unter dem Schuhabstreifer.«

»Ich weiß.«

»Plotek?«, hakte Agnes ein, bevor er auflegen konnte.

»Hm?«

»Ich vermisse dich.«

Dann legte sie auf und Plotek wurde warm ums Herz.

»Wenn die Spieler die Möglichkeit haben, warum nicht«, sagte Arno Verständnis heischend. »Bei Bayern zu spielen ist ja auch was anderes als bei der SpVg Altona-Nord.«

Klar ist das was anderes, dachte Plotek, was schwafelt der denn.

»Wir wollen doch nur das Beste. Für die Vereine, für die Spieler, den Fußball.«

Ja, und für dich selbst, dachte Plotek, für dich selbst willst du immer das Allerbeste, stimmt's? Und wie es aussieht, willst du auch meine Agnes – aber vergiss es. Er stand auf und schaltete den Fernseher aus, auch ohne Fernbedienung, und spürte eine kleine Genugtuung dabei.

Plotek schlüpfte in seine Hausschuhe und ging hinaus auf den Flur, wegen dem Druck auf der Blase. Wieder war weit und breit niemand zu sehen, zum Glück. Das Krankenhaushemdchen war noch immer für Exhibitionisten sehr geeignet. Auf der Toilette dann Erleichterung. Nein, zuerst noch nicht, denn gerade als Plotek am Pissoir stand, stellte sich ein Mann mit einem Rollwägelchen samt Infusionsflasche dazu. Es war der dicke Alte, dem er mitten in der

Nacht auf dem Flur begegnet war, mit seinen rosaroten Hausschlappen und den neckischen Plüschapplikationen. Man muss wissen, dass Plotek keinen Tropfen aus sich herausbringt, wenn jemand neben ihm uriniert, auch wenn die Blase noch so spannt. Nicht weiter schlimm, könnte man denken. Aber falsch gedacht. Zwei, drei Minuten am Pissoir zu stehen, ohne zu pissen, ist blöd und ziemlich peinlich. Findet Plotek. Was macht man, wenn es einem peinlich wird? Man versucht abzulenken. Die Aufmerksamkeit auf etwas Spannenderes als auf den eigenen Schwanz zu lenken. Das half manchmal. Einem selber und auch dem anderen.

»Grausame Sache, das«, sagte Plotek und meinte den toten Jo Hillebrand.

»Sache, ja, grausam, weiß nicht«, sagte der Dicke und Plotek hatte keine Ahnung, was das bedeuten sollte.

»Den ersten haben sie vergiftet«, fuhr der Dicke fort, noch immer wie eine Kuh urinierend.

Der erste war Ivo Jovanovic, das war klar, aber wer sie waren, das wusste Plotek natürlich nicht.

»Die Illuminaten«, flüsterte der Dicke, als ob Klomuscheln Ohren hätten und Pissoirs mit Abhöranlagen ausgestattet wären.

»Illu... was?«

»Freimaurer«, sagte der Dicke, »schon mal was davon gehört?«

»Sie meinen Ivo Jovanovic war ein Illu...«

Der Dicke nickte.

»Und Jo Hillebrand?«

Er nickte wieder und plätscherte weiter in das Pissoir hinein.

»Aber seit wann bringen die sich gegenseitig um?«, fragte Plotek schüchtern.

Der Dicke schüttelte den Kopf und sagte: »Wenn sie aussteigen wollen.«

Er klopfte sich auf die Brust. Plotek konnte nichts erkennen.

»Haben Sie schon mal auf die Tätowierung geachtet.«

»Was für eine Tätowierung?«

Wieder zeigte er auf seine Brust. Noch immer konnte Plotek nichts erkennen.

»Nicht ich, Mann!«, zischte der Dicke jetzt ein wenig ungehalten. »Die Schwester, die Schwester hat eine.«

Schwester Sieglinde, dachte Plotek, ihr Ball.

»Geheimzeichen«, flüsterte der Dicke leise.

»Der Ball?«

»Quatsch, das Dreieck, die Pyramide, die das Auge umgibt.«

»Die Pyramide ist das Geheimzeichen von ...«

»Klar.«

»Und Schwester Sieglinde ist auch ein Illu...«

Der Dicke nickte.

»Haben Sie schon mal einen Dollar in der Hand gehabt?«, fragte der Alte jetzt. Plotek dachte nach, konnte sich aber nicht erinnern. Er nickte dennoch.

»Da ist es auch drauf.«

»Was?«

»Das Geheimzeichen, die Pyramide.«

»Glaub ich nicht.«

»Doch, und auch der Gründer.«

»Was für ein Gründer?«

»Der Illuminaten, Mann!«

»Aber ich dachte, auf den Dollarscheinen ist George Washington abgebildet.«

Der Dicke lachte so laut, dass sein Urin ein wenig über das Pissoir hinausspritzte.

»Blödsinn, das ist Adam Weishaupt, der unter dem Namen George Washington die amerikanische Gesellschaft aufmischte.«

Der spinnt doch, dachte Plotek, nichts wie raus hier. Aber denkste.

»Und VW?«, fragte der Mann. »Haben Sie das Firmenlogo schon mal genauer betrachtet?«

Der Dicke lächelte jetzt verschwörerisch.

»Das V steht für die römische Fünf und das W ist der 23. Buchstabe im Alphabet.«

»Na und?«

»Na und! Hören Sie mal!«, sagte jetzt der Dicke verärgert. »23 ist die Geheimzahl der Illuminaten und fünf als Quersumme auch, verstanden.«

»Klar«, sagte Plotek eingeschüchtert und inzwischen besorgt, dass der Urin des Mannes noch weiter über das Pissoir hinausspritzen und ihn treffen könnte.

»Und Chanel Nr. 5?«, fragte der Dicke jetzt wieder etwas vergnüglicher.

»Auch?«

Er lächelte.

»Das Logo von Camel?«

Lächeln.

»Wie viele Chromosomen tragen bei Mann und Frau jeweils zur Befruchtung bei?«

Keine Ahnung, dachte Plotek.

»Na, denken Sie mal scharf nach!«

»Fünf?«

»Quatsch, 23!«

»Und wie viele Tage hat der menschliche Biorhythmus?«

»23?«

»Exakt.«

»Nissan, die Automarke, besteht aus den japanischen Begriffen Ni, was so viel wie zwei heißt, und san, was drei bedeutet. Also, Nissan gleich?«

»23.«

»Genau.«

Dic ganze Welt ist in der Hand der Illuminaten, dachte Plotek, warf einen Seitenblick auf den Schwanz des Dicken, aus dem noch immer ein satter Strahl kam. So ein kleiner Schwanz und so ein dicker Strahl, musste er neidisch anerkennen, während der Dicke erneut zustimmend nickte.

»Und wie viele Atombomben haben die Amis über dem Bikini-Atoll gezündet?«

»Vielleicht auch 23?«

»Nicht nur vielleicht, ganz sicher!«

»Und wie viele Menschen lässt AOL im Internet in seinen Chat-rooms höchstens auf einmal zu?«

Jetzt reicht's aber, dachte Plotek, der hat sie doch nicht mehr alle, der ist doch höchst paranoid. Als ob der Dicke Ploteks Gedanken erahnt hätte, sagte er: »Ich bin nicht krank, wenn Sie das meinen. Ich bin hier *undercover* – BKA, verstehen Sie?«

Gut getarnt, dachte Plotek und konnte sich ein Grinsen nicht verkneifen. Das würde niemand vermuten, selbst wenn der Dicke es lauthals in die Welt hinausposaunen würde.

»BKA, ist Ihnen ein Begriff, oder?«

Ist *undercover* nicht eher BND als BKA, fragte sich Plotek. Wenn der beim BKA ist, dann bin ich dem Papst sein Sockenhalter.

»B ist der zweite Buchstabe im Alphabet, K der elfte und A der erste«, sagte der Dicke jetzt wieder verschwörerisch. »Na?«

»Zwei plus elf plus eins«, zählte der Dicke auf, »gibt?«

»Vierzehn.«

»Exakt.«

»Und die Quersumme von vierzehn ist?«

»Fünf.«

Der Dicke verpasste Plotek einen sanften Klaps auf die Schulter, lächelte und zwinkerte ihm zu. Obwohl er inzwischen längst fertig war und das Krankenhaushemdchen wieder fallen gelassen hatte, schien er das Pissoir noch immer nicht verlassen zu wollen.

Der ist kein BKA-Beamter, schoss es Plotek durch den Kopf. Der ist entweder verrückt oder ein ausgekochter Verschwörungstheoretiker. Vielleicht will er aber auch nur von seinen rosafarbenen Pantoffeln ablenken.

Der Dicke blieb neben Plotek stehen und sah mitleidig auf Ploteks Schwanz hinunter, aus dem noch immer kein einziger Tropfen kam.

»Geht nicht, was?«

Trotz der Ablenkung blieb ihm also die Peinlichkeit nicht erspart.

»Sie müssen an was Feuchtes denken«, sagte der Dicke, »an die Elbe, den Bodensee, Niagara – das hilft. Oder an ein Mineralwasser, an Apollinaris.«

Apollinaris, war da nicht das Dreieck drauf, dachte Plotek, während der Dicke wieder seine Gedanken kreuzte.

»Quatsch, das ist kein Dreieck, das ist eine Seite einer Pyramide.«

»Sie meinen …«

Der Dicke nickte ein letztes Mal.

Und tatsächlich. Kaum stand der Mann am Waschbecken und kaum dachte Plotek an was Feuchtes – zwar nicht an das Mineralwasser, sondern an die Sturmflut von Hamburg 1962 –, ging es. Und wollte gar nicht mehr aufhören. Und dabei purzelte ihm das Datum im Kopf herum, 1962, und Plotek fing an zu rechnen: 19 plus 62 gleich 81. 62 minus 19 gleich 43. 81 minus 43 gleich 38. 8 minus 3 gleich 5!

»Man sieht sich«, rief der Dicke und schickte sich an, die Toilette zu verlassen. Aber vergiss es. Zwischen Tür und Angel rief er noch: »Wie lange braucht das Blut, um durch den menschlichen Körper zu zirkulieren?«

Keine Ahnung, dachte Plotek. »23 Sekunden«, antwortete er.

»Bravo!«, kam es zurück und dann fiel die Tür ins Schloss und Plotek atmete auf.

Als Plotek fertig war und am Waschbecken stand, sah er am Spiegel ein kleines Dreieck und darunter den Namen des Herstellers. Gehörte der auch zu den Illuminaten? Keine Ahnung. Scheiß drauf, dachte Plotek und ging aus der Toilette. Weit allerdings kam er nicht. Der Grund: Er konnte sich beim besten Willen nicht erinnern, ob er das Licht im Klo ausgemacht hatte oder nicht? Eigentlich hätte es ihm ja egal sein können – aber denkste. Angestrengt zermarterte er sich schier sein Gehirn und ging zurück zur Toilette. Das Licht war aus. Also, wieder auf den Flur, vier, fünf Meter in Richtung Zimmer. Das gleiche Spiel erneut. Hatte er den Wasserhahn zugedreht oder nicht? Folge: zurück und Entwarnung. Jetzt aber ganz schnell ins Bett, dachte Plotek, bevor ihm der nächste Zweifel einen Strich durch die Rechnung machte. Aber nein. Als er in die Nähe des Schwesternzimmers kam, stoppte er wieder. Dieses Mal war es aber nicht seine pathologische Detailversessenheit, sondern die pure Neugier, die ihn stehen bleiben ließ. Die Tür war nur angelehnt. Drinnen waren Stimmen zu hören. Das war eindeutig Schwester Sieglinde. »Das geht nicht, wie stellst du dir das denn vor?«

Dann war eine andere, männliche Stimme mit osteuropäischem Tonfall zu hören. »Nur für eine Nacht. Bitte.«

»Piotr, ich kann dich nicht rauslassen, was sagen da die

Ärzte. Wenn das rauskommt, bin ich meinen Job los. Willst du das?«

»Es erfährt ja niemand.«

»Klar, ist ja auch ganz unauffällig«, erwiderte die Schwester und lachte gekünstelt.

»Komm schon.«

»Nein, verdammt noch mal«, schimpfte sie. »Piotr, du hast Krebs und keinen Schnupfen. Wie stellst du dir das vor. Eine Nacht lang Halligalli, um dich dann wieder ins Bett zu legen und weiterzusterben?«

»So ähnlich.« Jetzt lachte Piotr.

»Du spinnst doch.«

»Bitte.«

»Nein.«

Beim Wort Krebs war Plotek zusammengezuckt. Nichts wie weg, dachte er.

Und schon lag er wieder im Bett, schloss die Augen und wollte schlafen. Ging natürlich nicht. Der Grund: Krebs. Aber nicht der von Piotr, sondern der, den Plotek sich einbildete. Lungenkrebs, Hodenkrebs, Magenkrebs und alles. Plotek war so in Gedanken versunken, dass er nicht hörte, wie die Zimmertür aufging. Erst als Piotr fragte: »Schlafen Sie?«, wurde er aus seinen todbringenden Gedanken gerissen.

Er antwortete aber nicht. Piotr öffnete trotzdem eine neue Flasche Wodka und schenkte zwei Gläser voll. Eines davon stellte er auf Ploteks Nachttisch.

»Na los, trinken wir.«

Plotek griff nach dem Glas. Sie stießen an.

»Prost.«

»Prost«, erwiderte Plotek und entdeckte plötzlich auf dem Etikett der Wodkaflasche eine Pyramide. Ob Piotr vielleicht auch zu den Illuminaten gehörte?

9

Nach der Visite am Morgen waren die Ärzte der Meinung gewesen, dass Plotek nach dem Mittagessen entlassen werden könnte. Also spielte er bis dahin mit Piotr noch einige Partien Schach, die er allesamt verlor, packte dann seine Habseligkeiten in die Reisetasche und fing auf dem Bett sitzend an nachzudenken.

»Sie werden abgeholt«, sagte Schwester Sieglinde. Plotek hoffte, dass es Agnes wäre und auf keinen Fall Arno. Als dann kurz nach zwölf die Tür aufging und Maike ins Zimmer trat, war er heilfroh, dass es nicht Arno war.

»Hallo, ich bin Maike.«

Plotek konnte nichts sagen. Nur schauen. Mit offenem Mund und großen Augen, damit ihm ja nichts entging. Und das war allerhand. So viel, dass zwei Hände gar nicht reichten, um es zu greifen. Aber erst mal Vorsicht und: Finger weg! Oder um es mit dem Rekordnationaltorhüter Sepp Maier zu sagen: *»Wer gewinnen will, darf erst mal nicht verlieren.«* Genau.

Das gibt es manchmal. Da bringt man vor Erstaunen, Ergriffenheit und Faszination keinen Ton heraus. Bei Plotek kam das selten vor. Plotek brachte zwar fast nie etwas heraus, aber das hatte in den seltensten Fällen mit Fassungslosigkeit zu tun. Vielmehr mit Desinteresse, Phlegma, Gleichgültigkeit, Melancholie, Depression und alles. Jetzt nicht. Jetzt war Ploteks Mund ganz trocken und die Worte wollten sich weder formen noch aus dem Mund hinauskatapultieren lassen.

»Vielleicht wunderst du dich, dass ich dich abhole«, sagte die junge Frau, bei deren bloßen Anblick es Plotek die Sprache verschlug. Das war keine Frau, die da im engen Minirock und luftiger Bluse, mit langen wehenden Haaren und Augen wie ein Piemonter Bergsee vor ihm stand, das war eine Erscheinung, die Fata Morgana eines Hirnareal-Geschädigten. Da ist Hopfen und Malz verloren, hätte Plotek denken können, wenn er noch einen halbwegs richtigen Gedanken zustande gebracht hätte; aber da halfen auch ganze Lastwagenladungen Serotin nichts. Vor so einer Anmut, vor so viel Liebreiz kann man nur noch kapitulieren und, religiös angehaucht, sagen: »Dein Wille geschehe!«. Oder, wiederum religiös ausgedrückt: »Mein Gott, warum hast du mich verlassen!«

»Wenny kann nicht«, sagte die Erscheinung. »Wenny liegt im Bett und hat mich gebeten, dich abzuholen. Ich bin seine Nichte. Gehen wir.«

»Wir wohnen zusammen«, erklärte Maike, draußen. »Ich hab' schon viel von dir gehört. Wenny hat mir von dir erzählt«, fuhr sie fort und hakte sich bei Plotek ein.

Der weiß doch gar nichts über mich, dachte Plotek, aber egal. Er versuchte, nicht auf die schmalen Fugen des verlegten Linoleumfußbodens zu treten. Was mindestens alle vier Schritte misslang, woraufhin Plotek zusammenzuckte, als würde ihn die gerade hochgehende Streubombe zerbröseln.

»Du warst wohl früher ein großer Fußballer«, sagte Maike mit einer Stimme, die wie ein hauchdünnes rosafarbenes Negligé daherkam. »Ich interessiere mich nicht so sehr für Fußball«, fügte sie hinzu, »mehr fürs Theater.«

Jetzt rutschte das Negligé lasziv über die Schulter.

»Ich auch«, sagte Plotek, während ihm die nackte Schulter die Röte ins aufgeschwemmte Gesicht peitschte. Oder vielmehr, er sagte es nicht, es schwappte einfach aus ihm heraus, wie ein kleiner unbeabsichtigter Rülpser. Wobei er natürlich wusste, dass es nicht ganz stimmte. Er interessierte sich schon lange nicht mehr fürs Theater. Aber hier ging es nicht darum, was wahr ist und was nicht. Hier ging es um Sympathie, Anziehung und Zuneigung im Allgemeinen. Und im Besonderen um die Verschleppung eines alten Sackes durch ein junges Mädchen.

»Was?«, sagte Maike etwas ungläubig und dann umso erfreuter: »Krass!«

Nicken von Plotek.

»Ich studiere an der Staatlichen Hochschule Schauspielerei«, fügte sie hinzu, sodass in Ploteks Fantasie auch der andere Träger herunterrutschte.

»Krass«, hörte sich Plotek sagen und erschrak. Offenbar gingen jetzt auch sprachlich die Gäule mit ihm durch. »Ich war auch mal an der Schauspielschule.«

»He, das ist ja Wahnsinn! Wo?«, sagte dieser sündhaft aussehende Mund euphorisch.

»München, Falkenbergschule.«

»Geil! Dann können wir ja mal zusammen ins Theater gehen.«

»Klar!«

»Krass!«

»Krass!«

Und schon saßen sie in Maikes VW Beetle. Auf der Armatur schüttelte eine Plastikblume den Kopf, als wäre ihr Plotek nicht geheuer, während Plotek sogleich anfing, den Müll, Zeitung, Zigarettenschachteln, Hamburger-Verpackungen,

Coladosen und dergleichen auf dem Boden im Fußraum des Wagens neben seinen Füßen zu sortieren.

»Lass mal«, sagte Maike, »du kannst ruhig drauftreten.«

Denkste. Theoretisch schon, aber praktisch: keine Chance. Bei so einer Zwangsneurose geht es eben nicht um den Müll, sondern einzig und allein ums Sortieren.

Als er schließlich alles fein säuberlich zur Seite geschoben hatte, fragte Maike fast schon ein wenig belustigt: »Können wir?«

Nicken von Plotek und Starten des Wagens.

»Wo fahren wir eigentlich hin?«, fragte Plotek, während er jetzt mit dem Sicherheitsgurt kämpfte und alles darauf hindeutete, dass er den Kampf verlieren würde.

Maike beugte sich vom Fahrersitz herüber. Ihre Haare streiften sein Gesicht. Entschlossen half sie ihm beim Angurten, während Plotek die Plastikblume genauer betrachtete. Ihm fiel auf, dass sie genau fünf Blütenblätter hatte.

»Wenny braucht dich«, antwortete sie und Plotek dachte, wenn diese Stimme das sagt, kann man daran gar keinen Zweifel haben.

»Was hat er denn?«

Maike wurde plötzlich ganz ruhig. Sie saß wie versteinert hinter dem Steuer und starrte sekundenlang zur Windschutzscheibe hinaus. Schließlich sah sie Plotek an. Tränen liefen über ihre Wangen. Schluchzend und kaum hörbar sagte sie: »Sie haben ihn zusammengeschlagen!«

»Wer?«

»Keine Ahnung.«

Verzweifelt legte sie ihren Kopf auf Ploteks Schulter. Er nahm ihren Duft wahr und spürte eine kleine Erregung im Schoß, was ihm jetzt gar nicht so recht war.

»Hilfst du ihm?«

Nicken von Plotek. Und Kuss von Maike.

»Danke!«

Sie legte den ersten Gang ein und fuhr los, sodass die Blume auf dem Armaturenbrett anfing, heftig zu nicken.

»Du kannst bei uns wohnen. Wir wohnen in einem Reihenhaus, wo auch Ivo, Benny, Jo und Ritschi gewohnt haben. Gar nicht weit von hier.«

Wer ist Ritschi, dachte Plotek. Aber noch ehe er fragen konnte, fuhr Maike fort: »Es ist eine Art Wohngemeinschaft oder, vornehmer ausgedrückt, betreutes Wohnen für den Sportler-Nachwuchs. Wollte der Verein so, damit die jungen Kicker ihr Leben ganz auf die Karriere ausrichten. Damit alles unter Kontrolle ist. Jetzt sind die Sportler ausgezogen und ich wohne mit meinem Onkel allein dort.«

Warum eigentlich nicht, dachte Plotek, froh über das Angebot. Endlich hatte er das Krankenhaus hinter sich lassen können. Das viele Liegen und die Krankenhausluft waren ihm nicht gerade gut bekommen. Immerhin hatten Schach und Wodka ein wenig Abwechslung im Tagesablauf geboten. Aber eine Schachpartie nach der anderen zu verlieren machte auf Dauer auch keinen Spaß. Man hätte ja meinen können, Piotr würde ihn einfach mal gewinnen lassen. Aber vergiss es, dafür war Piotr noch immer viel zu sehr Profi. Das imponierte Plotek natürlich auch wieder. Es gab kein Einsehen, kein Mitgefühl für den Schwächeren – eher das Gegenteil.

»Strengen Sie sich gefälligst an, sonst verlieren Sie schon wieder«, hatte Piotr vor Beginn eines jeden Spiels zu ihm gesagt. Und Plotek hatte sich mächtig ins Zeug gelegt – vergeblich. Das war einfach eine andere Liga gewesen.

»Ihr habt mal zusammen gespielt, hat Wenny erzählt«, sagte Maike nun, während sie die Kurven so rasant nahm, dass die Reifen quietschten und Plotek sich festhalten musste. »Das kann ich mir bei dir gar nicht so richtig vorstellen.« Sie lachte. Es war ein schönes Lachen, das für einen kurzen Moment ihre schneeweißen Zähne preisgab.

Wie meint sie das, fragte sich Plotek und wurde ein wenig rot.

»Ich meine, Fußball ist doch eher ein Sport für, na ja, einfach gestrickte Gemüter«, sie lachte wieder, »für grobschlächtige Menschen, Proleten eben, oder nicht?«

Unschlüssiges Nicken von Plotek.

»Du siehst aber eher wie ein feingeistiger Mensch aus, ein Intellektueller, ein Künstler eben. Der mehr mit dem Kopf arbeitet als mit den Beinen.«

Na ja, ein Fußballer arbeitet auch manchmal mit dem Kopf, beim Kopfball zum Beispiel, wollte Plotek widersprechen. Er war aber von dem Kompliment so beeindruckt und gerührt, dass er kein Wort herausbrachte. Am meisten aber war er von Maike selbst fasziniert. Irgendwie streifte ihn jetzt die Vergangenheit und er fühlte sich für einen Moment wie vor zwanzig Jahren. Mit beiden Händen hielt er sich am Armaturenbrett fest. Damals war es kein gelber Beetle, sondern ein roter Käfer gewesen. Er saß am Steuer und Maike hieß Inge. Und beide waren auf der Falkenbergschule in München. Zweites Jahr. Zusammen waren sie in die Ferien nach Italien gefahren. Auf Ploteks Schenkel lag die ganze Reise über Inges Hand und manchmal lag auch ihr Kopf an seiner Schulter, sodass Plotek sich kaum auf den Verkehr konzentrieren konnte. Mit seinen Gedanken war er zwischen ihren Schenkeln. Folge: Die entgegenkommenden Autos mussten natürlich ziemlich oft hupen, die Fahrer zeigten den Vogel, den Stinkefinger und alles. Fiel der Inge natürlich auch irgendwann mal auf, dass Plotek nicht ganz bei der Sache war, sprich beim Fahren. Man hätte ja meinen können, sie nimmt einfach die Hand vom Schenkel. Aber vergiss es.

»Fahr mal da rein«, sagte sie. Und so bog Plotek in der Nähe von Florenz rechts in einen Feldweg ab.

»Halt an.« Er hielt an, und während nicht weit vom Feldweg entfernt die Autos vorbeirasten, lehnte Plotek an der Kühlerhaube vom Käfer und Inge lag auf ihm, respektive saß breitbeinig über ihm. Beide waren nackt – unten herum zumindest. Die Kühlerhaube war so heiß, dass Plotek, obwohl es gar nicht lange dauerte, danach am Arsch Verbrennungen ersten Grades hatte. Er konnte kaum mehr sitzen. Inge kicherte und Plotek konzentrierte sich ab jetzt auf den Verkehr. Als sie dann nach einer Woche in Italien wieder in München ankamen, waren sie kein Paar mehr. Aber egal. Die Fahrt nach Italien war auf jeden Fall großartig. Inge war mittlerweile manchmal im Fernsehen in Vorabendserien zu sehen, wo sie auf verhärmte, eifersüchtige Ehefrauen abonniert war, was überhaupt nicht mehr zu dem Ritt auf der Kühlerhaube passte.

Bei der Erinnerung an diesen Trip bekam Plotek eine mittelprächtige Erektion. Das war ihm jetzt auch wieder nicht recht.

Maike klopfte kollegial auf Ploteks Schenkel und sagte: »Ich glaube, wir werden uns gut verstehen«, und Plotek wurde wieder ein bisschen rot.

»Wenny mag dich übrigens sehr«, fügte Maike hinzu.

Komisch, dachte Plotek, das ist mir noch gar nicht aufgefallen. Und irgendwie ist mir das auch ziemlich egal. Was habe ich mit Wennys Zuneigung zu tun, hätte er am liebsten gesagt. Zwanzig Jahre ist er ohne mich ausgekommen, da wird er auch die nächsten zwanzig ohne mich schaffen. Aber vergiss es. Er brachte es nicht übers Herz und auch nicht über die Lippen, seine Gedanken mitzuteilen.

»Und irgendwie ist das auch kein Wunder. Ich glaube, dich muss man einfach mögen.«

War das jetzt wieder ein verstecktes Kompliment oder reine Berechnung, hätte Plotek denken müssen. Aber angesichts dieses offenen Wesens und des freizügigen Lachens konnte er überhaupt nicht mehr denken. Wenn das Geschlecht sich erhebt, sinkt der Verstand in den allerniedrigsten Bereich und versteckt sich duckmäuserisch unter der Fußmatte. Der Intelligenzquotient passt sich der Körpertemperatur an und der Mann ist nur noch ein Hormon gesteuertes Bündel voller Zellhaufen und biochemischer Vorgänge. Keine Spur von Kant, von Aufklärung, nur noch Freud und ungehemmter Trieb.

Plotek öffnete das Seitenfenster ein wenig, weil er bereits wieder schwitzte. Kleine Schweißrinnsale liefen wie auf der Flucht die Rippen entlang.

»Aber psst!«, machte Maike jetzt und legte ihren Zeigefinger auf Ploteks Mund. »Das braucht Wenny nicht zu wissen.«

Was, dachte Plotek, was braucht er nicht zu wissen? Haben wir jetzt auch schon ein kleines Geheimnis zusammen? Wo das wohl enden wird, dachte er und merkte, wie das Hemd am Rücken festzukleben begann.

»Wir sind da«, sagte Maike und hielt an, »du kannst aussteigen.«

10

Wenny sah ziemlich übel zugerichtet aus. Beide Augen waren dick angeschwollen, überall hatte er Blutergüsse, Schürfwunden und blaue Flecken. Er lag auf dem Sofa im Wohnzimmer, starrte zur Decke, atmete schwer und röchelte vor sich hin.

»Danke, dass du da bist«, sagte Wenny und versuchte zu lächeln.

Plotek nickte nur. Maike legte ihren Arm um Ploteks Schultern und signalisierte so, dass auch sie sich freute. Plotek wurde es wieder ganz heiß.

»Wir beide werden das schon hinkriegen«, sagte Maike und Plotek fragte sich, was hinkriegen?

»Setz dich«, sagte Wenny und zeigte auf einen der Ledersessel, die neben dem Sofa standen.

»Willst du was trinken«, fragte Maike und verließ, noch ehe er antworten konnte, das Wohnzimmer.

»Zwei Weißbier«, versuchte ihr Wenny hinterherzurufen, klang aber aufgrund seiner körperlichen Konstitution ziemlich kraftlos und unentschlossen.

»Wichser!«, krächzte es aus der Küche.

»Halt's Maul«, versuchte Wenny zurückzuschreien. »Das ist Katsche«, erklärte er Plotek. Und als der noch immer eine verstörte Miene machte, fügte er hinzu: »Unser Papagei.«

Plotek setzte sich. »Warst du schon bei der Polizei?«,

fragte er unbeholfen, weil er mal wieder nicht wusste, was er sagen sollte.

Wenny verzog das Gesicht, winkte ab. Plotek konnte ihn nur allzu gut verstehen. Wer will schon freiwillig mit der Polizei etwas zu tun haben. Plotek nicht und Wenny offenbar auch nicht.

»Ach, es ist halb so schlimm«, sagte Wenny schließlich ein wenig gequält und versuchte wieder zu lächeln. Es misslang.

»Wer macht denn so was?«, fragte Plotek und schüttelte den Kopf. Maike kam mit zwei Bierflaschen und zwei Weißbiergläsern ins Wohnzimmer zurück. »Alte Schwuchtel«, krächzte der Papagei.

»Wer hat den Jo umgebracht?«

»Und Ivo?«, fügte Maike hinzu und stellte die Gläser und Flaschen auf dem kleinen Glastisch ab.

Plotek zuckte die Schultern.

»Na, siehste.«

»Es waren vielleicht die gleichen, die Wenny aufgelauert haben«, sagte Maike nachdenklich. »Schenkst du ein?«

Plotek griff nach der Flasche und dem Glas und goss das Bier ein. Erst jetzt bemerkte er, dass es ein *Unertl* war.

»Das Beste!«, erklärte Wenny stolz, dem Ploteks Verwunderung auffiel. »Und hier nur schwer zu bekommen.«

»Prost«, sagte Wenny, nachdem Plotek auch das zweite Glas mit dem Besten gefüllt hatte.

Er richtete sich ein wenig auf. Maike hielt ihm das Glas an den Mund. Er trank nur einen kleinen Schluck, dann ließ er sich erschöpft stöhnend in sein Kissen zurückfallen.

»Verreck doch«, krächzte es jetzt mehrmals aus der Küche. Maike, Wenny und Plotek sahen sich fragend an.

»Was ist denn passiert?«, fragte Plotek, als er sein Glas wieder auf dem Tisch abgestellt hatte.

Wenny dachte ein wenig nach, bevor er antwortete. »Nach dem Abendtraining. Die Spieler waren alle schon weg, der Trainer auch. Ich habe die Bälle noch ins Magazin gebracht, dann bin ich raus zu meinem Wagen und zack!«

Er machte eine Pause. Maike gähnte und hielt sich die Hand vor ihren schönen Mund.

»Von hinten eins über die Rübe, dann mit schweren Stiefeln in Bauch, Brust und Unterleib. Das war's.«

»Schweine«, zischte Maike leise vor sich hin »Wichser!«, unterstützte der Papagei sie in der Küche.

»Haben sie was gesagt?«, fragte Plotek.

»Ne, aber an der Windschutzscheibe hing ein Zettel.«

»Und was stand drauf?«

»Ein Totenkopf.«

Wieder hielt sich Maike die Hand vor den Mund.

»Und darunter stand: Wenn du dich nicht raushältst, bist du der nächste.«

»Wenn du dich wo raushältst?«

»Keine Ahnung«, sagte Wenny.

Komisch, dachte Plotek, jemand schlägt ihn halb tot und er weiß nicht, warum. Ob das alles stimmt?

»Hast du den Zettel noch?«, fragte Plotek. Maike kramte im Einbauschrank aus Mahagoni und legte einen zerknitterten Fetzen Papier auf den Tisch. Der Totenkopf sah aus wie von Kinderhand gemalt und um ihn herum war, Überraschung, Überraschung, ein wackeliges Dreieck gezeichnet.

Die Illuminaten, dachte Plotek und schmunzelte.

»Was gibt es denn da zu grinsen?«, fragte Wenny ein wenig verärgert.

»Nichts«, sagte Plotek, »es ist nur … ach was, blöde Idee.«

»Nein, sag doch«, insistierte Wenny, aber noch ehe Plotek antworten konnte, schien Maike eine Erklärung gefunden zu haben. »Sicher hat es irgendwas mit Jo, Ivo und Benny zu tun«, sagte sie, woraufhin Plotek nickte und Maike einen großen Schluck aus Wennys Weißbierglas trank.

»Vielleicht«, entgegnete Wenny wenig überzeugt, »vielleicht aber auch nicht.«

Plotek trank jetzt auch und sah sich dabei ein wenig im Wohnzimmer um. In einer Vitrine standen verschiedene Pokale und an der Wand hingen Wimpel und Urkunden.

»Wer könnte hinter den Morden an den Superstürmern stecken?«, fragte er sich leise.

»Du meinst an Jo Hillebrand und Ivo Jovanovic?«

Nicken von Plotek und Schulterzucken von Wenny.

Maike stand auf und ging im Wohnzimmer herum. Vor der Vitrine blieb sie stehen. »Vor Monaten schon ist die Jagd nach den beiden eröffnet worden, fußballerisch.« Sie drehte sich um und sah Plotek an. »Vereine, Manager, Werbepartner, Spielervermittler – alle waren hinter ihnen her.«

»Arno«, entfuhr es Plotek. Aber Wenny lachte nur abschätzig. Das ging erstaunlicherweise. Aus der Küche kam vorlaut ein gekrächztes »Ficker!«.

Plotek grinste.

»Der ist doch nur ein Strohmann, der sich aufspielt, als hätte er das Sagen«, meinte Wenny. Maike setzte sich auf die Lehne von Ploteks Sessel.

»Und wer steht hinter ihm?«, fragte Plotek.

»Stadelmaier«, sagte Wenny mit verzerrter Miene.

Schon mal gehört, dachte Plotek und überlegte, in welchem Zusammenhang. Es fiel ihm aber so schnell nicht ein. Da half ihm Maike eben auf die Sprünge.

»Der Dosensuppenfabrikant«, sagte sie, »Gerhard-Frank Stadelmaier.«

»Suppi-extra-plus, schon mal gehört?«, fragte Wenny.

Auch probiert, dachte Plotek und verzog angewidert das Gesicht.

»Kein Wunder«, sagte Maike mit ganz ähnlicher Miene, »der macht sein Geld zwar auch mit Dosensuppen, mehr noch aber mit Spielertransfers und sonstigen Geschäften.«

Seit wann kann man mit Spielern mehr Geld verdienen als mit Dosensuppen, kam es Plotek erstens in den Sinn, und zweitens, dachte er, ist der nicht Sponsor der SpVg Altona-Nord?

»Auf der einen Seite steckt er Geld in den Verein hinein, als Sponsor«, sagte Wenny wie zur Bestätigung »und auf der anderen holt er es wieder raus.«

Wozu sollte das denn gut sein?, überlegte Plotek.

»Das macht natürlich nur Sinn«, erklärte Wenny erneut wie zur Bestätigung, »wenn man weniger reinsteckt, als man rausholt.«

»Und ist das so?«

»Wenn man Supertalente bis zur Rente an sich bindet und knebelt, allemal.«

»Dem kommt der Tod eines Supertalents also sehr ungelegen.«

»Das ist wie der Schwarze Freitag an der Börse.« Wenny versuchte zu lachen und in der Küche äffte der Papagei ihn nach.

»Noch hat er einen, mit dem er sich sanieren kann«, sagte Maike und Wenny verzog wieder das Gesicht.

Es entstand eine Pause und Plotek fragte sich, wer das denn sein konnte. Es dauerte nicht lang, bis ihm jemand einfiel.

»Benny van der Tal?«

»Genau«, sagte Maike und schluchzte.

»Wenn er Glück hat«, fügte Wenny hinzu.

»Was soll das denn heißen?«

»*Zuerst hatten wir kein Glück und dann kam auch noch Pech dazu*«, sagte Wenny.

»Roland Wohlfahrt«, Plotek.

Beide grinsten und Maike fragte sich, wer Roland Wohlfahrt war. »Benny van der Tal ist derzeit verletzt«, sagte sie ein wenig geknickt. »Er ist in der Reha. Wenn es gut läuft, kann er nächste Saison wieder angreifen.«

»Frühestens«, sagte Wenny und wollte noch einmal aus seinem Weißbierglas trinken. Maike half ihm.

»Und Benny van der Tal gehört auch in den Stadelmaier-Stall?«, fragte Plotek.

Nicken von Maike.

»Leider«, sagte Wenny so leise, dass er kaum zu hören war.

Dann ist er ja auch gefährdet, schoss es Plotek durch den Kopf.

»Wo ist er denn in der Reha?«

»Keine Ahnung, das wird geheim gehalten«, antwortete Maike.

Kein Wunder, dachte Plotek, bei zwei toten Superstürmern von derselben Spielervermittlung kann der dritte schon mal den Sarg aussuchen.

»Das ist ja der Punkt«, sagte Wenny. »Ich trau denen nicht.«

Wem, dachte Plotek.

»Die haben ihn zwar versteckt, aber so einer ist leicht zu finden und dann ...«

Wenny machte eine kurze Pause und schniefte. »Also muss ich möglichst schnell herausfinden, wer hinter den Todesfällen steckt.«

»Um Benny zu schützen«, ergänzte Maike schniefend.

Und warum habt ihr so ein großes Interesse daran?, fragte

sich Plotek. Aus reiner Menschenliebe oder doch eher aus persönlichen Gründen?

»Benny und ich«, fing Maike an, als hätte sie seine Gedanken gelesen.

»Sind ein Paar«, ergänzte Wenny den Satz, denn Maike konnte vor lauter abgrundtiefem Schluchzen nicht mehr weitersprechen.

Scheiße, dachte Plotek und ertappte sich dabei, wie seine Sympathien für Benny van der Tal plötzlich schwanden.

»Und Maike hat Angst, dass es mit ihrer Beziehung bald vorbei ist, wenn sie ihn aufspüren.«

Schon klar, dachte Plotek.

»Also müssen wir die Mörder finden, bevor Benny gefunden wird, verstehst du?«

Wieder Schluchzen von Maike und halbherziges Nicken von Plotek.

Nur wie, das war ihnen nicht klar. Lange dachten sie nach, aber keiner hatte eine Idee. Maike stand auf und ging ins Bad. Auch Plotek stand auf und trat an die Vitrine.

»Zeugnisse erfolgreicher Jugendarbeit«, sagte Wenny. »Irgendwie ist das schon ein klasse Verein.«

»Was machst du eigentlich bei der SpVg Altona-Nord?«, fragte Plotek wie nebenbei.

»Torwarttrainer«, antwortete Wenny betrübt. »Aber das kann ich jetzt bis zum Saisonende knicken.«

»Schade.«

»Ja.« Wenny nickte und lächelte verzweifelt. Er sah aus, als würde er weinen.

Irgendetwas stimmt mit dem nicht, dachte Plotek. Irgendwie kommt mir der Typ nicht ganz sauber vor. War eigentlich noch nie der Fall gewesen. Und dann fiel ihm wieder ein, dass Wenny schon als Fußballer beim VfR Aalen irgendwie seltsam war, so als hätte er ständig irgendetwas zu verbergen gehabt. Ein Einzelgänger war er, wie Torwarte so oft. Er redete wenig, was Plotek gar nicht so unsympathisch war. Nur auf dem Platz scheuchte er die Abwehr herum wie eine Schar Hühner. Und dabei konnte er einen unbegabten Verteidiger schon derart zusammenscheißen, dass dieser beinahe zu weinen anfing, oder er ging gar zu Handgreiflichkeiten über. Schubser, Hirnschnalzer, Arschtritte und alles. Und danach Schweigen. Bis der Trainer mahnte: »Wenny, reiß dich zusammen!«

Und warum das Ganze? Tja, da gab es natürlich ein ganzes Universum voller Erklärungen, hoch kompliziert und kniffelig. Vielleicht genügte auch die Gegenfrage: Warum spielten junge Burschen Fußball und machten keinen Kochkurs? Darauf gab es eine einfache Antwort: um reich zu werden, berühmt und begehrt. Natürlich von den Mädchen, die am Spielfeldrand mit lüsternen Blicken nicht dem Ball, sondern den leicht bekleideten Jungs nachschauten. Deswegen auch die kurzen Hosen. Nicht, dass sich die Spieler damit besser bewegen können. Die Zuschauer respektive Mädchen sollten mehr zu sehen bekommen. Das war zwar eine eigenwillige, aber für Plotek durchaus einleuchtende Erklärung. Das war früher schon so, dachte er, und ist heute nicht anders. Da nahm man auch schwerste Verletzungen, Kreuzbandrisse, Knochenbrüche, Meniskusverletzungen und alles gerne in Kauf. Ja, so war das mit den Fußballkarrieren, den gemachten und gedachten. Und nie realisierten. So war das auch bei der von Plotek. Seine Fußballkarriere hatte damals angefangen wie viele: auf dem Schulhof mit einer Coladose, dann Bolzplatz, auf der Wiese vor dem Haus. Ein schlechter Ball und meistens barfuß. Damals, als kleiner Plotek stellte er sich vor, der Bomber der Nation zu sein, der Müller Gerd aus dem benachbarten Nördlingen, der es geschafft hatte, der beim FC Bayern Tore am Fließband schoss und Weltmeister wurde. Manchmal wollte er auch Günter Netzer sein oder Paul Breitner – so wie die wollte auch er werden, der kleine Plotek, wie die Männer auf den Fußballsammelbildern, mit denen in der Schule, ob in der Pause oder unter der Schulbank, leidenschaftlich gehandelt wurde. Ein Schwarzenbeck und Berti Vogts gegen einen Beckenbauer. Das war, was die Buben in kurzen Hosen und mit aufgeschürften Knien antrieb und motivierte, auch Plotek. Das waren Fußballkarrieren aus der tiefsten Provinz, aus Nördlingen, der Pfalz oder vom hintersten Zipfel des Niederrheins. So wie sie wollte es auch Plotek schaffen. Letzte Ausfahrt Fußballkarriere. Wegkommen aus diesem Pisskaff und endlich dieser Einöde und Beschränktheit entfliehen. Es kam dann tatsächlich fürs Erste, wie es selten kam. Im Dorfclub, bei den Sportfreunden Dorfmerkingen saß ein Scout vom VfR Aalen und glaubte, in dem jungen Plotek einen kleinen Paul Breitner zu sehen. Und schon war er zwanzig Kilometer weiter und drei Ligen höher. Und auch da saß auf den Rängen ein Scout, jetzt vom VfB Stuttgart und dessen Augen blieben abermals an Plotek hängen, seinem Spielwitz, der Torgefährlichkeit und der Schnelligkeit. Und schon ging es 100 Kilometer weiter und ganz nach oben in der Liga: VfB Stuttgart, A-Jugend mit Aussicht auf die erste Mannschaft, Bundesliga. Und dann war der Traum auch schon vorbei. Es war aber keine Blutgrätsche, sondern der elterliche Traktor, der Plotek über die Schenkel fuhr. Von da an fand für Plotek Fußball nur noch im Fernsehen statt.

»Du kannst in Ritschis Zimmer wohnen«, sagte Maike, wieder im Wohnzimmer zurück. »Komm, ich zeig's dir.«

Sie nahm Plotek an der Hand und zog ihn wie einen Hund weg von seinen Erinnerungen und hinter sich her aus dem Wohnzimmer.

»Bis später«, rief ihm Wenny nach.
»Ja«, sagte Plotek.
»Arschloch«, krächzte der Papagei.

Ritschis Zimmer im ersten Stock sah aus, als ob Ritschi gerade auf dem Klo wäre und gleich wiederkommen würde.

»Wo ist denn Ritschi?«, fragte Plotek und fühlte sich ein wenig unwohl im komplett eingerichteten Zimmer eines anderen. Am unwohlsten wurde es ihm aber, als er die Bettdecke sah, das Kopfkissen. Das war Bettwäsche vom FC Bayern München. Da kann ich nicht schlafen und wenn, dann habe ich Alpträume, dachte Plotek. Auch Maike wirkte, als würde sie sich nicht ganz wohlfühlen. Ob es auch die Bettwäsche war oder vielmehr die Frage, die noch immer wie eine aufgeknöpfte Betschwester unter der Zimmerdecke hing – wer weiß? Plotek wusste es nicht. Auf jeden Fall schien Maike irgendwie nicht darüber reden zu wollen und machte keine Anstalten, Ploteks Frage zu beantworten. Sie zeigte auf ein Foto, das an der Wand neben dem Bett hing.

»Das ist Ritschi.«

Ihr schmaler, schöner Finger ruhte auf einem schmächtigen Jungen.

»Und das ist Ivo, das Benny und Jo«, fuhr sie fort und tippte dabei auf pausbackige, junge Männer in kurzen Hosen. Plotek strich in Gedanken Ivo und Jo schon mit einem dicken, schwarzen Filzer durch. Und über die fünfte Person malte er ein hauchdünnes Fragezeichen. Das war Wenny, der die Arme um zwei der Kicker gelegt hatte und so aussah, als würde er auf einem orientalischen Markt seine frische Ware präsentieren.

»Die vier waren sich sehr ähnlich und zusammen unschlagbar«, erklärte Maike, »und Wenny war so eine Art Vaterersatz. Er war immer für sie da, wenn sie ihn brauchten. Ich glaube, das war das Geheimnis ihres Erfolgs. Diese Aufmerksamkeit, diese Zuneigung, dieser Zusammenhalt.«

Das klang wehmütig. Und während Maike noch immer über das Foto strich, als hätte sie eine intime Beziehung zu den Spielern, hatte Plotek noch ein weiteres entdeckt, auf dem Ritschi und eine Frau abgebildet waren.

»Ist das nicht die Schwester?«, fragte Plotek überrascht.

»Ja, das ist die Schwester von Ritschi«, antwortete Maike und ihr Finger strich über die Frau, als hätte sie auch ein intimes Verhältnis mit ihr.

»Die Schwester vom Krankenhaus?«, fügte Plotek fragend hinzu.

»Genau.«

Komisch, dachte Plotek, ist das jetzt Zufall oder hat hier alles irgendwie miteinander zu tun. Die Weltstadt als Kuhdorf oder: Wenn der eine den anderen kennt, kennt er alle.

»Na ja, um genau zu sein, ist Sieglinde die Halbschwester von Ritschi. Gleiche Mutter, verschiedene Väter, verstehst du?«

Nicken von Plotek, obwohl von Verstehen überhaupt keine Rede sein konnte.

Auf einem Bord über dem Bett standen silberne Pokale in allen Größen, an der Wand hingen gerahmte Urkunden. Plotek sah sich noch einmal das Mannschaftsbild mit Ivo, Jo, Benny, Ritschi und Wenny an. Fünf Personen, dachte er, Jo und Ivo sind tot, Wenny liegt ziemlich malad unten auf dem Sofa und Benny ist in der Reha. Und Ritschi?

»Wo ist eigentlich Ritschi?«, fragte Plotek noch einmal und Maike sah noch immer nicht so aus, als ob sie ihm eine Erklärung liefern wollte. Egal, dachte er, das finde ich auch ohne sie heraus. Und das tat er auch. Aber bis dahin sollte noch das eine oder andere Weißbier seine Kehle hinunterrauschen.

11

»Der Herr ist gütig. Das Leben geht weiter. Im Himmel und auf Erden. Es ist unsere Erfahrung im Glauben, dass wir in jeder Lebenslage, auch in einer traurigen, leidvollen wie der jetzigen, mit unserem Herrn rechnen können. Er ist da. Wir müssen unseren Halt nicht in uns selbst suchen, sondern in ihm. Er ist unser Halt.«

Der hagere Pfarrer mit der langen, schönen Nase und der akkuraten Scheitelfrisur stand neben den Särgen und wog die Worte ab wie ein Pfund Kartoffeln. Die Särge standen neben den ausgehobenen Gräbern, als wären sie überdimensionale Bananenkisten. Und dahinter standen Hunderte von Trauernden. Auch Plotek. Dazwischen saß ein junger Mann ausdruckslos und ungerührt im Rollstuhl, der den Anschein erweckte, als hätte er ganz viel gemein mit den beiden toten Superkickern. Der einzige Unterschied schien zu sein, dass die beiden im Sarg lagen und er im Rollstuhl saß. Zumindest wirkte der junge Mann mit dem verstörten, starren Blick im Rollstuhl so. Leblos, leer, tot. Hinter dem Rollstuhl stand Schwester Sieglinde. Sie trug ein enges schwarzes Kostüm, einen schwarzen Rollkragenpullover, schwarze Strümpfe und hatte die schwarz gefärbten Haare streng hochgesteckt. Jetzt also kein weißer Engel, sondern ein schwarzer, dachte Plotek. Das war also Ritschi, der Halbbruder von Sieglinde, über den Maike nicht reden wollte. Plotek lächelte der Schwester dezent zu. Die lächelte verlegen zurück, während

Plotek den Eindruck nicht loswurde, dass ihr die Begegnung auf dem Friedhof unangenehm war. Neben Ritschi und Sieglinde standen Wenny und Maike, an deren Arm ein junger blonder, gut aussehender Mann mit bestens sitzendem schwarzen Anzug hing, ein Bein eingegipst.

Das ist also Benny van der Tal, dachte Plotek und exekutierte den Mann mit seinen Blicken. »Amen!«, sagten in diesem Moment alle Trauernden.

Nur Plotek nicht. Der dachte, Blödsinn, der Herr ist überhaupt nicht gütig und zählen kann man auch nicht auf ihn. Zumindest nicht so, wie man das gern würde. Oder ist der Tsunami vielleicht eine Spielart von Gütigkeit? Erdbeben, Vulkanausbrüche, Hochwasser und alles? Das ist Zynismus, nicht von Gott, dachte Plotek, wenn es ihn denn überhaupt gibt, sondern von seinen Vertretern auf Erden, die nicht anerkennen wollen, dass das Leben so ist, wie es ist: brutal, hinterhältig und zynisch. Und nur ganz selten ein Heidenspaß. Meistens dagegen eine göttliche Offenbarung der umgeknickten Bäume, überschwemmten Landstriche und unzähligen Leichen.

Amen, dachte Plotek und sah wieder zu Schwester Sieglinde hinüber, die ihrem Halbbruder gerade mit einem Taschentuch den sabbernden Mund abwischte, während Maike den blonden Benny an sich zog, sodass der auf seinem Gipsbein ins Wanken geriet. Wenny quittierte Bennys Ringen ums Gleichgewicht mit einem bösen Blick, während Plotek ihn schon kopfüber im Grab liegen sah. Thomas Häßler fiel ihm ein: *Eine Drehung mehr und ich wäre im Rasen verschwunden.*

Plotek war weder wissenschaftsgläubig noch der Religion verfallen. Plotek glaubte eigentlich an gar nichts. Heute zumindest. Früher dagegen schon. Früher war er Ministrant und mindestens zweimal in der Woche in der Kirche. Der ewig lüsterne Pfarrer Thanwälder mit seinem schlechtriechenden Atem und den unruhigen Fingern hatte ihn aber, wie Jesus die Händler, aus der Kirche getrieben. Heute war ihm das Jenseits egal. Heute glaubte er nur noch an *Unertl*-Weißbier, Tequila und einen Spielzug der Jungs aus Freiburg.

Jetzt erst fiel Plotek auf, dass bei der Doppelbeerdigung nicht nur das gemeine Volk vertreten war, sondern sich auch regionale und überregionale Prominenz die Beine in den Bauch stand. Da war der Dosensuppenhersteller Stadelmaier, der Starreporter Rainer von Plorre, der Präsident der SpVg Altona-Nord und auch der vom Hamburger SV, der Oberbürgermeister, ein bekannter Tagesschausprecher und viele Trauergäste aus der Glitzer-, Star- und Medienwelt. Die nutzten natürlich den Anlass nicht ganz selbstlos, um sich der Öffentlichkeit auch mal von ihrer sentimentalen Seite zu zeigen, tief bewegt, traurig und mit frömmelnder Anteilnahme. Überall waren gut sitzende Designer-Kostümchen zu sehen, großzügige Dekolletés und schwarzer Chiffon, durch den die pralle Lebenslust hindurchschien. Und die unzureichend getarnte Freizügigkeit verachtete den Tod oder, schlimmer noch, machte ihn lächerlich. Alles wurde wie immer von unzähligen Kameras aus unterschiedlichen Perspektiven dokumentiert, als wäre die Beerdigung keine Totenfeier, sondern erst das Finale um Leben und Tod, für die Stubenhocker an den Fernsehschirmen mundgerecht aufbereitet. Stars und Sternchen lassen sich die Gelegenheit natürlich nicht nehmen, um ihre Gesichter samt geschminkter Betroffenheit werbewirksam in die bundesrepublikanischen Wohnzimmer zu schieben. Manch einer, der glaubte, eine Viererkette sei ein Halsband, wird bei dieser Gelegenheit zum rührseligen Fußballfan. Natürlich waren auch viele Fußballspieler vertreten, auch welche, *die wo schon mal*

Weltmeister waren. Und auch Arno Brunner konnte Plotek jetzt inmitten den Trauernden ausmachen. Plotek hatte bislang nur Doppelhochzeiten gekannt, Doppelbeerdigungen waren ihm fremd. Man lernt eben nie aus, dachte er. In diesem Moment wurden Jo Hillebrand und Ivo Jovanovic in ihren Särgen von den Sargträgern, allesamt aktive Spieler der SpVg Altona-Nord, vom Wägelchen herunter und in die Grube gehoben.

»Bedenke, Mensch, dass du Staub bist und wieder zu Staub wirst. Der Herr ist gütig. Er wird euch aufnehmen in das Himmelreich.«

»Amen.«

Ein Posaunenchor posaunte und die Särge verschwanden langsam in den Gruben. Den meisten Trauernden liefen Tränen der Rührung über die Wangen. Anschließend nahmen alle mit einem Schäufelchen voll Dreck von den beiden Superkickern Abschied. Das Klackern der Dreckbatzen auf dem Sarg erinnerte Plotek an Tontaubenschießen.

Als Plotek schließlich vor der Grube stand und das Schäufelchen in der Hand hielt, waren die Särge schon vollständig mit Dreck bedeckt.

Alles schien völlig reibungslos seinen Lauf zu nehmen. Dann aber schob Schwester Sieglinde Ritschi in seinem Rollstuhl ans Grab. Ritschi nahm das Schäufelchen erst gar nicht in die Hand, sondern spie einen Batzen Spucke auf die Särge. Schwester Sieglinde wischte ihm rasch den Mund ab, während die Trauergemeinde peinlich berührt zu Boden sah. Maike hielt sich erschrocken die Hand vor den Mund. Benny van der Tal hingegen schien interessanterweise ein wenig zu grinsen. Wenny weinte noch immer oder gerade deswegen hemmungslos. Plotek dachte, offenbar hat Ritschi nicht nur körperliche, sondern auch noch ganz andere schwerwiegende Probleme.

Nach der Beerdigung trafen sich viele der Trauernden im Clubheim der Spielvereinigung zum Leichenschmaus. Schwester Sieglinde und Ritschi waren nicht dabei. Auch Benny van der Tal und Wenny blieben dem Leichenschmaus fern. Wenny, der überhaupt nur fähig war, mit einer Überdosis Schmerzmittel an der Beerdigung teilzunehmen, klagte schon nach kurzer Zeit über Ziehen und Stechen in Brust und Bauch und auch Benny schien nicht den besten Eindruck zu machen.

Maike saß an einem der langen Tische neben Plotek, der dagegen nichts einzuwenden hatte. Eigentlich hatte sich auch Plotek aus dem Staub machen wollen. Aber als Maike ihn freundlich gefragt und ihm dabei tief in die Augen gesehen hatte und er darin schier versunken war, hatte er einfach zugestimmt.

Zuerst war die Stimmung noch angespannt und dem Umstand entsprechend traurig. Aber je mehr die Leute tranken, desto lockerer wurden sie. Wie das bei einem Leichenschmaus eben war. Hin und wieder wurde verhalten gelacht und unter die traurigen Mienen mischten sich immer mehr entspannte Gesichter.

Man sprach natürlich über nichts anderes als über die Superkicker, auch wenn sie nun tot waren.

»Weiß man eigentlich schon, woran Ivo nun gestorben ist?«, fragte Maike in die Runde.

Zunächst war nur ein undefinierbares Gegrummel zu hören. »Klar«, sagte dann ein Mann mit grau melierten Schläfen und einer Nickelbrille.

»Und verraten Sie es auch?«, hakte Maike nach.

»Klar«, sagte die Nickelbrille erneut und machte eine lange Pause. Alle, die um ihn herum saßen, starrten auf seine Lippen, als ob jetzt gleich der Heilige Geist aus ihm sprechen würde.

»Laut der gerichtsmedizinischen Untersuchung starb Ivo an einer Überdosis hoch konzentriertem Pflanzengift, das offenbar in einen Power-Drink gemischt war.«

»Pflanzengift?«, fragte Maike erstaunt.

»Exakt.«

»Aber wie kommt das denn ...«

»Irgendjemand wird es schon hineingemischt haben«, sagte der Mann mit der Nickelbrille und fuhr sich mit der Hand durchs schüttere Haar.

»Weiß man schon ...«

Der Mann schüttelte den Kopf und Plotek fragte sich, warum die Nickelbrille so gut Bescheid wusste. Aber noch ehe er nachfragen konnte, schlug jemand mit seinem Löffel gegen ein Glas. Augenblicklich wurde es ruhig. Der Dosensuppenfabrikant Stadelmaier erhob sich langsam vom Stuhl, räusperte sich und fing dann mit belegter Stimme und sichtlich gerührt an zu sprechen.

»Liebe Trauernde, liebe Spielvereinigung-Fans, liebe Verantwortliche, liebe Freunde. Leider hat uns ein trauriger Anlass zusammengeführt. Ich muss, glaube ich, nicht ausführen, dass nicht nur wir hier, sondern die ganze Fußballwelt über den Verlust dieser beiden großartigen Spieler trauern. Ivo und Jo gehörten zu dem Besten, was der deutsche Fußball zu bieten hatte. Die Lücke, die die beiden im deutschen Angriff hinterlassen, wird über Jahre hinweg nicht zu schließen sein. Diese beiden wunderbaren Stürmer, die am Anfang einer großen Karriere standen, sind nicht zu ersetzen. Zugegeben, wir haben noch andere gute Stürmer, aber diese beiden besaßen alles, was ein Fußballer besitzen muss. Sie waren trickreich, schnell, torgefährlich, hatten ein unglaubliches Spielverständnis und waren technisch so versiert, dass es eine bloße Freude war, ihnen zuzuschauen.«

Stadelmaier machte eine Pause und sah provozierend in

die Runde, während Plotek Bierglas und -deckel vor sich akkurat an der Tischkante ausrichtete. Wie aus einer Laune heraus zählte er in Gedanken die Buchstaben vom Namen des Dosensuppenfabrikanten: Gerhard-Frank Stadelmaier bestand aus 23 Lettern. Verwundert sah er auf. Stadelmaier redete noch immer.

»Ich verspreche«, sagte er, »dass ich alles tun werde, um herauszufinden, wer für den Tod unserer beiden Spieler verantwortlich ist. Ich werde alles Menschenmögliche veranlassen, damit die Mörder zur Rechenschaft gezogen werden.«

Wieder machte er eine kurze Pause und sah die Versammelten an.

»Ich hoffe, dass die SpVg Altona-Nord den Klassenerhalt schafft und in absehbarer Zeit wieder ganz oben mitspielt. Meine Unterstützung sei dem Verein gewiss.«

Verhaltenes Klopfen und Klatschen von den Trauernden.

Dann meldete sich Stadelmaier ein letztes Mal zu Wort: »Alle Getränke gehen auf meine Rechnung. Danke.«

Der Beifall der Leute klang schon etwas lauter, während Stadelmaier sich setzte.

Aber kaum hatte er sich gesetzt und einen großen Schluck aus seinem Sektglas getrunken, stand ein Mann vom Tisch auf. Er trug schwarze Lederklamotten und um den Hals einen grün-roten Schal. »Ihr seid doch schuld daran, an der ganzen Kommerzscheiße«, schrie er und zeigte dabei in Richtung Dosensuppenfabrikant.

»Wer is'n das?«, hörte Plotek neben sich jemand in die Runde fragen.

»Einer von den Ultras«, kam es aus der Runde zurück.

Man muss wissen, dass die Ultras ein Zusammenschluss von Fans waren, die sich ganz besonders mit dem Verein identifizieren. Diese Identifikation ist aber nicht nur ein leeres Versprechen. Ihr folgte vielmehr auch eine aktive Unterstützung des Vereins in den Stadien. Nicht selten war das Leben eines Fans vollständig davon geprägt. Diese treuesten der treuen Fans organisierten die Choreografien während des Spiels auf den Rängen und fehlten bei keinem Auswärtsspiel.

»Ihr habt den Nachwuchs doch auf dem Gewissen mit eurer geldgierigen Spielerpolitik«, schrie der Typ mit rotem Kopf und ballte dabei die ausgestreckte Hand zur Faust.

Der Dosensuppenfabrikant schüttelte den Kopf, hin und her gerissen zwischen Verachtung und Amüsement.

»Halt dein Maul, Güni!!!«, brüllte der Präsident und sprang wutentbrannt auf.

»Und DU gehörst auch dazu!«, schrie Güni jetzt noch lauter und Speichel spritzte aus seinem Mund. Er lachte verächtlich und ein paar Männer neben ihm klatschten Beifall. Der Dosensuppenfabrikant tippte sich immer wieder an die Stirn. Das war des Guten zu viel. Güni sprang über die Stühle hinweg auf den Dosensuppenhersteller zu, packte ihn am teuren Kaschmir-Kragen und zog ihn vom Stuhl hoch.

»Du bist der größte Schaden für den Verein«, kläffte er und hielt ihn noch immer fest.

Nun erhoben sich noch ein paar andere. Ein wenig unbeholfen, aber dennoch entschlossen schlugen sie auf Güni ein. Auch Arno mischte sich jetzt in die Handgreiflichkeiten ein. Aber die anderen Ultras beließen es nicht bei Beifallsbekundungen. Sie eilten Güni tatkräftig zur Hilfe. Eine wüste Keilerei kam in Gang, bei der einige blaue Augen und blutige Nasen davontrugen. Güni und seine Kompagnons wurden mit Tritten und unter üblen Beschimpfungen vor die Tür geworfen. Danach herrschte im Saal Totenstille. »Spinner gibt es überall«, sagte der Präsident schließlich laut und für alle verständlich. An den Tischen war leises Gelächter zu hören und die Gespräche setzten wieder ein.

Stimmt, dachte Plotek, und solche, die Dreck am Stecken haben, auch.

Er stand auf und verließ den Leichenschmaus.

Für einige lag darin wahrscheinlich eine stille Solidaritätsbekundung mit den Ultras. Und Überraschung: Maike schloss sich Plotek an.

»Und jetzt?«, fragte sie draußen vor dem Clubheim und hakte sich bei Plotek unter. Plotek zuckte mit den Schultern.

»Jetzt machen wir einen drauf!«

12

Seit einer Stunde saßen Plotek und Maike jetzt schon bei einem Chinesen in der Lincolnstraße und tranken Bier und Wein und dazwischen auch mal einen Tequila. Sie unterhielten sich über Wenny, über Benny, die SpVg Altona-Nord und über das Theater und das Schauspielhaus in Hamburg. Meistens sprach Maike und Plotek hörte zu. Hin und wieder nickte er, sagte auch mal »Verstehe« oder »Aha« und bestellte die Getränke, wenn die Gläser leer waren.

»Irgendwie fühle ich mich hier ganz wohl neben dir«, sagte Maike, als plötzlich die Tür aufging und eine splitterfasernackte Frau hereinkam. Sie trug nichts weiter als rote Stöckelschuhe und stellte sich wie selbstverständlich an den Tresen, um ein Glas Sekt zu bestellen.

»Die kommt hier einmal im Monat vorbei«, erklärte Maike, als sie Ploteks Verwunderung sah.

Ist das noch Exhibitionismus oder schon krank, dachte Plotek. Die katholische Kirche würde sagen, Exhibitionismus ist krank. Aber Gott sei Dank sind wir hier nicht im Vatikan, sondern beim ältesten Chinesen auf St. Pauli.

»Und, gefällt sie dir?«, fragte Maike.

Wenn sie was anhätte, vielleicht, dachte Plotek. »Hm«, antwortete er.

»Irgendwie ist das schon mutig, oder?«

Mutig wäre, in diesem Outfit am Ostersonntag auf dem Kapellplatz in Altötting auf und ab zu spazieren, dachte

Plotek, das hier ist eher mentaler Infantilismus und in dieser Umgebung nicht mal eine Provokation.

»Würdest du das auch machen?«

»Spinnst du!«, sagte Plotek und dachte, die will wohl, dass ich wegen Erregung öffentlichen Ärgernisses verknackt werde.

Maike lachte so laut, dass die Nackte vom Tresen mit verkniffenem Gesicht herübersah.

»Ich vielleicht schon«, sagte Maike, »nach fünf Tequila.«

Jetzt hat sie drei, dachte Plotek und stellte sich schon mal vor, wie es denn wäre, neben der nackten Maike hier zu sitzen. Und dann stellte er sich die nackte Maike vor.

»Was ist?«

»Nichts.«

»Dir wäre das peinlich, stimmt's?« Maike lachte.

»Stimmt.«

»Keine Angst, das war nur ein Witz.«

Auch wieder schade, dachte Plotek.

»Jetzt haben wir fünf Minuten über die Nackte geredet und sie hat kein Wort gesagt«, sagte Maike, »das nennt man Interesse wecken.«

Sie sah Plotek tief in die Augen und zwinkerte ihn an.

»Lass uns über dich reden.«

»Hm«, antwortete Plotek wieder und machte eine Miene, als würde dabei nicht viel herauskommen. »Oder über dich«, entgegnete er, um das Schlimmste abzuwenden.

»Oder über uns beide«, fügte Maike augenzwinkernd hinzu und trank noch einen Schluck von ihrem Wein. »Oder über Agnes.«

Woher kennt Maike ihren Namen, fragte sich Plotek und konnte sein Erstaunen nicht verbergen. Maike genoss seine Verwunderung sichtlich. Aber gerade als sie etwas sagen wollte, ging die Tür auf und ein junger, kaum zwanzigjähriger Mann betrat das Lokal. Er ging an ihrem Tisch vorbei, blieb überrascht stehen und sagte: »Hallo.«

»Hey, du hier?«, antwortete Maike und schien genauso überrascht zu sein. Plotek dagegen war froh, dass Agnes plötzlich keine Rolle mehr spielte.

»Darf ich?«, fragte der Mann und setzte sich neben Plotek.

»Klar, setz dich«, sagte Maike, als er bereits saß. »Ein Kommilitone«, erklärte sie Plotek und fing sofort ein Gespräch mit ihm an. Plotek starrte abwechselnd auf den Hintern der Nackten, wo er ein Muttermal entdeckte, das die Form von Italien hatte, und auf den sich drehenden Ventilator an der Decke.

»Ich geh dann mal wieder«, sagte der junge Mann, nachdem sie sich nicht einmal fünf Minuten über ihr Studium unterhalten hatten. »Wollte eigentlich nur Zigaretten ziehen.«

»Bis morgen.«

Die Nackte am Tresen kratzte sich gerade am Rücken und warf sich mit großer Geste die langen Haare über die Schultern. Plotek stand auf und ging aufs Klo. Die Nackte und Maike vor Augen versuchte er zu onanieren. Vermutlich weil er zu viel Alkohol im Blut hatte, brachte er es nur zu einer armseligen, noch nicht einmal mittelprächtigen Erektion.

Am Waschbecken wusch er sich die Hände, klatschte sich Wasser ins Gesicht und dachte, als er in den Spiegel sah: O Gott, o Gott, seh ich verzweifelt aus.

Als Plotek wieder zurück war, fragte Maike: »Wo waren wir stehen geblieben?«, und Plotek bestellte noch zwei Tequila.

So ging das noch eine Weile, bis Plotek ziemlich betrunken war und dachte, jetzt sind es fünf Tequila. Maike stand auf, nahm ihn bei der Hand und sagte: »Los, komm, wir gehen noch woanders hin.«

Wohin, wollte sie nicht verraten.

Draußen war es dunkel. Überall lockten leuchtende Neonschriftzüge und kündigten *Girls, Sex, Sex, Sex* und *Eros World* an. Plotek wurde vor lauter Geflacker ganz schummrig vor Augen. Dicke, in die Jahre gekommene Türsteher vor den einschlägigen Etablissements ruderten mit den Armen und riefen: »Heiße Weiber, wilde Lust: Komm rein, Tabledance und Getränke auch für deinen Hosensack!« Plotek verstand Hodensack und musste kichern. Maike verstand gar nichts, kicherte aber trotzdem.

Horden junger Männer, alle frisch geduscht und parfümiert, gaben sich vergnügt und überholten jaulend Plotek und Maike. Mit ausgestreckten Fingern zeigten sie auf die Nutten am Hans-Albers-Platz. Ein älteres Pärchen, dem Dialekt nach zu urteilen aus dem Sächsischen, hielt sich aneinander fest, als ob sie nicht verloren gehen wollten in dieser wilden Welt der sündigen Meile.

Plotek hielt sich auch an Maike fest oder Maike an ihm – so genau hätten das beide nicht mehr sagen können. Auf jeden Fall fühlt es sich gut an, dachte Plotek und spürte die nackte Haut an ihrer Hüfte.

Zwei Straßen weiter und einige dunkle Ecken später ließ Maike ihn los und schob ihn vor sich her in einen Club, in den er allein, freiwillig und halb so betrunken niemals gegangen wäre. Das Durchschnittsalter schien weit unter dem von Maike zu liegen und Plotek wurde angesichts der Tanzenden zum alten Sack, zum immer älter werdenden Sack. Einige musterten ihn irritiert. Während Maike tanzte und sich dabei im bunt flackernden Licht mal elegant, mal lasziv drehte, hielt Plotek sich am Rand der Tanzfläche an einer Flasche Bier fest und ließ sich von Maikes zauberhaften Bewegungen den Kopf verdrehen. Wie kann man nur so jung sein, dachte er und sah auf ihre Hüfte, die sich wie eine Betonmischmaschine unentwegt um sich selbst drehte und ihn schier um den Verstand brachte.

Als seine Augen allein vom Zuschauen zu tränen begannen, kam Maike wieder auf ihn zu. Sie hüllte ihn ein in ihren verführerischen Geruch aus Schweiß, Jugend und Weiblichkeit, den er heimlich einsog. Sie zog ihre Schuhe aus und legte völlig erschöpft ihren Kopf auf seine Schulter. »Gehen wir?«

Plotek legte seinen Arm um ihre Taille und führte sie schwankend, aber sicher aus diesem dröhnenden Schuppen hinaus in die kühle Nacht von St. Pauli. Leichter Nieselregen hatte eingesetzt.

»Und jetzt?«, fragte Maike, noch immer barfuß, und gähnte.

»Taxi«, rief Plotek in die Nacht und Maike kicherte, als wäre Plotek einer der rudernden Türsteher und erzählte von Hosen- und Hodensäcken.

Wenny schlief schon. »Psst«, machte Maike immer wieder. »Psst!« Theatralisch wollte sie immer wieder ihren Zeigefinger auf den Mund legen, traf aber ein ums andere Mal die Nase.

»Lass uns noch einen rauchen?«, lallte sie kaum verständlich und zog einen bereits gedrehten und seltsam gebogenen Joint aus der Tasche. Erschöpft ließ sie sich auf die Couch fallen.

Plotek setzte sich in den Sessel, streckte beide Beine weit von sich und sah auf Maikes hochgerutschten Rock, der einen Streifen ihres rosafarbenen Unterhöschens freigab. Verlegen sah er weg.

»Hier.« Maike reichte ihm den mittlerweile entflammten

Joint und blies Rauch in Ploteks Richtung. Eine verwegene Würze verteilte sich im Raum.

Plotek zog eher halbherzig und gab den Joint an Maike zurück. Kaum hatte sie gezogen, bekam er ihn schon wieder in die Hand gedrückt.

Nach vier Zügen war Maike eingeschlafen. Jetzt wollte sich Plotek dem rosafarbenen Unterhöschen widmen. Aber vergiss es. Alles um ihn herum war plötzlich rosa, nicht nur das Höschen: Maike, die Couch, der Mahagoni-Einbauschrank, die Pokale und Wimpel an der Wand, alle Wände, der Couchtisch, das komplette Wohnzimmer. Eine wabernde rosa Masse umgab Plotek, hatte ihn fest im Griff.

Plotek wollte aufstehen. Aber kaum stand er, lag er auch schon wieder. Dieses Mal allerdings auf dem Boden. Wie komme ich jetzt ins Bett, dachte er noch, aber da robbte er bereits auf allen vieren durchs Wohnzimmer. Er stieß an den Couchtisch, dann an den Einbauschrank und den Türrahmen, bis er schließlich auf dem Flur war. Von dort krabbelte er die Treppe hinauf in den ersten Stock. Orientierungslos ging es längere Zeit den Flur entlang. Wie lange genau, konnte er beim besten Willen nicht sagen. Irgendwie schien ihm jegliches Zeitgefühl abhandengekommen zu sein. Es war wohl einige Zeit vergangen, bevor er sein Zimmer endlich gefunden hatte. Draußen wurde es bereits hell. Mit letzter Kraft schleppte er sich zum Bett und legte sich hinein. Ohne noch die Schuhe abzustreifen, schlief er augenblicklich ein.

Er schlief lange, träumte von dem nackten Streifen Haut an Maikes Hüfte und dem rosaroten Höschen. Als die Sonne bereits durch die Vorhänge ins Zimmer schien, wurde er von einem hässlichen Geräusch geweckt. Es klingelte, ein Telefon klingelte. Da Plotek kein Handy besaß, war ihm trotz brummendem Kopf und stechendem Schmerz an beiden Schläfen klar, dass es sich nur um das Telefon im Wohnzimmer handeln konnte.

Er hatte schon den Eindruck, das Klingeln würde nie mehr aufhören, da sprang der Anrufbeantworter an. Eine Stimme war zu hören.

»Wenny, melde dich sofort bei mir, das geht so nicht, wenn du das machst, ist alles aus! Hast du verstanden? Ich lass mich von dir nicht erpressen. Ich entscheide, was ich mache. Und mit wem ich zusammen bin, merk dir das.«

Es war eine junge Männerstimme, die Plotek, so kam es ihm zumindest vor, noch nie gehört hatte.

Augenblicklich war er wacher, als ihm lieb war. Aufstehen konnte er aber trotzdem nicht. Dafür schmerzte der Kopf zu sehr und die Glieder waren vollkommen steif. Er lag wie ein Stein im Bett, starrte abwechselnd zur Decke und an die Wand. Irgendwann pochte sein Kopf so sehr, dass nur noch Aspirin weiterhelfen konnte. Plotek wälzte sich aus dem Bett und fing panisch an, die Schubladen nach einem Schmerzmittel zu durchsuchen. Aber vergiss es. In seinem Zimmer war nirgendwo Aspirin zu finden, genauso wenig wie in den anderen Zimmern oder im Bad. Plotek stieß lediglich auf ein paar seltsame Briefe. Sie waren in einer schwülstigen Handschrift geschrieben, kaum leserlich, und hausierten mit Sentimentalitäten. Alle waren an Benny adressiert und mit »W.« unterschrieben. Komisch, dachte Plotek, Maike fängt mit M an. Aber ein auf den Kopf gestelltes M ist auch ein W. Ob W oder M – auf jeden Fall eine Sauklaue.

Im Wohnzimmer fand er dann doch eine Packung Aspirin und einen Zettel, auf dem »Bin schon weg! Bis heute Abend, Maike« stand.

»Ich auch, Wenny«, war hinzugefügt.

Nachdem Plotek das Aspirin eingeworfen hatte, schrieb er mit zittriger Schrift »Ich ebenso« darunter und verließ das Haus, während der Papagei wieder was von Arschlöchern, Fickern und schwulen Säuen krächzte.

13

»Na, geht's wieder?«

Plotek stand am Tresen im *Zapfhahn*, einer Fankneipe der Spielvereinigung Altona-Nord. Das *Froh und Munter* auf hanseatisch sozusagen. Und gerade bekam er ein Weißbier serviert. Zwar kein *Unertl*, aber der Schaum sah ihn an, als wäre er artverwandt.

»Und? Alles wieder gut?«, fragte der Mann, der das Bier vor Plotek hingestellt hatte. Plotek fing wieder an zu ordnen. Dieses Mal waren es die Bierdeckel. Den kenne ich, dachte Plotek und überlegte. Der Mann ihm gegenüber versuchte grinsend, ihm auf die Sprünge zu helfen, mit Erfolg. Das war der kiffende Rauschebart, kam es Plotek in den Sinn, während der Rauschebart nickte.

»So sieht man sich wieder, was?«, murmelte er in seinen Bart hinein.

Plotek nickte jetzt auch und freute sich. Über den Rauschebart und seine zurückkehrende Erinnerung.

»Das muss jetzt aber gefeiert werden«, sagte der Rauschebart und verlieh auf diese Weise seiner Freude Ausdruck. Er stellte zwei eisgekühlte Gläser auf den Tresen und schenkte Tequila ein. Dann Zitrone, Salzstreuer und warme Worte: »Auf dich.«

»Auf die Spielvereinigung«, sagte Plotek, stieß mit dem Rauschebart an, leckte das Salz vom Handrücken und kippte den Tequila die Kehle hinunter. Zuletzt schleckte er noch an der Zitrone und gab ein fast lautloses und wohltuendes »Ah« von sich.

»Du hast recht«, entgegnete der Rauschebart. »Die haben's nötig.« Er kippte sich den Tequila ebenfalls schwungvoll die Kehle hinunter, was von großer Übung zeugte, und schenkte gleich noch zwei weitere ein. Erneut stieß er mit Plotek an. »Wolle«, sagte er, bevor er das Glas wieder hob.

»Plotek«, sagte Plotek.

»Prost«, beide.

Und dann ging es ganz schnell. Hätte ein Unbeteiligter die beiden so am Tresen stehen und Tequila trinken sehen, hätte er denken können, da sind zwei Meister am Werk. Und richtig gedacht. Das waren nicht nur Meister, das waren Tequila-Profis. Schnaps-Hasardeure. Alkohol-Junkies. Geeichte Trinker. Oder alles zusammen.

»Sieht nicht gut aus, wie?«, fragte Plotek, als der Tequila seinen Körper von innen her zu wärmen begann.

Wolle rülpste leise. »Hm.« Dann folgte eine kurze Pause. »Verdammt scheiße sieht das aus«, legte er völlig verzweifelt nach.

Jeder unbeteiligte Dritte hätte sich gefragt: Was? Was ist verdammt scheiße und sieht nicht gut aus? Plotek und Wolle dagegen wussten es. Das war eben, was Tequila-Profis verband.

»Kein Wunder, wenn gleich drei wichtige Spieler ausfallen«, gab sich Plotek ein wenig einfühlsam.

»Hm«, machte Wolle wieder und schien erneut nachdenken zu wollen. Aber dann legte er doch schneller und vehementer als gedacht nach.

»Quatsch, das Problem sind nicht die Spieler«, sagte Wolle ungehalten und füllte zwei weitere Gläser Tequila. »Das Problem sind die Verantwortlichen.«

Unschlüssiges Nicken von Plotek.

»Der Verein?«, fragte er halbherzig.

»Blödsinn, der Verein doch nicht. Der Verein sind die Fans. Die paar Quatschköpfe, die glauben, ohne sie geht es nicht.«

Jetzt wurde es Plotek zu kompliziert.

»Welche Quatschköpfe?«

Wolle nahm sein Tequilaglas, stieß mit Plotek an, sagte »Prost« und kippte den Tequila hinunter. Dann schüttelte er sich und sagte, als wäre er umzingelt von einer ganzen Horde nasser und stinkender Hunde: »Spielervermittler, Berater, Sponsoren – alles sportliche Dilettanten mit dem fußballerischen Fachwissen einer Weinbergschnecke.«

Jetzt trank auch Plotek, schüttelte sich aber nicht, sondern grinste.

»Seit sich herumgesprochen hat, dass mit Fußball mehr Geld zu verdienen ist als mit Aktien und Immobilien, mischen auf dem Platz und hinter den Kulissen Menschen mit, die von Fußball so viel Ahnung haben wie eine Kuh vom Billardspielen«, sagte Wolle, der offenbar einen Narren an bildhaften Vergleichen gefressen hatte. »Die aber sehr einflussreich sind.«

Wieder kurze Pause, dann wurde er konkreter. »Und die für einen Verein und den Sport fatal sein können.«

»Auch für die Spielvereinigung?«, fragte Plotek.

»Auch für die Spielvereinigung«, antwortete Wolle.

Jetzt dachten beide längere Zeit nach.

»Wolle, noch zwei!«, rief eine Stimme an dem Tisch, der gleich beim Tresen stand.

Wolle legte seine Stirn in Falten, zapfte zwei Bier und trug sie vor sich und seinem dicken Bauch her an den Tisch, während Plotek seine Stirn ebenfalls mit Falten schmückte.

»Inwiefern?«, fragte Plotek, als Wolle wieder hinter dem Tresen stand.

Nahtlos nahm Wolle den Gesprächsfaden wieder auf. »Das Einzige, was die da oben interessiert, ist Geld und Macht, macht zusammen: Arschloch.«

Jetzt lachte Wolle und zeigte seine kaputten, gelben Zähne hinter dem Rauschebart.

Aus Solidarität lachte Plotek mit, sodass die anderen Biertrinker aufhorchten.

»Sieh dir doch bloß mal die Spielerpolitik der Vereine an«, fuhr Wolle lauter als zuvor fort. Mit großer Geste zeigte er durch die ganze Gaststätte bis zu den Klos. Plotek dachte schon, jetzt kommen bestimmt alle artig durch die Tür, machen einen Knicks und sagen Hallo. Aber vergiss es. Da kam niemand.

»Das sind keine Spieler mehr«, sagte Wolle und in seiner Stimme schwang eine Portion Verachtung mit, »das ist nur noch Rendite auf zwei Beinen. Das sind Lebensversicherungen, die da über den Platz dribbeln, während sie bei jedem Tor Gewinnmarchen im zweistelligen Bereich zulegen.«

Ist doch gar nicht so schlimm, könnte man denken, dachte Plotek. Aber denkste, doch schlimm, daran ließ Wolle erst gar keinen Zweifel.

»Die gehören aber schon lange nicht mehr dem Verein oder sich selbst«, sagte er und legte wieder die Stirn in Falten, sodass es aussah, als hätte er am Kopf Krampfadern.

Wem dann, dachte Plotek und kam nicht drauf. Da sagte es ihm Wolle eben.

»Sponsoren, Spielervermittlern, persönlichen Beratern und Dilettanten mit dem fußballerischen Fachwissen einer Schmeißfliege, für die Spieler nichts anderes als Humankapital sind, mit dem ordentlich Rendite erzielt werden kann, verstehst du?«

Plotek nickte und Wolle kraulte sich seinen Bart.

»Sieh dir bloß mal den neuen Sponsor an.«

»Suppi-extra-plus!«, sagte Plotek und Wolle nickte.

»Angeblich zahlt der Millionen für den Trikotaufdruck.«

Plotek zuckte die Schultern und sein Magen meldete sich zurück.

»Andererseits wird gemunkelt, dass ihm im Gegenzug bereits die besten Spieler gehören.«

»Ivo, Jo, Benny?«

Nicken von Wolle und Plotek dachte, erstens hat er, der Sponsor, da jetzt auch nichts mehr von, weil zwei Drittel bereits tot sind, und zweitens hat er, Plotek, das so ähnlich schon mal gehört, nämlich von Wenny.

»Kennst du Wenny?«, fragte Plotek fast schon kleinlaut und trank einen Schluck Bier.

»Wer kennt die alte Schwuchtel nicht?«

Wolle lachte und Plotek wunderte sich.

»Alte Schwuchtel?«

»Sag bloß, du weißt nicht, dass Wenny ...?«

Wieder zuckte Plotek die Schultern. Wolle schmunzelte und strich sich, fast schon selbstverliebt, seinen Bart.

»Wenny gehört mittlerweile zum Inventar des Vereins. Der war schon alles. Torwarttrainer, Co-Trainer, Stadionsprecher, Masseur, Zeugwart und bis vor kurzem hat er sich auch um den Nachwuchs gekümmert. Nicht ganz selbstlos, wie gemunkelt wird.«

Jetzt fing Wolle wieder an, eine dieser großen Zigaretten zu basteln, die Plotek nur aus seiner Jugend kannte und die eindeutig mit verbotenen Substanzen gefüllt werden.

»Bis vor ein paar Jahren war er noch mit einer Krankenschwester zusammen. Irgendwann muss er dann umgekippt sein. Spätes *Coming-out* quasi. Gibt es ja oft. Altershomosexualität. Je älter der Mann wird, umso mehr interessiert ihn die gleichgeschlechtliche Jugend. Da spielen dann nur noch proletarische Jungs eine Rolle. Obwohl er das immer abstreitet, der Wenny. Da ist er eben anders als andere, die in jedem Halbsatz mit ihrer sexuellen Ausrichtung hausieren gehen, als ob damit die fehlende fachliche Kompetenz und das menschliche Arschlochsein kompensiert werden müsste.«

Wolle schleckte mit seiner großen, schlabberigen Zunge am Zigarettenblättchen herum und rollte dann mit seinen dicken Fingern ein Monstrum von einem Joint, der aussah wie ein vollgesogener Tampon.

»Apropos Sponsoren, Spielervermittler und Dilettanten«, sagte Plotek, um ein wenig von dem Angst machenden Kaliber in Wolles Hand abzulenken, »die haben natürlich ein großes Interesse daran, dass es bei ihren Spielern rund läuft, nicht wahr?«

Wolle machte eine Miene, als wüsste er nicht genau, ob Plotek das ernst meinte oder ob er sich einen Spaß erlaubte. Er zündete sich den fertigen Joint an. Die Bierhocker sahen verstohlen herüber und schüttelten verhalten den Kopf.

»Und dafür würden sie alles machen, was?«, hakte Plotek nach.

»Klar.«

»Auch Mord?«

»Man hat den Leuten schon aus banaleren Gründen die Kehlen durchgeschnitten.«

»Stimmt.«

»Nur, die eigenen Spieler einen Kopf kürzer zu machen wäre ja völliger Blödsinn«, sagte Wolle und zog kräftig an der verbotenen Substanz, sodass die Spitze glühte, als wäre es eine Glühwürmchenvollversammlung.

»Stimmt auch wieder.«

Jetzt erst fiel Plotek die Musik im Hintergrund auf. Oder

vielmehr die Stimme. Das war kein Gesang, das war ein schmerzvolles Heulen, ein bitteres Klagen, ein verzweifeltes Jaulen. Wenn man es genau nahm, konnte der Sänger weder richtig singen noch Gitarre spielen. Klavier, vergiss es. Und dennoch klang es einmalig, wie noch niemals zuvor gehört. Katze gepaart mit schreiendem Kind. Oder drogenabhängiger Sufi gekreuzt mit grölendem Autisten beim Blick über die Schulter des Teufels in die Hölle. Oder ins Leben. Schaurig und schön. Schaurig schön. Schön schaurig.

»Was ist denn das für eine Musik?«, fragte Plotek sich selbst und dann auch Wolle.

Der dachte nach, zog wieder kräftig am Joint, stieß den Rauch in Richtung Kneipendecke und sah ihm verträumt nach. Er machte den Eindruck, als wüsste er es längst, wollte aber nicht damit herausrücken.

»Geheimtipp«, sagte er schließlich. »'N Ami, 'ne Art Autist, um die fünfzig, fett, ungepflegt. Wohnt noch immer bei den Eltern. Wenn der auf Tournee geht, ist immer sein Vater mit dabei.«

Kurze Pause. Dann fuhr Wolle fort: »Vor dem verneigt sich die ganze Musikwelt, aus Hochachtung, Tom Waits, Vic Chesnutt, Kurt Cobain. Alle Großen eben.«

Wolle beugte sich ein wenig über den Tresen zu Plotek herüber und flüsterte ihm den Namen des fetten, autistischen Amis ins Ohr, als sollte niemand anderes ihn verstehen. Geheimtipp eben.

Und wieder hörten beide andächtig dieser Stimme zu, die verzweifelt, sanft und melancholisch klang. Wie das Leben, dachte Plotek. Und hätte Wolle Plotek besser gekannt, hätte er gedacht, irgendwie ein bisschen wie Plotek. Wie zur Bestätigung sang der fette Autist: »My life ist starting over again ...«

Plotek wippte verhalten mit dem Bein und Wolle zog wieder am Joint, bis Plotek aus heiterem Himmel fragte: »Und was spielt Ritschi für eine Rolle?«

Jetzt schwieg Wolle zum ersten Mal etwas länger. Vielleicht lag das ja auch an der einsetzenden Wirkung der verbotenen Substanz. Keine Ahnung. Auf jeden Fall sagte er erst dann was, als Plotek gar nicht mehr damit gerechnet hatte. »Hm, tragisch, tragisch.«

Nach einer langen Pause, in der er dreimal an seinem Joint gezogen hatte, fuhr er schließlich fort. »Er war das eigentliche Talent des deutschen Fußballs. Dagegen sind Jo, Ivo und Benny, mit Verlaub, geltungssüchtige, mittelmäßige Balltreter.«

Ivo und Jo waren tot, Benny war mit mehrfach gebrochenem Schienbein in der Reha. Und Ritschi? Ritschi saß im Rollstuhl, dachte Plotek. Das hatte er mit eigenen Augen gesehen. Und wenn es da keinen Zusammenhang gibt, dann ist meine pathologische Detailversessenheit auch nur eingebildet. Er legte die Bierdeckel auf dem Tresen akkurat nebeneinander. Nur, was für ein Zusammenhang das war, wusste Plotek nicht. Und er wollte es auch gar nicht wissen. Aber vergiss es. Ob er wollte oder nicht, erfahren sollte er es trotzdem. Aber erst viel später.

»Da, zieh mal.« Wolle hielt ihm die dicke Zigarette mit der verbotenen Substanz entrückt lächelnd unter die Nase.

Also zog Plotek eben. Und sofort schienen sich seine Nervenbahnen wieder zurückzulehnen. Sein Blick veränderte sich. Die Gedanken machten Pause, während der autistische Sänger »Don't let the sun go down ...« grölte.

»Gut, was?«, fragte Wolle verschmitzt. Plotek nickte und hatte dabei den Eindruck, als würde die ganze Kneipe wie bei einem Erdbeben wackeln. Er spürte eine sich langsam über ihn stülpende Antriebsarmut. Eine Art Teilnahmslosigkeit ergriff Besitz von ihm. Mit jedem Zug verlangsamte sich sein Denken, er wurde schläfrig. Irgendwie schienen ihm alle seine Regungen abhanden gekommen zu sein. Er saß am Tresen und glotzte vor sich hin – geradezu autistisch. Bis er schließlich einen mächtigen Druck auf der Blase verspürte und sich ein verdächtiges Grummeln im Darm bemerkbar machte. Folge: Drohender Kontrollverlust kündigte sich an. Konsequenz: »Das Klo ist da vorne«, sagte Wolle und Plotek folgte dem ausgestreckten Arm. Er hatte das Gefühl, dass sich seine Hirnhaut jetzt wie ein Kaugummi dehnte, während das Hirn selbst zusammenschnurrte. Die Schmerzrezeptoren waren gereizt. Schwindel kam hinzu. Eine Persönlichkeitsveränderung war im Anmarsch. Auf dem Weg zum Klo fing Plotek plötzlich an, auf Zehenspitzen zu gehen, dann auf den Fersen – immer abwechselnd. Entgegenkommende Kneipenbesucher schwebten oder schwammen winkend an ihm vorbei. Sie wandelten sich in Sekundenschnelle wie durch hochtechnologische Computeranimation, etwa von einer schwergewichtigen Frau in ein Herrenklapprad. Von einem Herrenklapprad in einen Drehständer für Ansichtspostkarten. Ein ganzer Tisch in der Ecke bei den Spielautomaten wurde zwischen zwei Augenaufschlägen zu einem Fischteich mit heraushüpfenden rotfleckigen Kois. Und dann zu einem kompletten Universum, in dem sich Plotek sogleich selbst spiegelte. Das bin doch ich, dachte er und sah lachende Fischgesichter, die so aussahen wie er selbst. Oder zumindest so, wie er sich in Erinnerung hatte. »Like a monkey in the zoo ...«, tönte es aus den Boxen, die inzwischen aussahen wie Raubtierkäfige. »Devil town ...«, schrie ein besonders gefährliches Raubtier. Wie auf ein Stichwort hin ging der Fernseher über der Tür an und erteilte die Absolution. »Das Leben ist eine Talkshow«, brüllten die Raubtierkäfige und »die Talkshow der Beichtstuhl der Postmoderne«. Im deutschen Sportfernsehen waren wieder ein Halbkreis und viele Gesichter zu sehen. Rainer von Plorre mittendrin. »Was nicht da ist, das taugt eigentlich auch nicht als Gegner.«

Stimmt, dachte Plotek, und verschwand aufs Klo.

Auf dem Klo dann Ratlosigkeit. Plotek stand vor dem Waschbecken und hatte plötzlich vergessen, warum er eigentlich da war. Auf dem Klo, im *Zapfhahn*, in Hamburg. Auf der Welt. So was gab es. Von jetzt auf nachher alles weg.

»Was glotzt du denn so?«, fragte ein Mann mit der Physiognomie eines deutschen Schäferhunds und der Konstitution eines Sumo-Ringers. »Is' was?«

»Es ist immer irgendwas«, erwiderte Plotek mit einer Stimme, die ihm selbst fremd vorkam, und dachte dabei, ist der jetzt wirklich so dick oder sind's die Drogen. Bestimmt beides.

»Verpiss dich!«, sagte der Dicke mit rotem Kopf und Augen wie glühende Kohlen.

Aber denkste. Dazu war Plotek nicht mehr imstande. Ob es an den grundsätzlichen Zweifeln oder an seiner noch immer anhaltenden Antriebsarmut lag – keine Ahnung. Er starrte auf jeden Fall noch immer ausdruckslos vor sich hin, entdeckte sich im Spiegel und erschrak. Bin ich das?, fragte sich Plotek und erkannte sich tatsächlich nicht mehr wieder. Er war ganz grün im Gesicht, die Lippen waren blutleer und die Augen sahen aus wie zwei schwarze Löcher, in die er jetzt zu versinken drohte. *»Ich denke, dass ich auch jemand bin, den man sehr gut anfassen kann«*, flüsterten sie und sahen ihn verführerisch an. Plotek dachte, das hat doch der Andy Möller gesagt.

»Na, Alter, alles klar?!«

Nichts ist klar, gar nichts, dachte Plotek, wo bin ich? Er drehte sich um und stand Andy Möller gegenüber. Das war

Andy Möller, *der wo auch mal Weltmeister war*, der da jetzt hinter ihm am Waschbecken stand, zumindest sah der so aus.

»He, das ist kein Wartesaal, das ist ein Scheißhaus!«, sagte Andy Möller, der kurze Hosen trug und ziemlich dick war. »Darf ich auch mal ans Waschbecken?«

Klar, dachte Plotek, mach doch.

»Dann musst du aber ein wenig zur Seite, Alter.«

Hä? Erst jetzt fiel Plotek auf, dass er noch immer am Waschbecken stand und mit dem Spiegel kommunizierte, als wär's sein bester Freund, und dabei dachte, das sieht hier aus wie ein Umkleideraum, ein Umkleideraum, in dem sich verschwitzte Fußballer nach dem Match die Anstrengung und Erschöpfung abwaschen. Aber der dickliche Mann neben ihm kann unmöglich ein Kicker sein, trotz der kurzen Hosen und der frappierenden Ähnlichkeit mit Andy Möller, oder? Gibt es auch dicke Fußballer? In der Bundesliga selten. In der Regionalliga ab und an. In der Kreisliga zuhauf. Uwe Seeler war auch nicht dünn. Ailton. Gerd Müller – und unterklassig hat jeder dritte Gewichtsprobleme. Und jeder zweite Probleme mit dem Alkohol. Plotek schaute an sich herunter – Gott sei Dank keine kurze Hose. Plotek hasste kurze Hosen. Und Sandalen. An sich selbst. Und an allen anderen auch. Männer in kurzen Hosen fand er einfach lächerlich. Deshalb fiel es ihm auch immer schwer, den Fußball ernst zu nehmen. Für Plotek hatte Fußball immer den Beigeschmack einer Komödie. Manchmal einer Tragikomödie. Im Fall von Ivo und Jo nur einer Tragödie. Wie komme ich jetzt auf die beiden, dachte Plotek und sah sich an den Klokabinen vorbeilaufen. Wenn ich schon mal da bin, setze ich mich einfach mal auf eine der Schüsseln, dachte er. Das Grummeln im Bauch stimmte zu. Und schon spürte er einen zunehmenden inneren Druck. Der Körper ist einfach darauf konditioniert. Pawlow eben. Sieht er ein Glas Wasser, muss er trinken, auch wenn er keinen Durst hat. Sieht er eine nackte Frau, und so weiter. Jetzt also Klo.

Apropos: Plotek hasste nicht nur kurze Hosen und Sandalen. Er hasste auch öffentliche Toiletten. Vor allem die in Zügen. In Zügen konnte er nie aufs Klo gehen. Ihn machten auch die ewig nach unten gebogenen Mundwinkel der Kanzlerin aggressiv. Und die Talkshow nach dem ›Tatort‹ Sonntagabend. Manchmal auch der ›Tatort‹ selbst. Und der Sommerschlussverkauf. Einkaufen generell. Egal, was. Und Weihnachten. Schnee. Und Ostern und alle Feiertage zusammen. Man könnte fragen, ob es auch etwas gab, was Plotek nicht aggressiv macht. Klar. Zum Beispiel auf dem Klo sitzen und vor sich hin sinnieren. Das machte nicht aggressiv, das machte müde.

Plotek wurde schlagartig müde und fühlte sich ebenso schlagartig ganz allein. Die Augen drohten ihm zuzufallen. Gleich würde er, mit der Hose an den Knien, einschlafen. Da sah er mit dickem Filzstift an der Tür geschrieben: »Benny ist schwul.« Plotek musste lachen. Benny ist der Stecher von Maike, dachte er, das ist unmöglich. Wer angesichts einer solchen Frau schwul wird, ist in Wirklichkeit nicht schwul, sondern einfach nur blöd. Dann schon eher lesbisch. Plotek dachte an Maike. Was ihn aber nicht daran hindern konnte, auf dem Klo sitzend einzuschlafen. Ob es die verbotene Substanz in den Adern oder die Sentimentalität im Kopf war – keine Ahnung. Auf jeden Fall saß Plotek auf dem Klo und träumte. Er träumte von einem Fußballspiel. Alle Spieler hatten rosa Trikots an. Wenny stand im Tor und Plotek selbst mit einem hässlichen Ausschlag am Mund stand davor und sah die Superkicker auf ihn zustürmen. Da waren Ivo, Jo, Benny und Ritschi im Rollstuhl. Ihm wurde schwindelig und seine Beine verknoteten sich.

Im wahrsten Sinn. Plotek lag mit verknoteten Beinen auf dem Rasen und schrie um Hilfe. Und die kam auch. Zuerst kam der Notarzt und dann die Feuerwehr. Die versuchte, mit einer großen Blechschere den Knoten in seinen Beinen durchzuschneiden.

»Nein!«, schrie Plotek und hörte plötzlich eine Stimme. »Du kannst mich mal am Arsch lecken!«, sagte sie. Ob auch das im wahrsten Sinn zu verstehen war? Keine Ahnung.

Auf jeden Fall schlug Plotek die Augen auf. Die Stimme kommt eindeutig von der Kabine nebenan, dachte er. Aber dann war es auch schon wieder vorbei damit. Eine Tür knallte. Ruhe.

Plotek rieb sich die Augen und entdeckte neben »Benny ist schwul« eine Pyramide, ebenfalls mit dickem Filzstift gemalt. Selbst beim Scheißen schauen sie dir zu, die Illuminaten, dachte Plotek und musste grinsen. Schwerfällig erhob er sich von der Kloschüssel, zog sich die Hose hoch und ging, schwankend und auf Fersen und Zehenspitzen tänzelnd, zurück an den Tresen.

»Und, alles klar?«, fragte Wolle, sich wieder über den Bart streichend. Er schien sich gar nicht zu wundern, dass Plotek so lange weggeblieben war.

»Klar«, sagte Plotek und bestellte noch ein Weißbier und dachte, irgendwoher kenne ich den doch.

Aber irgendwie kam er nicht drauf, während der fette amerikanische Autist ›Love not dead‹ sang und Plotek voller Überzeugung dazu nickte.

14

Plotek war betrunken und noch immer ziemlich angeturnt, als er ein paar Stunden später den *Zapfhahn* verließ. Draußen schien die Sonne. Er schwitzte und dachte an Agnes. Immer wenn er betrunken war, dachte er an Agnes. Manchmal dachte er auch an sie, wenn er nicht betrunken war. Meistens waren es schöne Gedanken. Jetzt nicht. Jetzt dachte er, irgendwie hat sie sich verändert. In der letzten Zeit. Das hatte schon angefangen, bevor sie nach Hamburg aufgebrochen waren. Sie war reizbarer, oft schlecht gelaunt und zunehmend rechthaberisch. Das war während der Tage in Hamburg nicht anders. Dann das Telefonat. Irgendetwas stimmte nicht. Ob Arno etwas damit zu tun hatte? Er selbst? Auch er hatte sich verändert. Nicht sehr, aber immerhin. Maike hatte ihm den Kopf verdreht. Er war nicht mehr er selbst, zumindest nicht in ihrer Gegenwart. Da schienen sich in seinem Hirn Vorgänge abzuspielen, die für ihn weder durchschaubar noch nachvollziehbar waren. Dieses junge Luder mit ihren körperlichen Reizen und ihrer atemberaubenden Jugendlichkeit raubte ihm nahezu den Verstand. Bestimmt spielte sie nur mit ihm und er deutete Zeichen und Gesten anders, als sie gemeint waren. Wenn sie ihn liebevoll an die Schulter boxte, war das eben noch lange keine Aufforderung, sie zu küssen. Wenn sie sich bei ihm einhakte, bedeutet das nicht, dass sie jetzt mit ihm bis ans Ende der Welt gehen wollte. Und wenn sie ihn auf die

Wange küsste, hieß das auch nicht, dass sie mit ihm schlafen wollte. Oder?

Plotek war so in Gedanken versunken, dass er Arno beinahe übersehen hätte, der auf der anderen Straßenseite geschäftig und picobello herausgeputzt aus einem Taxi stieg. Plotek wollte diesem Altöttinger Weiberhelden unter keinen Umständen begegnen und duckte sich hinter einem geparkten Wagen. Arno sah sich unbeholfen um, überquerte die Straße und kam genau auf das geparkte Auto zu, hinter dem Plotek kauerte. Mist! Gebückt, als wäre er auf der Flucht, und den Kopf eingezogen schlich Plotek an den geparkten Autos entlang bis zum nächsten Hauseingang. Er schoss hinein.

»Sieben Euro«, sagte eine Stimme hinter dem Schalter routiniert.

Plotek kramte in seinen Taschen, zog einen Zehner heraus. »Stimmt so«, sagte er, öffnete die Tür und verschwand in einem dunklen, muffigen Saal. Das ist ein Kino, dachte er, nicht schlecht als Tarnung. Er musste lächeln. Das Lächeln verging ihm allerdings, als er merkte, dass er nicht in irgendein Kino geraten war. Hier wurden vielmehr Pornos der Hardcore-Variante gezeigt, mit Perversitäten, von denen der Kleinbürger gar nicht weiß, dass es sie gibt. Auf der Leinwand waren ineinander verschlungene, nackte Leiber zu sehen und der Dolby-Suround-Ton ließ das Stöhnen so echt klingen, dass es Plotek noch im Dunkeln die Schamesröte ins Gesicht trieb. Das Kino war nur schlecht besucht. Kein Wunder, am hellen Nachmittag. Ein paar Männer saßen in den Reihen verstreut und ließen sich von der atemberaubenden Akustik rote Ohren zaubern. Neben einigen der Besucher saßen auch Frauen, nur mit knappen BHs und eng sitzenden Stringtangas bekleidet, die mehr zeigten, als sie verdecken konnten. Leise redeten sie auf die Männer ein und streichelten dabei ab und zu mit ihren langen Fingern und den lackierten Nägeln über deren Oberschenkel. Gelegentlich stand einer der Männer auf und ging der Frau wie ein Hund nach, verschwand mit ihr hinter einer plüschigen Tür. Plotek setzte sich ganz nach hinten, in die vorletzte Reihe und zwei Sitze schräg hinter einen Mann, der ihm im schummrigen Licht der Filmprojektion bekannt vorkam. Die Brille, die kurzen, stoppeligen Haare und der im Profil ungewöhnlich aussehende Bart waren ihm irgendwie vertraut. Während Plotek noch darüber nachdachte, wo er diesen Typ schon einmal gesehen hatte, ging die Tür auf und Arno kam herein. Er sah sich alles andere als unauffällig um. Verdammt! Der Mann zwei Sitze schräg vor Plotek hob die Hand und winkte Arno dezent zu sich. Plotek versteckte sich unwillkürlich hinter den Stuhllehnen, wo es ziemlich eindeutig nach menschlichen Ausscheidungen roch. Ganz in seiner Nähe lagen zusammengeknüllte, weiß schimmernde Papiertaschentücher. Arno setzte sich neben den Mann, während Plotek sich langsam wieder aufrichtete. Er sah, wie sich die beiden Männer leise, aber doch sehr engagiert unterhielten. Plotek musste genau hinhören und sich sogar ein wenig nach vorne beugen, um etwas zu verstehen.

»Wie viel?«, fragte Arno in frostigem Tonfall. Der Mann mit dem komischen Bart gab ihm flüsternd eine Antwort, die Plotek trotz größter Anstrengung nicht verstand. Dennoch glaubte er, die Stimme erkannt zu haben. Diese Stimme hörte sich an wie die eines bekannten öffentlich-rechtlichen Starreporters. Das ist Rainer von Plorre, dachte Plotek. »Das geht nicht, das ist ja Wahnsinn«, sagte Arno jetzt ein wenig lauter und noch frostiger, fast schon aggressiv.

»Schnauze!«, schrie ein Mann ähnlich frostig mehrere Stuhlreihen weiter vorne. »Wenn ihr quatschen wollt, dann geht raus«, schloss sich kurz darauf ein anderer an.

Rainer von Plorre lachte leise.

»Okay«, sagte Arno wieder etwas leiser. Aber Plotek war nicht ganz klar, ob er das Quatschen und das Rausgehen oder doch was ganz anderes meinte.

Und während Plotek noch überlegte, was das sein könnte, brüllte vorne wieder einer der Männer: »Hier wird gevögelt und nicht gequatscht!« Allgemeines Gelächter.

Justament in dieser Sekunde sah Plotek jetzt eine der Frauen mit Beinen bis zum Hals und einer Oberweite wie Kartoffelsäcke auf Arno und Rainer von Plorre zukommen.

»Aber nicht zu lange«, flüsterte Arno, »sonst ist es zu spät, klar?«

Arno stand auf und ging, ohne von Plorre noch einmal anzusehen, den Gang entlang, stieß dabei beinahe mit der großen Frau und ihren großen Brüsten zusammen und verschwand hinter dem Vorhang am Ausgang. Rainer von Plorre blieb ein wenig konsterniert sitzen und starrte noch immer auf die Leinwand. Dort war mittlerweile Rudelbums oder, neudeutsch, Gang-Bang angesagt. Und das bedeutete, dass vor lauter Fleisch und primären Geschlechtsteilen kein Mensch mehr zu sehen war.

Die Frau war jetzt bei Rainer von Plorre angekommen, setzte sich anzüglich neben ihn und legte vertraut ihren Arm auf seine Schulter.

Plotek hörte, wie sie charmant und fast unwiderstehlich »Na, wie wär's mit uns zwei Hübschen?« flüsterte.

»Vergiss es«, zischte von Plorre angesäuert. »Ich bin schwul!« Und mit einer heftigen Bewegung schob er ihren Arm von seiner Schulter.

Die Frau lachte bitter und auch ein wenig überrascht, während von Plorre aufstand, sich unter erheblichen Schwierigkeiten und mit eingezogenem Bauch an der Oberweite vorbeidrängte, ohne sich umzusehen zum Ausgang schlurfte, den Vorhang zur Seite schob und das Porno-Kino verließ.

Als auch Plotek aufstehen und gehen wollte, versperrte ihm die Frau mit ihren Riesen-Brüsten, die aus der Nähe betrachtet noch bedrohlicher aussahen, den Weg, hielt ihn am Arm fest.

»Vergiss es«, sagte Plotek wenig überzeugend. »Ich bin schwul.« Und schon stürmte er Rainer von Plorre hinterher. Die Frau schleuderte ihm ein hasserfülltes »Wichser!« nach, was Plotek an den Papagei von Wenny erinnerte.

Draußen schien die Sonne. St. Pauli sah aus wie Sankt Tropez. Es war warm und Plotek fing in seiner Cordjacke an zu schwitzen. Plotek schwitzte fast immer. Unabhängig von der Temperatur. Manchmal sogar im Winter. Während andere froren, lief ihm der Schweiß über den Rücken. Woher das kam? Keine Ahnung. Doktor Hohenthaler wusste es auch nicht.

»Irgendeine Störung der Schweißdrüsen«, sagte er lachend. »Nicht weiter schlimm. Das überleben Sie schon, Plotek!«

Na ja, das vielleicht schon. Man überlebt heutzutage ziemlich viel. Manchmal sogar Krebs und alles. Manchmal aber auch nicht. Und dann ist man tot.

Die sturzbachartige Schweißproduktion schränkte die Lebensqualität erheblich ein. Natürlich gab es da Mittel und Wege, sodass der Schweiß nicht auch noch zu einer olfaktorischen Zumutung für alle Nasen wurde: Mineral-Deo-Kristalle. Hatte Plotek auch schon versucht. Aber bei solchen Schweißmengen kapitulieren selbst die besten Deostifte. Egal.

Jetzt also schwitzen und Ausschau halten. Arno war nicht mehr zu sehen. Rainer von Plorre dagegen schlenderte langsam den Gehsteig der Reeperbahn entlang. Plotek folgte ihm.

Am S-Bahn-Ausgang standen ein paar Penner und ließen eine dicke Flasche kreisen.

»Und, alles klar, Chef?«, fragte einer, als Plotek vorbeiging, als wäre Plotek der Ober-Penner. Mit zusammengekniffenen Augen und viel Fantasie war vielleicht eine gewisse Ähnlichkeit nicht zu übersehen.

»Alles klar!«, sagte Plotek und wollte weiter. Aber denkste.

»He, wart doch mal, Chef!«

»Keine Zeit«, versuchte sich Plotek loszumachen. »Ein andermal vielleicht.«

»Haste mal 'nen Euro?«

»Klar.«

Pause.

»Na, dann rück mal raus.«

Plotek kramte in seiner Hosentasche und ließ in die aufgehaltene schwielige Hand ein paar Münzen fallen.

»Man dankt.«

Schon gut, dachte Plotek. Er ging rasch davon, um von Plorre einzuholen, der gerade in einem Laden für Erotikartikel verschwand. Während von Plorre sich im Laden mit Erotikartikeln eindeckte, rauchte Plotek neben dem Laden drei Zigaretten weg. Er beobachtete eine alte Frau mit einem Einkaufswagen, in dem ein zauseliger Hund saß. Die Frau mit dem alten Hund wiederum sah zu, wie ein Auto abgeschleppt wurde. Ein kleiner Kran hob das Auto auf einen Abschleppwagen, dann fuhr der Wagen mit dem Auto davon. »Der wird sich ärgern«, murmelte die Frau vor sich hin.

»Ja«, sagte Plotek, während der alte Hund rachitisch schnaufte und die Frau mit dem Einkaufswagen weiterging. Nach einer knappen halben Stunde kam Rainer von Plorre mit einer prall gefüllten Einkaufstasche aus dem Laden und Plotek nahm die Verfolgung erneut auf, bis Rainer von Plorre plötzlich und für Plotek völlig überraschend vor einem Waffengeschäft stehen blieb und ins Schaufenster sah. Plotek hatte nur zwei Möglichkeiten, um keinen Verdacht zu erwecken, entweder einfach weiterzugehen, auch auf die Gefahr hin, von Plorre zu verlieren, oder neben ihm stehen zu bleiben, um seinerseits Interesse für Schusswaffen vorzutäuschen.

Plotek stellte sich neben von Plorre an das Schaufenster und begutachtete das Angebot. Er sah eine Walther 9mm für 95 Euro. Dann eine Röhm RG 69 ab 75 Euro, eine Reck Miami 92F für 129 Euro.

»Interessant, was?«, sagte von Plorre.

»Hm«, erwiderte Plotek.

»Haben Sie eine Waffe?«, fragte von Plorre nach einer Weile, ohne den Blick vom Schaufenster zu wenden.

»Ne, Sie?«

»Auch nicht, aber ich kaufe mir jetzt eine«, sagte von Plorre, löste sich vom Schaufenster und betrat, ohne Plotek eines Blickes zu würdigen, das Geschäft. Plotek sah ihm durch das Fenster hindurch zu, wie er sich von einem geschäftig wirkenden Verkäufer verschiedene kleinkalibrige Pistolen zeigen ließ, um dann schlussendlich doch nur ein Klappmesser zu kaufen. Kurz bevor von Plorre wieder aus dem Waffengeschäft trat, versteckte sich Plotek hinter einem großen Müllcontainer neben der Tür und wartete, bis von Plorre wieder ein wenig Vorsprung hatte. Dann folgte er ihm in sicherem Abstand.

Von Plorre schien sich nicht beobachtet oder verfolgt zu fühlen, zumindest drehte er sich nicht ein einziges Mal um. Zügig ging er die Reeperbahn entlang, verweilte hier und dort bei verschiedenen Geschäften, sah in die Schaufenster und bog dann am Hans-Albers-Platz in die Gerhardstraße ein. Als Plotek schon nicht mehr damit gerechnet hatte, dass irgendetwas Aufregendes passieren könnte, verlangsamte von Plorrre plötzlich seinen Schritt. Einige Straßen weiter, fast schon bei den Landungsbrücken, blieb er kurzerhand stehen, sah auf die Uhr, schien nachzudenken und verschwand rasch in einem Hauseingang. Ein paar Sekunden später stand Plotek vor demselben Hauseingang. Wieder gehörte der Eingang zu einem Kino. Immerhin kein Porno-Kino, dachte Plotek, als er sich hinter von Plorre in den ebenfalls nur spärlich besuchten Saal setzte. Der Film lief bereits. Man sah auf der Leinwand zwei junge Männer, fast noch Jugendliche, die sich im Schein einer Nachttischlampe unterhielten. Nicht gerade spannend, könnte man denken. Aber falsch gedacht. Denn das, was die beiden da von sich gaben, ließ Plotek beinahe das Blut in den Adern stocken.

»Weißt du, was ich spannend finde?«, fragte der eine. »Was hier über die Geheimzahl der Illuminaten steht. Die 23.«

»Und die Fünf«, antwortete der andere.

»Wieso die Fünf?«

»Die Fünf ist die Quersumme von der 23. Das Verteidigungsministerium der USA sitzt im Pentagon, das ist ein Fünfeck. Ziemlich ungewöhnlicher Bau, findest du nicht?«

Kurze Pause und dann: »Und du denkst, dort sitzen die Illuminaten?«

Wieder kurze Pause.

»Wer weiß?«

Ich werd' verrückt, dachte Plotek, was reden die denn da? Sofort fiel ihm der Dicke mit den rosaroten Plüschpantoffeln aus dem Krankenhaus ein. Der vermeintliche BKA-Undercoveragent und ausgewiesene Verschwörungstheoretiker. Das hier klang, als käme es direkt aus seinem Mund, dachte Plotek, oder umgekehrt, und starrte gebannt auf die Leinwand.

Beinahe hätte er verpasst, wie sich ein Mann neben Rainer von Plorre setzte. An den Haaren erkannte er ihn sofort: Wenny!

Das gibt es doch nicht, dachte Plotek, der lag doch gestern Abend noch sterbenskrank und schwer verletzt auf der Couch im Wohnzimmer und jetzt war er hier. Rudi Carells ›Lass dich überraschen!‹ kam Plotek in den Sinn und er fühlte sich an seine Kindheit erinnert. Offenbar war das Kino also tatsächlich ein Ort für konspirative Treffen. Plotek blickte sich vorsichtig um, ob nicht irgendwo im Hintergrund eine versteckte Kamera ebenso versteckte Bilder schoss. Aber es war nichts zu sehen. Obwohl das Treffen zwischen Wenny und von Plorre durchaus konspirativ zu sein schien. Was haben die beiden da in dem dunklen Kino zu verhandeln?, überlegte Plotek. Warum treffen die sich nicht an einem Kneipentisch bei einem frisch gezapften Bier? Und was hat das mit dem Film zu tun? Vielleicht sogar mit dem Dicken aus dem Krankenhaus? Oder mit von Plorres und Arnos Treffen? Fragen über Fragen, aber er konnte nur unverständliches Gezischel hören.

Hin und her gerissen zwischen dem spannenden Film auf der Leinwand und dem Gespräch zwischen Rainer von Plorre und Wenny wanderte Ploteks Blick wie auf dem Centre-Court hin und her. Als nach ein paar Minuten von Plorre und Wenny schließlich kurz hintereinander den Kinosaal verließen, entschied sich Plotek für den Film. Da war er eben eigen. Jeder andere wäre auf und davon und den beiden hinterher. Nicht so Plotek. Plotek konnte sich von dem Film nicht losreißen und starrte noch immer wie benommen und gleichzeitig ernüchtert auf die Leinwand.

»Was siehst du da?«, fragte einer der jungen Männer an einem Küchentisch eine ebenso junge Frau.

»Einen Dollar.«

»Und darauf siehst du das Symbol der Illuminaten – auf dem wichtigsten Zahlungsmittel der Welt.«

»Und was siehst du jetzt?«, hakte er nach und drehte den Dollarschein um.

»George Washington.«

Der junge Mann schlug ein Buch auf und zeigte auf das Bild eines Mannes, der dem auf dem Dollarschein zum Verwechseln ähnlich sah.

»Dann ist das hier aber auch George Washington«, sagte er und zeigte auf das Bild im Buch.

»Ist er ja auch, sieht man doch.«

»Das ist Adam Weishaupt.«

»Und der ist Gründer der Illuminaten 1776 in Ingolstadt«, mischte sich jetzt ein anderer junger Mann ein.

»Ach, das gibt's doch nicht«, versuchte die Frau zu widersprechen.

»Als die Illuminaten verboten wurden, ging Adam Weishaupt nach Amerika, ließ George Washington beseitigen und wurde an dessen Stelle Präsident. Und deswegen ist auch die Freimaurer-Pyramide auf dem Dollar.«

»So ein Quatsch.«

Vielleicht, dachte Plotek, vielleicht aber auch nicht, und tauchte immer weiter in den Film ein.

Als der Protagonist mit seinem Auto am Ende des Films auf Nimmerwiedersehen verschwand und kurz vor Schluß als verkohlte Leiche wieder auftauchte, dachte Plotek, was für ein großartiger Film, und fing langsam an, der Verschwörungstheorie des Dicken etwas abzugewinnen. Vielleicht hatte er doch recht. Irgendwie.

Draußen roch es bereits nach Abend und die Sonne hatte sich mittlerweile hinter der Großen Freiheit verdrückt, als Plotek benommen aus dem Kino torkelte, so als hätte er zu viel Wodka getrunken oder wieder mal an der verbotenen Substanz von Wolle genascht. Auf dem Gehsteig stieß er fast mit einer Frau zusammen, die ein enges T-Shirt mit dem Aufdruck »Levi's« trug und der Frau im Porno-Kino frappierend ähnlich war.

»Na, na, na, du bist aber stürmisch, Süßer«, sagte die Frau und sah aus, als wollte sie Plotek mit Haut und Haaren und auf der Stelle verspeisen. »Und, schon was vor, heute Abend?«

Ne, eigentlich nicht, dachte Plotek, sagte aber nichts, sondern zählte die Buchstaben auf dem T-Shirt und kam dabei auf fünf. Fünf Buchstaben. Also wieder ein Geheimzeichen der Illuminaten.

»Na, dann komm mal mit.« Die Frau packte ihn kurz entschlossen am Arm und hakte sich bei ihm unter. Und schon gingen sie in flottem Tempo den Gehsteig entlang. Wohin, war ihm unklar. Sagen konnte er nichts, dafür war das süß und puderig nach Honig und Vanillebonbons riechende Parfüm der Frau zu aufdringlich und der Griff zu fest. Wie ein Schwerverwundeter ging Plotek etwas steif neben der Frau her, die noch immer auf ihn einredete, als wäre Plotek ein Kind, dem man alles erklären musste, oder einfach nur schwer von Begriff.

»Wir machen es uns jetzt gleich ein wenig gemütlich, ja, mein Süßer, was?«

War das eine echte Frage oder eine rhetorische, dachte Plotek und dann fiel ihm der Begriff »Nuttendiesel« wieder ein, den sie früher als Heranwachsende in der ostalbschwäbischen Kleinstadt für einen derartigen Geruch gerne und abschätzig grinsend verwendet hatten.

»Da wären wir«, sagte die Frau und blieb vor einem Haus mit der Nummer 23 stehen.

Das kann doch kein Zufall mehr sein, dachte Plotek.

»Wie alt sind Sie eigentlich?«, fragte er, während die Frau den Griff ein wenig lockerte, um einen Schlüssel aus ihrer kleinen Handtasche zu fingern.

Die Frau sah Plotek an, als hätte er nicht nach ihrem Alter gefragt, sondern nach ihrem Kontostand.

»23!«, antwortete sie.

»Nein«, entfuhr es Plotek, kaum hörbar.

Die Frau lächelte wissend und versuchte mit dem Schlüssel das Etablissement aufzusperren, hinter dessen Tür Plotek all das vermutete, was er sich gar nicht vorstellen wollte. Entweder befindet sich hier die Schaltzentrale der Illuminaten, das Pentagon von St. Pauli, dachte er, oder ein schmuddeliges, nach Schweiß und Sperma riechendes Fickstübchen, in dem man frei Haus alle Hautkrankheiten, die es nur gibt, angedreht kriegt. Plotek war nicht prüde, nein, ganz im Gegenteil. Fast alles, was im sexuellen Bereich schon mal auf der Agenda gestanden hatte, hatte er durchprobiert. Auch Nutten kamen in seinem Vokabular vor, zwar selten, aber immerhin. Doch nach einem Film über Illuminaten, einem Joint, bewusstseinsauflösenden Erfahrungen auf einem Klo, einer noch immer latent vorhandenen pathologischen Detailversessenheit und mehreren Weißbieren konnte er sich jetzt ganz bestimmt etwas Besseres vorstellen, als von einer stinkenden Prostituierten in einem heruntergekommen, muffigen Hinterhofzimmer auf einer durchgelegenen Couch seinen Geldbeutel leeren zu lassen.

Noch ehe die Frau sich versah, löste sich Plotek aus ihrem Klammergriff, legte auf dem Asphalt von St. Pauli einen Blitzstart hin und machte sich, den schnaubenden Atem der Nutte und die Angst im Nacken, auf und davon.

»He, bleib stehen!«, hörte Plotek die Frau gar nicht freundlich rufen. Aber da war er schon längst über alle Berge und zählte die Buchstaben der Worte, die ihm die Frau auf den Weg mitgegeben hatte: He, bleib stehen – zwei plus fünf plus sechs gleich dreizehn. Puh, Glück gehabt, dachte Plotek. Dann hörte er leise und nur durch einen leichten Rückenwind begünstigt, »Schwuchtel!«. Macht zehn, sind zusammen – 23!

Völlig erschöpft musste er sich zwei Straßen weiter von der für ihn ungewöhnlichen körperlichen Anstrengung ausruhen. Vornübergebeugt stützte er sich auf den Knien ab. So ein Quatsch, das alles, dachte er, das mit den Illuminaten und dem ganzen Scheiß. Aber da drehte sich schon wieder alles um ihn herum. Schweiß perlte auf seiner Stirn wie ein billiger Spumante und bildete vor seinen Füßen eine kleine Pfütze.

Als er sich ein wenig erholt hatte und schwerfällig aufrichtete, sah er, nicht weit von sich entfernt, eine Frau, die ihm bekannt vorkam. Das war Schwester Sieglinde, die auf der anderen Straßenseite der Hafenstraße unterwegs war. Jetzt in zivil, dachte Plotek. Ohne lange zu überlegen, folgte er ihr in sicherem Abstand, bis sie an der nächsten Straßenkreuzung in einen gelben Beetle einstieg. Ob das der von Maike war? Keine Ahnung. Wie viele Beetle gab es in Hamburg? Wieder keine Ahnung. Und wie viele davon waren gelb? Egal. Er konnte nur noch die Zahl auf dem Nummerschild des davonfahrenden Autos erkennen: 235.

23 und 5, dachte Plotek, das wird ja immer kurioser. Er wischte sich mit der Hand über die Augen. Und da war die Zahl verschwunden und der Beetle auch.

Von Schweiß völlig durchnässt, das Hemd klebte und die Hose war durchweicht, fuhr Plotek mit der U-Bahn nach Hause. Zu seiner Überraschung war das Haus leer. Maike war nicht da. Sie war mit ihrem Beetle unterwegs, klar – mit oder ohne Sieglinde. Auf jeden Fall stand das Auto nicht vor dem Haus. Und Wenny war auch nicht da. Oder besser gesagt, noch nicht da. Vielleicht war er noch immer mit Rainer von Plorre unterwegs, dachte Plotek, Erotikartikel durchprobieren. Bei dem Gedanken musste er grinsen.

»Wenny?«

Nichts. Na ja, das stimmte auch nicht ganz. Als Plotek nämlich in die Küche kam, war da doch jemand. Der Papagei saß noch immer in seinem Käfig. »Fotze!«, krächzte er.

Plotek schleuderte ihm einen Stinkefinger entgegen und zischte: »Wenn schon, dann Schwanz!«, und der Papagei gab ein Geräusch von sich, das sich anhörte wie abschätziges Lachen.

Auf dem Küchentisch klebte ein gelber Zettel. »Du sollst ganz dringend Piotr anrufen. Tel 887-401. Maike«, stand da geschrieben.

Was will der denn, dachte Plotek und sah sich die Zahlen ein wenig näher an. Acht plus acht plus sieben gleich 23. Vier plus eins gleich fünf. Scheiße. Das wurde Plotek jetzt doch ein wenig unheimlich.

Mit einem mulmigen Gefühl wählte er die Nummer und noch ehe er etwas sagen konnte, hörte er Piotr schon sprechen. »Holen Sie mich hier raus, bitte.«

Er klang verzweifelt und deprimiert, eher so wie der fette autistische Ami im *Zapfhahn*.

»Heute Abend um zehn«, legte Piotr nach, als Plotek noch immer nichts sagte. »Bitte, Plotek, ich geh' hier ein.«

Plotek fiel noch immer nichts ein und er überlegte, wie und was das alles mit ihm zu tun haben könnte.

»Plotek! Ich muss hier raus«, flehte Piotr jetzt eindringlich. »Wenigstens für eine Nacht die Sau rauslassen. Können Sie das verstehen?«

Klar konnte er das verstehen. Er wusste nur nicht, welche Rolle er dabei zu spielen hatte.

»Aber wie soll das denn ...«, fragte er zögernd und mit der Stimme eines Pennälers, der beim Abschreiben erwischt worden war.

»Machen Sie sich keine Gedanken«, ging Piotr dazwischen, »ich hab' alles organisiert.«

Was organisiert, dachte Plotek, und noch ehe er etwas sagen konnte, war am anderen Ende schon wieder die knarzende, nach Osteuropa klingende Stimme Piotrs zu hören.

»Bis um zehn dann, okay?«

»Okay.«

Dann nichts mehr. Also legte Plotek eben auch auf. Jetzt war es acht. Zwei Stunden noch, dachte er, ging zum Kühlschrank und holte sich ein Weißbier. Der Papagei krächzte wieder. »Schwule Sau!«, dieses Mal.

Mit Schwung öffnete Plotek die Weißbierflasche, sodass der Kronkorken wie ein Känguru mit einem Satz unter den Tisch hüpfte und von dort unter die Eckbank kullerte. Der Papagei lachte schadenfreudig.

Scheiß drauf, hätte Plotek jetzt denken können. Aber vergiss es. Da machte ihm seine krankhafte Detailversessenheit wieder mal einen Strich durch die Rechnung. Nach einem kräftigen Schluck aus dem Weißbierglas krabbelte er also unter den Tisch, stieß zweimal mit dem Kopf gegen das Tischbein, fluchte, während der Papagei lachte, und fischte unter der Eckbank nach dem Kronkorken. Aber aussichtslos. Den Kronkorken fand er nicht. Dafür aber etwas anderes.

Was ist das denn?, dachte Plotek und wollte das klebrige Bonbon schon wieder zurück unter die Eckbank pfeffern. Er überlegte es sich aber noch einmal und betrachtete das Bonbon ein wenig genauer. Das kam ihm irgendwie bekannt vor. Irgendwo hatte er so ein rosafarbenes Bonbon schon einmal gesehen. Er wusste nur nicht mehr, wo. Jetzt erst fiel ihm auf, dass das Bonbon eine ungewöhnliche Form hatte. Ein Fünfeck. Komisch, dachte Plotek, wie das amerikanische Pentagon, und fragte sich, wie das Bonbon unter die Eckbank gekommen war. Er steckte es ein, überwand seine Detailversessenheit und ließ den Kronkorken einfach unter der Eckbank liegen.

»Ficker!«, krächzte der Papagei. Plotek verlor für einen Moment die Contenance, sprang zum Käfig und schüttelte ihn, sodass der Papagei denken musste, er sei in einen Hurrikan geraten oder bei Sturm auf hoher See. Eigenartigerweise schrie er nicht, sondern hielt den Schnabel. Erst als sich Plotek wieder beruhig hatte und der Käfig nur noch ein wenig schaukelte, krächzte der Papagei wieder. »Arschloch!«, und dann: »Fick dich selber!«

Plotek musste lachen. Auf dem Boden des Käfigs entdeckte er ein weiteres Bonbon. Es sah aus wie das, das er sich unter dem Tisch in die Hosentasche gesteckt hatte. Als er durch das Türchen danach greifen wollte, zwickte der Papagei ihn in die Hand.

»Arschloch!«, zischte Plotek, zog die Hand ohne Bonbon zurück und verschloss das Gittertürchen wieder. Nun lachte der Papagei.

Plotek warf eine alte Jacke über den Käfig, wogegen sich der Papagei erfolglos mit lautem »Mörder! Mörder!«-Geschrei zu wehren schien, und verließ das Haus.

Plotek fuhr mit der S-Bahn zum Krankenhaus. Der Portier begrüßte ihn wie einen alten Bekannten. Plotek nickte verlegen und fuhr mit dem Aufzug in den vierten Stock, schlich sich am Schwesternzimmer vorbei und betrat um fünf nach zehn Piotrs Zimmer. Piotr lag schon komplett angezogen unter dem Plumeau und sagte: »Na, endlich!« Er warf die Decke in hohem Bogen zur Seite und wuchtete sich aus dem Bett.

»Und jetzt?«, fragte Plotek ein wenig überrascht.

»Jetzt schleichen wir uns raus«, sagte Piotr und ging zum Vorhang, hinter dem ein zusammengeklappter Rollstuhl stand.

»Und was sagt Schwester Sieglinde dazu?«, fragte Plotek. Aber Piotr saß bereits im Rollstuhl und sah aus, als könnte er es nicht mehr erwarten, von hier wegzukommen.

Piotr zuckte mit den Schultern. »Die ist nicht da!«, sagte er ungerührt. »Na los, machen Sie schon!«

Plotek öffnete die Zimmertür und streckte vorsichtig seinen Kopf hinaus. Nichts zu sehen.

»Los«, trieb ihn Piotr an, »gehen wir.«

Apropos gehen: So schnell er konnte, schob Plotek Piotr im Rollstuhl über den Krankenhausflur zum Aufzug. Sie fuhren zur Aufnahme ins Kellergeschoss. Plotek öffnete die zweiflügelige Stahltür, streckte wieder seinen Kopf hinaus.

»Und?«, fragte Piotr ungeduldig.

»Alles klar.«

»Na dann, los!«

Plotek öffnete die Tür und schob den Rollstuhl mit Piotr hinaus in die warme Nacht, am Brunnen vorbei durch den Park bis zum Haupteingang des Krankenhauses. Piotr feuerte ihn an. Plotek schwitzte.

Als sie die Schranke vor dem Krankenhaus hinter sich gelassen hatten, fragte Plotek unschlüssig: »Und jetzt?«

»Ins *Bella*!«, schrie Piotr und zeigte auf ein Taxi, das vor dem Krankenhaus wartete, als wäre es bestellt.

»Wo ist denn ...«

»Da rein!«, brüllte Piotr, während der Taxifahrer aus dem Wagen kroch. »Ich führe Sie schon hin. Auf geht's!«

»Auf geht's!«

15

Das *Bella* war eine Mischung aus Nachtclub, Kneipe, Kleinkunstetablissement, Homo-Bar, Transvestitenladen und Puff. Ganz schön viel auf einmal. Bei genauer Betrachtung war es sogar noch mehr. Das *Bella* war eine Insel, eine Heimstatt, ein Zufluchtsort für all diejenigen, die in normalen Gaststätten keinen Platz hatten. Im *Bella* verkehrten alle, für die eine gewöhnliche partnerschaftliche Beziehung undenkbar war, beziehungsweise die ihrerseits für eine konventionelle Paarbindung völlig untauglich schienen. Hier wurde das Anormale zur Pflicht. Die Perversion zum Standard. Das Abseitige mittig. Oder einfach: Hier war alles anders – und auch erlaubt.

Plotek kam es so vor, als wäre er hier ganz gut aufgehoben. Irgendwie fühlte er sich ein bisschen an das *Froh und Munter* erinnert.

Das ganze Lokal sah aus, als wäre es aus der Zeit gefallen. Marodes Flair, charmanter Schick. Alles erinnerte an die 70er-Jahre. Die Tapete an den Wänden, die Lampen, Stühle, Tische, das ganze Interieur und auch die kleine Bühne, auf der gerade eine halbnackte Schwarze zu einem Ohrwurm von Tina Turner mit ihrem BH kämpfte. Es ging hier zu, als wäre die Zeit einfach stehen geblieben. Das war nicht mühevoll hergestellter Retro-Schick, den man heutzutage aufgrund von Einfallslosigkeit immer wieder gern auflegte. Das war eindeutig und in überzeugender Weise Schnee von gestern – in seiner ganzen authentischen unaufgeregten Pracht. Mich würde es nicht wundern, dachte Plotek, wenn auf dem Bilderrahmen an der Wand fingerdicker Staub der vergangenen Jahrzehnte liegen würde.

Piotr erhob sich am Eingang aus dem Rollstuhl, der achtlos zusammengeklappt in einer Ecke entsorgt wurde, und ließ sich vom Personal und auch von den meisten Gästen mit Handschlag begrüßen. Ein lang vermisster Gast war wieder zurück, der verlorene Sohn war wieder daheim! Die leicht bekleideten Damen küssten ihn auf den Mund. »Du hast uns gefehlt«, hauchten sie ihm zu und die Transen strichen ihm liebevoll über das schüttere Haar. »Schön, dass du wieder da bist!«

Die etwas dickliche, dunkelhäutige Frau auf der Bühne hatte den Kampf mit ihrem Büstenhalter endlich gewonnen und schüttelte ihre eindrucksvolle Oberweite wie einen Pflaumenbaum, wozu manche der Gäste euphorisiert und rhythmisch klatschten. Als sie am Ende ihrer Nummer ihr Höschen abstreifte, ging ein Raunen durch das *Bella*. Plotek schaute zur Bühne. Und dort, wo eigentlich nichts hätte sein dürfen, war etwas. Oder anders ausgedrückt: Da, wo man nichts erwartete, war etwas. Da war sogar ziemlich viel. Ein dicker, schwarzer Schwanz machte aus der durchschnittlichen Frau einen beeindruckenden Transsexuellen.

»Wie immer?«, fragte ein junger schwuler Kellner mit durchsichtigem Trägerhemd und gepiercten Brustwarzen und blinzelte Piotr zu.

Piotr nickte. »Und für meinen Freund dasselbe«, sagte er und klopfte Plotek freundschaftlich auf die Schulter. Kurze Zeit später standen vor Piotr und Plotek zwei halb volle Gläser Wodka.

»Prost!«

»Prost!«

Sie tranken.

»Und danke noch mal«, sagte Piotr, »dass Sie gekommen sind, dass Sie mich hierher gebracht haben.«

Keine Ursache, wollte Plotek sagen, aber irgendwie weigerten sich die Worte mal wieder, aus seinem Mund herauszukommen. Sagte er eben nichts und stellte das Glas in einer Linie mit Bierdeckel und Zigarettenschachtel auf dem Tresen ab.

»Für ein paar Stunden richtig Gas geben, die Sau rauslassen, solange es noch möglich ist«, sagte Piotr wehmütig. »Das war mein letzter Wunsch und dann ciao Bella. Bella ciao!«

Was hat das denn jetzt zu bedeuten, dachte Plotek. Er kippte die Streichhölzer auf den Tresen und legte sie einzeln zurück in die Schachtel.

»Prostata«, sagte Piotr. »Endstadium!«

Plotek sah ihn entgeistert an.

»Krebs!«, fügte er breit grinsend hinzu, als Plotek noch immer nicht kapieren wollte.

Jetzt hielt Plotek inne, rührte kein Streichholz mehr an, vergaß, wie es schien, seine pathologische Detailversessenheit und starrte Piotr sichtlich betroffen an, so als spürte auch er einen tödlichen Schmerz im Unterleib.

»Prost!«, sagte Piotr.

»Prost!«, sagte Plotek.

»Tata!«, wieder Piotr.

Der dickliche Transsexuelle auf der Bühne hatte seinen Auftritt beendet, sammelte BH und Höschen ein und wurde mit viel Beifall und einigen beherzten Bravo-Rufen freundlich verabschiedet. Jetzt kam eine leicht bekleidete Sängerin, die offenbar auch schon bessere Tage gesehen hatte, auf die Bühne. Sie hatte nichts weiter als ein durchsichtiges Top, ein knappes Höschen, Nylonstrümpfe und hochhackige Schuhe an und sang eine alte Schnulze, die Plotek von früher her noch kannte und die ihn unweigerlich an Lauterbach erinnerte, an die Ostalb, Härzfeld, Kindheit.

»Sag, hast du schon mal unterm Regenschirm geküsst, das tut so gut, Luise ...«, hing wie eine wehmütige Prophezeiung im *Bella*, während sich die Frau auf der Bühne langsam und genießerisch auszog.

Irgendwie kam Plotek ihr voller, fleischiger Mund bekannt vor. Auch die Stimme – ein wenig scheppernd und verzerrt – hatte er irgendwie schon mal gehört.

»Rosella!«, sagte Piotr und zeigte auf die Bühne. »Der heimliche Star hier.« Er schnalzte genüsslich mit der Zunge. »Manche behaupten sogar, ihr gehört der Schuppen.«

Als Rosella ihr Höschen in die Luft warf und selbstbewusst ein schwarzes, buschiges Haargeflecht über ihrem Geschlecht präsentierte, glaubte Plotek plötzlich, auch das schon irgendwann und irgendwo einmal gesehen zu haben.

Tosender Beifall. Rosella schleuderte auch ihr Top in die Menge, das von einem älteren kahlköpfigen Gast in der ersten Reihe mit dem Kopf ergattert wurde. Zuletzt befreite sie sich von ihren Strümpfen und den hochhackigen Lackschuhen. Komisch, dachte Plotek, die macht alles umgekehrt, fängt mit dem Höschen an und hört mit den Strümpfen auf. Unter lautem Beifall, Pfiffen und Bravo-Rufen verließ Rosella die Bühne. Während sie die Stufen herunterkam, winkte sie Piotr auffällig zu. In einen roten Satinmantel gehüllt, fiel sie ihm um den Hals und küsste ihn lange auf den Mund. Plotek stieg ein seltsamer Geruch in die Nase, der ihm ebenfalls irgendwie und von irgendwo und von irgendwann bekannt vorkam.

»Darf ich vorstellen«, sagte Piotr, der jetzt einen roten Lippenstiftabdruck auf seinem Mund hatte, »ein guter Freund!«

Rosella drehte sich zu Plotek um, erstarrte und schien nach Luft zu ringen. Dann fiel sie Plotek um den Hals. »Nein, nein, das gibt es doch nicht!«, schrie sie, fast schon hysterisch.

Gab es schon. Plotek roch jetzt eindeutig den Geruch von Leberwurst, von ostalbschwäbischer Leberwurst. Schlagartig war ihm klar, dass die mollige Frau an seinem Hals nur eine einzige sein konnte: Stangelhuber Rosi. Und es war die Stangelhuber Rosi, die ihn jetzt beinahe erdrückte und ihre fleischige Zunge ins Ohr, in den Mund und sonst wohin steckte.

»Was machst du denn hier?«, fragte die Stangelhuber Rosi noch immer völlig überrascht und küsste nach wie vor wild auf Plotek ein.

Die Frage hätte er genauso gut stellen können. Aber vor lauter Küssen kam er gar nicht dazu.

»Mensch, das ist aber eine Überraschung!«

Als der Stangelhuber Rosi schließlich die Küsse ausgingen und Plotek unzählige rote Lippenabdrücke im Gesicht verteilt hatte, setzte sie sich neben Piotr und Plotek auf einen Barhocker. Piotr bestellte eine Flasche Champagner und drei Gläser und Rosella fing, ohne dass sie jemand dazu aufgefordert hätte, an zu erzählen.

Solange sie erzählt, küsst sie schon nicht, dachte Plotek, während er unauffällig versuchte, die Lippenstiftabdrücke zu beseitigen.

»Irgendwann habe ich meinem Mann in Lauterbach gesagt, du Rolf, ich gehe nur kurz Zigaretten holen. Er hat genickt und ich bin nicht mehr wiedergekommen. Klassisch eben. Ich habe alles zurückgelassen. Und wenn ich alles sage, dann meine ich auch alles«, sagte Rosi und zählte an ihren Fingern auf. »Meine Kinder, meinen Mann, das Dorf, die Ostalb, die Vergangenheit, mein Leben. Ich habe eine neue Identität angenommen und lebe seither ein anderes Leben.«

»Und warum?«, fragte Piotr.

»Warum? Hm. Weiß nicht. Die Frage stellt sich mir gar nicht. Fakt ist: Ich muss seitdem keine Nutella-Brote mehr schmieren, keinen Kindern Rotznasen abwischen und keine verschwitzten, übel riechenden Männersocken waschen. Ich muss samstags nicht mehr die Straße kehren und sonntags in der Früh nicht mehr in die Kirche. Ich muss nicht mehr einmal die Woche mit meinem Mann schlafen, obwohl ich nicht will – ich muss mit niemandem mehr schlafen, wenn ich nicht will. Mit einem Mann schon gar nicht mehr.«

Sie machte eine kurze Pause, beugte sich zu Plotek. »Ich bin lesbisch!«, flüsterte sie in sein Ohr und kicherte wie ein Schulmädchen, das während des Biologieunterrichts unter der Schulbank die ersten erotischen Selbsterfahrungen macht.

»Zusammenfassend kann man sagen, ich hatte keine Wahl. Ich musste weg.«

»Aber das war doch dein Entschluss«, hakte Piotr noch einmal nach.

»Einerseits schon«, sagte Rosella, »andererseits auch wieder nicht ganz. Als ich nämlich am Zigarettenautomat stand, schon die Münzen in den Schlitz geworfen hatte und gerade Ernte 23 ziehen wollte, hörte ich eine Stimme.«

Plotek horchte plötzlich auf.

»Eine innere Stimme, vielleicht auch eine übernatürliche, eine göttliche womöglich, wer weiß das schon?«

Plotek konnte nicht anders, als an die Illuminaten zu denken.

»Eine Stimme, die sagte: ›Hau ab, verpiss dich, das ist deine einzige und letzte Chance, hier wegzukommen, was ganz anderes zu machen, ganz anders zu leben, ganz anders zu sein. Willst du das?‹«

Rosella sah jetzt Plotek an, dann Piotr und dann sagte sie: »Ich war mir nicht sicher, habe gezögert. Aber die Stimme ließ nicht nach, im Gegenteil, immer forscher redete sie auf mich ein. ›Widme dein Leben anderen Menschen!‹, hauchte sie von Engelsklängen begleitet in mein völlig überraschtes Ohr. ›Geh, um zu dir zu kommen!‹, befahl die Stimme schließlich und schien keinen Widerspruch zulassen zu wollen. ›Tu, was ich dir sage, Auserwählte!‹ Widerspruch und Zweifel blieben endgültig auf der Strecke. Ich ließ die Ernte 23 im Kasten liegen und bog ab.«

Wieder horchte Plotek auf.

»Ich folgte der Stimme, die mich nach Hamburg führte, in diese unüberschaubar große Stadt, die ich nicht begriff, so wenig wie die Stimme, die nach wie vor zu mir sprach. Zehn Tage lang und ebenso viele Nächte lief ich durch die Stadt. Ich war erfüllt von einer unbändigen Kraft und Energie. Die Stadt war ein Moloch. Ein unüberschaubarer Organismus, ein unfassbarer Kosmos, der Regeln gehorchte, die niemand verstand, so unberechenbar wie die Menschen, die in ihm wohnten. Eine Stadt wie eine offene Wunde. Ein Körper, der an einem Ende blühte, gedieh und wuchs und am anderen anfing zu faulen, abzusterben und tot zu sein. Ein malignes Neoplasma.«

Plotek zuckte zusammen.

»Ein Geschwür, das sich ständig bewegte und veränderte, um sich selbst zu verzehren.«

Plotek zuckte noch mehr zusammen. Unbeirrt erzählte Rosella weiter.

»Aber es sollte gerettet werden, was noch zu retten war. Durch mich! Durch mich sollte die Nächstenliebe wirken, der Heiland gelebten Ausdruck finden. Ich sollte den Gedanken und den Worten Taten folgen lassen, helfen, wo Hilfe benötigt wurde. Ich überließ das Denken der Stimme in mir, lebte auf himmlische Anweisung. Ich tat das, was von mir verlangt wurde und was ich tun musste. Ich folgte Gottes Willen willenlos. Es zog mich zu den entlegensten Ecken, in die dunkelsten Winkel dieser Stadt. Dahin, wo das Leben zum Erliegen kommt, der Puls bei 23 zu 55 stagniert, der Atem zwischen Leben und Tod im luftarmen Raum schwebt.«

Plotek griff sich intuitiv an die Stirn und merkte, wie das Blut in seinen Adern pochte.

»Wo Hunde das Bein heben und ihr Urin das einzig Wärmende ist. Wo Menschen bereits aufgehört haben, Mensch zu sein. Wo vom Leben nur noch das Überleben übrig ist. Wo Hoffnung zu Zynismus wird, Liebe nach Branntwein schmeckt.«

»Prost«, sagte Piotr und stieß mit den anderen an.

»Wo Körper aufbrechen und sich Vergänglichkeit offen zeigt«, fuhr Rosella fort. »Wo der Verfall zerfällt, wo alles nur noch von zerschlissenen Mänteln zusammengehalten wird. Wo der Geruch nach Hölle riecht. Fleisch verfault. Wunden offen klagen und Leid zum Normalzustand wird. Dort sollte ich als Fingerzeig Gottes, als Stimme des Guten, das Böse mit warmem Pfefferminztee und Mettwurstbrötchen bändigen – könnt ihr euch das vorstellen?«

Entschiedenes Nicken von Piotr und halbherziges von Plotek, während er dachte, jetzt reicht es langsam. Aber vergiss es.

»Ich war für sie da«, sagte Rosella. »Ich hatte auf Fragen Antworten. Ich wurde wieder gebraucht. Vom Rand der Ränder, vom Aussatz, vom Abschaum, von Menschen, deren Leben eher einem langsamen Dahinvegetieren, einem verzögerten Sterben glich. Aber auch sie hatten Bedürfnisse.

Für sie musste ich unersetzlich werden. Ich verband nässende Wunden, zurrte auseinanderklaffendes Fleisch zusammen, salbte Ausschläge und versuchte Schmerzen zu lindern. Diese Ausgestoßenen liebten mich. Und in mir meinen Gott, den sie allmählich auch annahmen. Sie erkannten in mir unser aller Heiland. Sie wollten zwar noch nicht an ihn glauben. Aber ER war es, der die Mettwurstbrötchen für sie bereithielt. ER war es, der sie satt machte und dessen Pfefferminztee sie wärmte. Gott war für sie zwar kein russischer Wodka oder amerikanischer Brandy, Gott war Pfefferminztee – köstlich schmeckender, heißer Pfefferminztee, nach dem es sie dürstete. Immerhin! Mein einziges Bedürfnis war es, die anderen zu befriedigen. Ich lebte nur noch für die anderen. Die anderen wurden ich selbst. Eine Symbiose von Bedarf und Bedürftigen, von Helfer und Geholfenem, von Wille und Wunsch. Sie kennenzulernen hieß für mich, die Welt kennenlernen. Die Welt kennenzulernen hieß, mich selbst aufgeben. Die Welt hielt Einzug in mich, ich wurde öffentlich. Ich löste mich auf und wurde zum personifizierten sozialen Handeln ohne psychologischen Hintergrund. Alles, was ich tat, war Tun, ohne an mich zu denken, ohne nach Sinn und Zweck zu fragen. Es ging um nichts anderes als das Handeln, ausschließlich um die soziale Tat.«

»Prost«, sagte Piotr wieder und unterbrach Rosellas Redefluss. Plotek dachte, das ist religiöser Fundamentalismus schwäbischer Prägung.

»Der Geist ist nur, was er tut!«, fuhr Rosella fort. »Es war ein Ausbrechen aus der Privatsphäre. Ein Eindringen in den öffentlichen Raum. Die Bahnhofsmission wurde mein Kosmos. Der Hauptbahnhof das Zentrum meiner Welt. Ich lebte mit ihnen, aß selbst Mettwurstbrötchen und trank Pfefferminztee. Ich verband die eigenen Wunden, salbte fünf Jahre lang die eigene Haut.«

Plotek horchte auf.

»Fünf Jahre lang war ich ein aufopferungsvoller Jünger des Glaubens, bis, ja bis ich schließlich von einem Moment auf den anderen dachte: Jetzt reicht's!«

Wieder horchte Plotek auf.

»Die Nutella-Brote waren zu Mettwurstbrötchen geworden, mein altes Leben hatte mich wieder eingeholt und die Chance war verschenkt. Ich bin weg und doch wieder da, wo ich war. ›Halt's Maul, Stimme!‹, sagte ich und hörte ab jetzt auf mich selbst. Seither bin ich hier im *Bella.*«

»Und seither spricht sie nicht mehr?«, fragte Piotr.

Wer, dachte Plotek.

Rosella lachte.

»Nein, schon lange nicht mehr. Jetzt spreche nur noch ich.«

Und zwar wie eine Schnellfeuerwaffe, dachte Plotek, ohne Nachladen.

»Und, bist du jetzt glücklich?«, fragte Piotr.

»Glücklich, Mensch, Piotr, wer ist schon glücklich«, kreischte Rosella. »Zufrieden bin ich, ja, das reicht – und du?«

Sie legte ihren Arm um Plotek.

»Hm«, machte Plotek und Piotr schloss sich an und beide sahen einander an und grinsten.

»Männer!«, zischte Rosella und sprang auf. »Ich muss wieder, man sieht sich.«

»Klar!«, sagte Plotek.

»Mal sehen«, meinte Piotr.

Als Rosella verschwunden war, zog Piotr einen schwarzen, seidenen Damenstrumpf aus der Hosentasche und legte ihn kommentarlos auf den Tisch. Lange sah Plotek ihn an, überlegte. »Was ist das?«, fragte er schließlich.

War natürlich 'ne blöde Frage. Piotr ließ sich Zeit mit seiner Antwort. »Erstens ein Damenstrumpf.« Und nach einer Weile fügte er hinzu: »Und zweitens ein Mordinstrument.«

Dann schwiegen beide wieder und starrten auf den seidenen Damenstrumpf. Jeder andere hätte jetzt sicher gefragt, was für ein Mordinstrument. Aber vergiss es. Plotek war anders und außerdem wusste er bereits Bescheid, obwohl er es natürlich gar nicht glauben wollte. Jetzt hätte er wieder sortieren können. Es gab zwar keine Schachfiguren, dafür unzählige leere Gläser, Zigarettenschachteln, Streichhölzer und alles. Aber plötzlich verspürte Plotek überhaupt keinen Impuls mehr für irgendeine Zwangshandlung.

Geheilt, dachte er, Hirnareale wieder okay, Botenstoffe intakt. Bei diesem Gedanken musste er sogar ein wenig schmunzeln. Und auch Piotr grinste jetzt.

»Damit habe ich dem Superstürmer die Luft abgedreht«, sagte er und Plotek dachte, während ich von Valium außer Gefecht gesetzt war.

»Einer ganzen Menge Valium«, grinste Piotr, »damit Sie auch ja nicht aufwachen.«

»Und warum?«, fragte Plotek unbeeindruckt.

»Aus Liebe!«

So ist er, der Piotr, dachte Plotek. Die meisten morden aus Hass, Piotr dagegen aus Liebe.

»Aus Liebe zu Sieglinde.«

»Sie und Sieglinde?«

»Ja. Aber nicht, wie Sie vielleicht denken.«

Was denke ich denn, dachte Plotek und begriff nicht, wo da der Zusammenhang war. Er ließ den Damenstrumpf durch seine Hand gleiten. Ein angenehmes Gefühl war das, als der weiche Strumpf seine Finger umschmeichelte.

Jetzt musste er wieder an Agnes denken, dann an Sieglinde und zum ersten Mal fiel ihm auf, dass sich die beiden irgendwie ähnelten.

»Ritschi!«, sagte Piotr so unvermittelt, dass Plotek ein wenig erschrak.

»Wer ist Ritschi?« Plotek gab sich unwissend.

»Der Halbbruder von Sieglinde«, sagte Piotr. »Aber so, wie ich Sie kenne, wissen Sie das bestimmt schon, was?«

Nicken von Plotek.

»Und außerdem war Ritschi eines der hoffnungsvollsten Fußballtalente in Deutschland. Bis zum fünften Juni letzten Jahres.«

Wieder entstand eine lange Pause, in der sich Plotek natürlich fragte, was am fünften Juni vor einem Jahr passiert war. Bereitwillig begann Piotr zu erzählen.

»Der fünfte Juni war ein Samstag. Ritschi, Jo Hillebrand und Ivo Jovanovic waren in Pinneberg. In einer Disco. Bis halb drei haben sie gefeiert, ihren Sieg, ihre gute Laune, ihre Freundschaft. Unzertrennlich waren die drei. Obwohl es auch hin und wieder gekracht hat. In letzter Zeit immer häufiger. Der Grund war aber gar nicht die sportliche Konkurrenz, sondern vielmehr die Mädchen. Da gab es, je älter die drei wurden, immer mehr Eifersüchteleien, Neid und dergleichen. Um halb drei in der Nacht fuhren sie mit dem Wagen von Jo nach Hause. Na ja, sie wollten nach Hause fahren. Sind da aber nicht angekommen. Kurz nach der Ortsausfahrt landete der Golf nämlich an einem Baum. Jo und Ivo ist kaum etwas passiert, ein paar Kratzer, ein verstauchtes Bein, eine leichte Gehirnerschütterung, mehr nicht.«

»Und Ritschi?«

»Ritschi war am Arsch. Er saß als Einziger auf dem Rücksitz, das war sein Pech.«

»Rollstuhl«, sagte Plotek. Die Bilder von Ritschi im Rollstuhl bei der Beerdigung kamen ihm in den Sinn.

»Ja, und doch viel schlimmer. Querschnittsgelähmt vom

Halswirbel abwärts. Von da an konnte er sich nicht mehr bewegen.«

Scheiße, dachte Plotek. »Scheiße«, sagte Piotr. »Seither ist alles kaputt, die Karriere, das Leben, der Fußball, alles. Seither ist Ritschi ein anderer oder besser gesagt keiner mehr. Er ist mittlerweile in einer Nervenheilanstalt und hat abgeschlossen mit sich und seinem Leben.«

Wieder entstand eine lange Pause, in der Piotr erneut am Wodka nippte.

»Und Jo und Ivo sind dafür verantwortlich.«

»Aber so ein Unfall kann einfach passieren«, sagte Plotek. Deswegen muss man doch nicht gleich morden, dachte er.

»Stimmt«, erwiderte Piotr. »Man muss nicht, man kann«, fügte er hinzu, als hätte er Ploteks Gedanken gelesen.

»Jo und Ivo waren stark betrunken. Ritschi wollte gar nicht mitfahren, aber sie zwangen ihn. Sie fuhren los, viel zu schnell, lachten und machten Mätzchen und Ritschi bekam es mit der Angst zu tun. ›Mensch, hört doch auf, was soll der Scheiß‹, sagte er noch. ›Lasst mich aussteigen!‹ Aber die beiden weigerten sich, fuhren weiter, schneller, noch riskanter und dann an den Baum.«

»Und dafür mussten sie jetzt büßen?«

»Dafür und für die Demütigung.«

»Was für eine Demütigung denn?«

»Sie haben Ritschi nicht nur körperlich zerstört, nein, Jo hat ihm danach auch noch die Freundin weggenommen. Das Wertvollste, was er hatte. Und Ivo hat ihn fallen gelassen wie eine heiße Kartoffel. Das hat er nicht verkraftet.«

Das ist doch Wahnsinn, dachte Plotek und Piotr nickte.

»Es gibt keine Gerechtigkeit, Plotek, aber Rache gibt es. Und die hat etwas Fröhliches, darin liegt Genugtuung.«

»Noch zwei«, sagte Piotr und der junge, schwule Kellner stellte wieder zwei Gläser Wodka auf den Tresen.

»Durch den Tod der beiden wird das Leben von Ritschi wieder erträglich. Und das von Sieglinde auch.«

Warum das von Sieglinde, dachte Plotek und machte eine verdutzte Miene.

»Sieglinde ist, wie Sie ja wissen, die Schwester von Ritschi.«

»Und Sie?«

»Ich bin für beide so was wie der Ziehvater.«

Der hat nicht nur Prostatakrebs im Endstadium, dachte Plotek jetzt, sondern auch eine akute zerebrale Verstimmung oder kurz: Der tickt einfach nicht richtig.

Piotr grinste.

»Das verstehen Sie nicht, was?«, sagte Piotr. »Macht nichts, ich verstehe es manchmal auch nicht.«

Dann machte er wieder eine lange Pause. Beide sahen zur Bühne hinüber, wo sich mittlerweile wieder ein Transsexueller im Ausdruckstanz übte und dabei die Brüste schüttelte, als wäre er ein Apfelbaum, während sein Schwanz dazu Sirtaki tanzte.

»Ich weiß, was Sie jetzt denken«, sagte Piotr in das Schweigen hinein, »Sie denken, Sie müssen das jetzt melden, der Kripo, der Presse oder weiß der Teufel wem, nicht wahr?«

»Hm.«

»Vielleicht Plotek, vielleicht. Aber das ändert auch nichts. Morgen ist auch noch ein Tag, Plotek, und manchmal löst sich alles von selbst.«

Piotr griff in seine Jackentasche und zog eine Schachfigur heraus. Es war die weiße Dame.

»Hier, für Sie.«

»Aber die brauchen Sie doch noch«, sagte Plotek, »sonst können Sie ja nicht mehr spielen.«

»Schach Matt«, sagte Piotr und grinste, während Plotek die Dame einsteckte.

»Gehen wir dort hinüber«, schlug Piotr vor und zeigte auf ein kuscheliges Separee, in dem zwei Sessel und ein Sofa standen und in dem sich zwei leicht bekleidete Damen, oder waren es Herren, genüsslich lümmelten.

»Bring uns zwei Flaschen Champus«, rief Piotr dem Kellner zu, der freundlich lächelte, während seine gepiercten Brustwarzen unter dem durchsichtigen T-Shirt hervorstachen, als wären sie auf der Flucht.

Plotek ließ sich in einen der bequemen Sessel fallen und Piotr setzte sich zwischen die zwei Damen, die ihm liebevoll über das schüttere Haupthaar strichen und dabei vergnügt kicherten. Der Champus kam und alle Gläser wurden gefüllt.

»Prost.«

Irgendwann wurde Plotek dann ziemlich müde. Die Augen fielen ihm zu und sein Kopf rutschte auf die Lehne des Sessels. Immer wieder schreckte er hoch, hörte die beiden Damen kichern und sah, wie Piotr sich, in Fleischbergen versunken, streicheln ließ. Piotrs Brandmal auf der Stirn leuchtete wie eine violette Fünf.

Irgendwann konnte Plotek nicht mehr einschlafen. Der Druck auf die Blase war zu groß. Er ging auf die Toilette, und als er zurückkam, war alles ganz anders. Zuvor sollte allerdings noch ein Schuss fallen.

Als er gerade am Waschbecken stand und sein erbärmliches, von Alkohol und Schlafmangel malträtiertes Gesicht im Spiegel sah und die Lippenstiftabdrücke von Rosella wegwischen wollte, hörte er einen lauten Knall. Sofort ging er zurück in das Separee. Blutüberströmt lag Piotr auf der Couch, den Revolver noch im Mund. Die Damen quiekten wie Ferkel und rannten aufgeregt umher, die Hände über dem Kopf zusammengeschlagen. Der schwule Kellner weinte und Rosella rief seltsam abgeklärt und unaufgeregt die Polizei.

Da war Plotek aber schon verschwunden.

Auf dem Weg aus dem *Bella* hat er dann doch noch interessehalber hoch zum Bilderrahmen gegriffen und tatsächlich: fingerdicker Staub.

16

Natürlich hätte sich Plotek jetzt in ein Taxi setzen und nach Hause fahren können. Obwohl es draußen schon fast dämmerte, war es ihm irgendwie noch gar nicht nach Bett und Augen zu zumute. Dafür war er viel zu aufgekratzt. Außerdem war in den letzten Stunden so viel passiert, dass er nicht einfach alles auf sich beruhen lassen konnte. Natürlich ging ihm der spektakulär inszenierte Tod von Piotr an die Nieren. Aber was sollte man tun, um sich die Nieren nicht ruinieren zu lassen? Verdrängung! Das half meistens. Zumindest bei Plotek. Darin hatte er Übung. Schon jahrelang. Plotek war ein Verdrängungsweltmeister. Ein Problemen-aus-dem-Weg-Geher – oder besser -Sprinter. Ein Langstreckenläufer. Ein Verdrängungs-Marathon-Sprinter. Im Prinzip: ein Paradoxon. Abgesehen davon: einfach Plotek. Zum Beispiel seine Kindheit. Seit drei Jahrzehnten verdrängte er meist erfolgreich seine Kindheit. Ostalb, Lauterbach, Härzfeld, Pfarrer Thanwälder, Landwirtschaft, Schweinezucht, Misthaufen, Familie, Vater, Mutter, Bruder, Schwägerin, Cousin, Cousine und alles. Nur manchmal überfällt sie ihn hinterrücks, die Kindheit, knebelt ihn und tanzt ihm dabei auf der Nase herum, bis er sie wie einen räudigen Straßenköter mit einer Schnellfeuerwaffe oder hochprozentigem Alkohol erlegt, um sie wieder erfolgreich zu verdrängen. Warum? Alles andere half einfach nicht. Langfristig. Hat er alles schon ausprobiert. Von so mancher Couch aus hat er schon zur

Decke gestarrt und tiefe Löcher hinterlassen, durch die er nicht nur in die Vergangenheit, sondern auch zu den Nachbarn schauen konnte. Und da sah es auch nicht viel besser aus. Aber vergiss es. Das Einzige, was ein wenig half – so die Erkenntnis jahrelanger Analyse mit und ohne Psycho –, war zu verdrängen und zu vergessen. Oder so lange zu verdrängen, bis man vergaß. Und bis dahin an etwas anderes denken. Auch im Fall von Piotrs Tod. Plotek versuchte beharrlich, an etwas anderes zu denken als an Piotrs Tod. Ging aber nicht. Immer wieder tauchten die Bilder wie Schnappschüsse vor ihm auf. Bei jedem Augenaufschlag sah er den Revolver im Mund von Piotr vor sich. Also versuchte Plotek einfach, die Augen offen zu halten. Und es ging. Bis die Augen tränten.

Ziellos irrte er durch die Straßen und wusste nicht, wohin er sollte und wollte. Immer wieder kamen ihm ähnlich verirrte Verwirrte entgegen. Einige konnten sich, wahrscheinlich weil sie ziemlich unter Drogen standen, nur schwankend auf den Beinen halten. Ein angenehmer Zustand war das, sich einfach treiben zu lassen, dachte Plotek, ohne zu wissen, wohin, und ohne zu wissen, warum. Einfach so.

Es war eine laue Frühlingsnacht. Sterne standen am Himmel und warme Luft wehte durch die Straßen, zu warm für die Jahreszeit. Die Türsteher vor den mit grellen Neonschriften beleuchteten Nachtclubs warben mit Sensationen und versprachen großspurig alles, was man sich nicht einmal vorzustellen wagte. Müde und mit tränenden Augen winkte Plotek ab. Einige Nutten standen leicht bekleidet am Straßenrand, stolzierten auf hohen Absätzen auf und ab und gingen mit ihrer aufreizenden und unnatürlich wirkenden Weiblichkeit hausieren.

»Hallo, Süßer«, sagte eine mit Stiefeln bis über die Knie. Ihre Brüste quollen aus ihrem Ausschnitt heraus, wie Brotteig, als sie ihm breitbeinig den Weg versperrte. »Schon was vor?«

Na ja, eigentlich nicht, dachte Plotek.

»Sollen wir es uns schön machen?«, fragte sie mit geschürzten Lippen und zwinkerte ihn kumpelhaft an. Als Plotek nicht reagierte, schien sie ihre Chance auf ein gut bezahltes Viertelstündchen schwinden zu sehen. »Du siehst so traurig aus«, fügte sie noch kumpelhafter hinzu.

Das stimmt auch wieder, dachte Plotek, nickte und wischte sich die Tränen von den Wangen.

»Brauchst du Aufheiterung?«

Plotek schüttelte den Kopf, sodass auch dieser Hoffnungsschimmer der Nutte auf ein Euro-Nümmerchen dahin war. Schneller als erwartet gab sie sich geschlagen. Offenbar vermittelte Plotek eine Trostlosigkeit, der selbst diese aufreizende Weiblichkeit nichts entgegenzusetzen hatte.

»Ein andermal vielleicht«, sagte Plotek, als er sie großräumig umkurvte und die Reeperbahn entlang weitertrottete.

Als Plotek am Stadion vorbeikam, blieb er kurz stehen. Warum er das Fußballstadion nicht links respektive rechts liegen ließ und einfach weiterging? Keine Ahnung. Vielleicht, weil er von weitem die Flutlichtanlage brennen sah. Auf jeden Fall dachte er, komisch, um diese Uhrzeit, machen die Kicker von der Spielvereinigung vielleicht eine Sonderschicht gegen den Abstieg? Dankbar ließ er sich von seinen Gedanken an Piotr und dessen Tod ablenken. Nicht weit entfernt schlug eine Kirchturmuhr drei Mal. Plotek steckte sich eine Zigarette an und rauchte, starrte gedankenlos auf das Stadion vor sich. Die Bilder von Piotr waren jetzt verschwunden. Vielleicht blieb er deshalb so lange am Stadion stehen. Vielleicht auch nicht. Als er eine letztes Mal tief an seiner

Zigarette gezogen und die Kippe mit der Fußspitze ausgetreten hatte, dachte er, vielleicht kann man ja was sehen. Er ging zum Clubheim des Stadions. Zu seiner Überraschung war eines der Tore nur angelehnt. Verwundert blieb er stehen, wagte nicht hineinzugehen. Doch dann siegte die Neugier. Irgendein ungutes Gefühl trieb Plotek ins Stadion hinein. Eine weitere Überraschung erwartete ihn. Als er nämlich am Eingangstor vorbei die Treppen zur Tribüne hinaufschlenderte, sah er, dass der Platz zwar hell erleuchtet, aber leer war. Also keine kickenden Spieler, kein Nachttraining, keine Sonderschichten. Nichts. Na ja, nicht ganz. Am Mittelkreis konnte Plotek sehr wohl etwas erkennen. Da lag etwas. Was das war, konnte er nicht sagen. Plotek ging die Tribüne hinunter. Mit jedem Schritt wurde das Etwas klarer erkennbar. Aus einem kleinen Bündel wurde ein größeres. Als er schließlich am Spielfeldrand stand, war klar, dass es sich bei dem Bündel um einen ziemlich großen Gegenstand handeln musste. Er stieg über die Werbetafeln und ging über den Platz. Schließlich war der Gegenstand so konkret, wie es Plotek gar nicht recht war. Genau auf dem Punkt zum Mittelkreis lag nämlich kein Gegenstand, sondern ein Mensch. Ein toter Mensch, wie es den Anschein machte. Wer es war, konnte Plotek auf den ersten Blick nicht erkennen. Es war ein Mann, so viel war klar. Er lag nämlich splitterfasernackt da, eingewickelt lediglich in ein Tornetz. Auf seinem Kopf saß ein aufgeschnittener Fußball. Darunter sahen lange, blonde Haare hervor. Augenblicklich wurde Plotek klar, wer der Mensch, nackt und tot im Mittelkreis des Stadions liegend, war. Wenny! Das war Wenny. Das war kein schöner Anblick. Das war ein perverser Anblick. Das war nicht nur ein Mord, das war eine Inszenierung. Da war ein Mensch hingerichtet worden. Und zum Anstoß freigegeben. Im wahrsten Sinne des Wortes. Gebannt und angewidert gleichzeitig, konnte Plotek seinen Blick gar nicht mehr von dem toten Wenny wenden. Plötzlich entdeckte er am linken Oberarm eine Tätowierung: VfR stand da in schnörkeliger Schrift. Und sofort war Plotek klar, was das bedeutete: Verein für Rasenspiele, Aalen, Fußball, B-Jugend, 80er-Jahre. Oder einfach: Kindheit. Er musste sich zwingen wegzusehen, bevor er in den tiefen Abgründen seiner eigenen Kindheit versank. Unterhalb der rechten Brustwarze entdeckte er eine weitere kleine Tätowierung. Ein Ball, ein kleiner tätowierter Ball, umgeben von einem Dreieck. Der dicke Verschwörungstheoretiker mit den Plüschpantoffeln aus dem Krankenhaus würde dazu wieder Pyramide sagen und Auge und von den Illuminaten anfangen – aber vergiss es. Das war auf jeden Fall der gleiche Ball wie auf Sieglindes Brust, dachte Plotek. Wenny und Sieglinde! Die beiden waren offenbar vor Wennys homophiler Phase ein Paar gewesen. Zumindest hatten sie sich die gleichen Schmerzen zufügen lassen. So etwas machte man ja nicht aus Hass oder Feindschaft. Wolle hatte schon so etwas Ähnliches angedeutet. Plotek war vollkommen in Gedanken versunken, als er plötzlich einen Knall hörte. Als wäre eine Tür zugefallen. Er erschrak. Nichts wie weg, dachte er. Aber noch ehe er sich aus dem Staub machen konnte, ging mit einem Schlag das Flutlicht aus. Scheiße, dachte Plotek, außer mir ist noch jemand im Stadion. Der Mörder, klar. Oder aber es war die Schaltuhr. Wie auch immer, ich sehe nichts mehr. Er wartete ein wenig, bis sich die Augen an die Dunkelheit gewöhnt hatten. Es war noch immer zappenduster im Rund. Nur die Sterne am Himmel spendeten ein wenig Licht. Jetzt aber schnell schnell, hätte man denken können. Aber vergiss es. Plotek war da einfach anders. Jeder andere hätte jetzt Angst, womöglich Panik bekommen und wäre schnellstmöglichst auf und davon. Plotek nicht.

Eher im Gegenteil. Seelenruhig zündete er sich eine Zigarette an und wartete, bis er sich an die Dunkelheit gewöhnt hatte. Als er dann nicht nur besser sehen, sondern der Dunkelheit sogar eine beruhigende Wirkung abgewinnen konnte und die Zigarette auch schon zur Hälfte aufgeraucht war, schlenderte er ganz langsam an der Mittellinie entlang zum Spielfeldrand. Im Stadion herrschte eine seltsame Ruhe. Die schemenhaften Tribünen lagen da wie riesige, schlafende Tiere. Plotek wurde, als er so bedächtig über den Platz schlich, von einem guten Gefühl ergriffen. Das war seltsam – in dieser Situation. So muss sich auch der Kaiser 1990, als die Weltmeisterschaft gewonnen war, vorgekommen sein, als er über den Platz schlurfte, sein eben gewonnenes Kaiserreich abschritt. Nur dass damals siebzigtausend im Stadion waren und nicht einer davon war tot. Jetzt waren offenbar nur zwei hier und einer davon atmete nicht mehr.

Wieder stieg Plotek über die Werbetafeln, zurück auf die Tribüne. Dort blieb er stehen und sah auf den Platz hinunter. Jetzt beginnt gleich die zweite Halbzeit, dachte er, und der Rückstand ist kaum mehr aufzuholen. Im übertragenen Sinne natürlich. Dabei fiel ihm eine dieser fußballerischen Stilblüten ein: *»Man muss sich immer auf seine eigene Leistung konzentrieren, sonst vergisst man, das Wesentliche aus den Augen zu verlieren.«* Dabei musste Plotek grinsen. In diesem Sinne, dachte er, und ging über die Tribüne in Richtung Eingangstor. Aber: Das Tor war zu.

Keine Schaltuhr also. Da kroch Plotek nun doch die Angst unters Hemd.

Gut, dass das Tor nicht zu hoch war und Plotek drüberklettern konnte. Na ja, so einfach war das auch wieder nicht. Bis Plotek seinen gewichtigen Körper über das mindestens zwei Meter hohe Tor gehievt hatte, war er schweißgebadet. Mit schnellen Schritten und ohne sich umzublicken, entfernte er sich vom Stadion, stieg ein paar Straßen weiter in ein Taxi und fuhr nach Hause.

»Na, Sie sehen ja ganz schön mitgenommen aus«, sagte der Taxifahrer, ein Althippie mit einem dünnen, grauen Zopf und einem unregelmäßigen Dreitagebart.

»Haben Sie dem Leibhaftigen in den Schlund geschaut?«

Er lachte und im Rückspiegel waren seine gelben Zähne zu sehen.

»Ne, dem Allmächtigen in den Arsch.«

Der Althippie ließ Plotek nicht mehr aus den Augen, als wollte er sich sein Gesicht ganz besonders gut einprägen.

Zu Hause angekommen, wartete die nächste Überraschung auf Plotek. Es brannte nämlich noch Licht. Mitten in der Nacht. Ungewöhnlich, dachte Plotek. Und Maike war noch nicht im Bett. Ganz im Gegenteil. Komplett angezogen und eine Zigarette nach der anderen rauchend, ging sie in der Küche auf und ab. Sie schien völlig durch den Wind zu sein.

»Weißt du, wo Wenny steckt?«, stammelte sie mit verheulten Augen.

Wenny liegt in ein Netz eingewickelt, mit einem Ball auf dem Kopf, nackt und tot am Mittelkreis im Stadion, hätte er antworten können. Aber vergiss es. Kein Wort kam ihm über die Lippen. »Mörder! Mörder!«, kreischte dafür der Papagei.

»Du weißt es, oder?« Maike blieb neben Plotek stehen und wurde augenblicklich ruhig, als wüsste auch sie jetzt Bescheid. Und dann fing sie ganz still an zu weinen. Es klang so zart und zerbrechlich, dass Plotek, obwohl er mit weinenden Frauen nicht allzu viel anfangen konnte, ein bisschen gerührt war. Maike legte ihren Kopf auf Ploteks Schulter und schluchzte und zitterte. Es blieb ihm gar nichts anderes übrig, als seine Arme um sie zu legen und sie ein wenig zu beruhigen. Und es funktionierte. Ihr Schluchzen ließ nach. »Vor drei Stunden ist er weg«, sagte sie. »Jemand hat angerufen und ihn ins Stadion bestellt. Ich wollte ihn begleiten, aber er wollte unbedingt allein gehen.«

Und wieder schluchzte und weinte sie, sodass Plotek sie noch ein bisschen fester an sich drückte. Seine Hand fand den nackten Streifen Haut unter dem hochgerutschten T-Shirt. Fühlt sich gut an, dachte er.

»Du warst ja nicht da«, fuhr Maike fort und klang ein wenig vorwurfsvoll.

»Worum ging es denn?«, fragte Plotek.

»Ich weiß nicht, aber ich glaube, es hatte mit Benny zu tun.«

Maike löste sich wieder von Plotek, setzte sich an den Küchentisch und zündete sich wieder eine Zigarette an.

»Benny wollte meinen Onkel verlassen.«

Benny?, dachte Plotek. War Benny van der Tal nicht der Freund von Maike?

»Das hätte Wenny das Herz gebrochen«, fügte Maike hinzu, ohne auf Plotek zu achten. »Wenny hat damit gedroht, Bennys Homosexualität öffentlich zu machen, wenn er ihn verlässt.«

Benny ist schwul?, wunderte sich Plotek und verstand allmählich gar nichts mehr.

»Für ihn gab es nur entweder oder«, sagte Maike und schnäuzte sich die Nase. »Was das bedeutet, ist dir bestimmt klar?«

Plotek dachte nach, und noch ehe er etwas sagen konnte, half ihm Maike auf die Sprünge.

»Eine Schwuchtel als Fußballer – undenkbar.« Sie lachte gekünstelt. »Im Theater ist das normal. Da stolpern mehr Schwule über die Bühne als Heteros. Da wird auch gern mit der homophilen Neigung kokettiert.«

Wieder gekünsteltes Lachen.

»Aber bei Sportlern, bei Fußballern – unmöglich. Was glaubst du, warum ich mich in der Öffentlichkeit immer als Bennys Freundin ausgegeben habe?«

Das war alles nur inszeniert. Theater im Leben.

»Kennst du einen einzigen schwulen Fußballer?«

Plotek brauchte gar nicht nachzudenken und schüttelte sogleich den Kopf.

»Na, siehste. Ist doch komisch, oder? Statistisch betrachtet ist jeder zehnte Mann schwul, glaube ich. Also einer pro Mannschaft. Geht man von einem 20er-Kader aus, wären das in der ersten Bundesliga fast fünfzig Schwule. Aber nicht ein einziger bekennt sich dazu. Das ist nur logisch. Sonst wirst du in diesem von Machos dominierten Sport nicht mehr ernst genommen. Bei jedem Ballkontakt unterstellt man dir den Warmduscher. Das hält niemand aus. Auch mit dem allergrößten schwulen Selbstverständnis zerbrichst du daran, ob du willst oder nicht. Das wäre das Ende jeder Karriere. Auch das Ende von Bennys Karriere. Das Ende mit nicht mal zwanzig. Da hat niemand ein Interesse daran. Benny nicht und der Fußball auch nicht.«

»Und seine Spielervermittler erst recht nicht«, sagte Plotek. Da geht es nicht nur um den Fußball und um die Karriere, dachte er, da geht es vor allem um Geld. Um viel Geld.

Und dafür wickelt man schon mal einen schwulen Torwarttrainer nackt in ein Netz und setzt ihm einen Fußball auf. Das war nicht nur Mord, das war ein Signal, ein Zeichen, eine Demütigung der Homosexuellen, eine Erniedrigung des Sterbenden und ein Fanal für all diejenigen, die glaubten, mit unaufgeforderten und unbequemen Bekenntnissen andere am Geldverdienen zu hindern.

Das Telefon klingelte. Plotek schaute auf die Uhr, die an der Wand hing. Maike auch. Es war mittlerweile 4 Uhr

20. Vielleicht auch 23 dachte Plotek, so genau war das mit den Zeigern nicht auszumachen.

»Wer kann das denn sein?«, fragte Maike. Sie ließ es noch ein paar Mal klingeln, schließlich hob sie ab. Plotek drückte geistesgegenwärtig auf die Mithörtaste.

»Ist Wenny da?«

Es war Rainer von Plorre, der Starreporter, der da am anderen Ende der Leitung nach Wenny fragte. Er klang aufgeregt und so, als würde er draußen irgendwo am Wasser stehen. Zumindest waren im Hintergrund Wasserrauschen und Möwengekreische zu hören.

»Nein, Wenny ist nicht ...«, sagte Maike und unterdrückte ihre Tränen.

Rainer von Plorre sagte nichts mehr. »Scheiße!«, kam es nach einer Weile aus dem Hörer. Plotek war sofort klar, was das bedeutete: Am anderen Ende der Leitung bekamen es 92 Kilo Körpermasse gehörig mit der Angst zu tun.

Ein Auto war zu hören, Bremsen, Türenschlagen, dann ein dumpfer Schlag und ein entsetzlicher Schrei. Dann war wieder eine Stimme, nein, sogar zwei zu hören, nicht aber die von Rainer von Plorre.

»Du alte Drecksschwuchtel, hast gedacht, du kannst uns erpressen, was?!«

Wieder ein Schrei und dumpfes Klatschen.

»Du schwule Sau, na warte!«

Dann waren Geräusche zu hören, die klangen, als würde ein Schädel eingeschlagen, als würden Knochen splittern. Schreckliche Schreie waren zu hören, vermutlich die von Rainer von Plorre.

Dann krächzte der Papagei aus der Küche plötzlich »Arschloch!«, und augenblicklich war Ruhe. Irgendjemand musste das Handy ausgemacht haben oder daraufgetreten sein. Auf jeden Fall war nichts mehr zu hören.

Maike und Plotek sahen sich an.

»Was soll das bedeuten?«, wollte Maike wissen, aber Plotek hatte keine Erklärung parat. Er hatte eine Ahnung, ja, aber Genaues wusste auch er nicht.

»Wie gut kennen sich Rainer von Plorre und Wenny?«, fragte er nur.

»Ziemlich gut.«

Als es draußen allmählich hell wurde und Plotek und Maike noch immer rauchend, bei Wein und Kaffee meist schweigend in der Küche saßen, klingelte es schon wieder. Dieses Mal war es nicht das Telefon, sondern die Türglocke. Maike machte auf und die Polizei stand in der Wohnung. Es war derselbe Kommissar wie im Krankenhaus, neben ihm sein schmalbrüstiger Assistent. Sie sahen äußerst geschäftig aus, wirkten richtig ausgeschlafen zu so früher Stunde. Was man von Plotek und Maike nicht behaupten konnte. Plotek hatte schwarze, hässliche Ringe um die Augen und Maikes Gesicht war vom vielen Weinen ganz verschwollen.

»Dürfen wir reinkommen?«, fragte der Assistent und ging, ohne eine Antwort abzuwarten, gleich ins Wohnzimmer. Der Hauptkommissar hinterher. Zuerst schnüffelten sie ein wenig herum, wie man das aus zweitklassigen Vorabendkriminalserien kennt.

»Wo waren Sie heute Nacht zwischen zwölf und vier Uhr?«, fragte der Hauptkommissar, der sich auf der Sessellehne aufgestützt hatte, offenbar weil er lässig wirken wollte. Sein Assistent ließ Plotek derweil nicht aus den Augen.

Maike dachte nicht lange nach. »Hier«, sagte sie eine Spur zu souverän.

Der Kommissar schien zu schmunzeln.

»Zeitweilig im Bett«, legte Maike nach, um die Zweifel

zu zerstreuen, während Plotek sich über die Wortwahl wunderte.

»Das kann jeder behaupten«, mischte sich der Assistent ein und stierte Plotek an, als ob der gleich einen Fluchtversuch hinlegen wollte.

»Zeugen?«, setzte der Kommissar nach.

Maike dachte ein wenig länger nach und auf die Gesichter der beiden legte sich ein Hauch von Genugtuung.

»Muss ich das sagen?«

»Wäre besser«, sagte der Kommissar und richtete sich auf, bereit, von den an seinem Gürtel hängenden Handschellen Gebrauch zu machen.

Maike zeigte auf Plotek, der ziemlich rot wurde. Der Kommissar sah ihn erstaunt, dann auch ein bisschen neidisch an, als wollte er nicht so recht glauben, dass eine so überdurchschnittlich gut aussehende junge Frau mit so einem mies aussehenden älteren Herrn ins Bett ging.

Plotek grinste, als wollte er sagen, tja, das Leben läuft eben manchmal anders ab, als sich das so ein verbeamtetes Hirn ausdenkt. Und im Übrigen hält die Welt doch noch ungeahnte Überraschungen bereit, die einen Kriminalen gerne überfordern. Dann nickte er und spürte, wie er eine mittelprächtige Erektion bekam.

Bevor die Krimialbeamten enttäuscht abzogen, offenbarten sie noch den Grund ihres Besuches und den Verbleib von Wenny. Maike reagierte erstaunlicherweise ziemlich gefasst. Erst als die beiden Polizisten weg waren, weinte sie sich hemmungslos an Ploteks Schulter aus, sodass sein Hemd schließlich bis zur Brust hinunter durchnässt war. Irgendwann nahm Maike dann Ploteks Gesicht in beide Hände, küsste ihn lange auf den Mund. »Danke«, sagte sie.

Ich mich auch, dachte Plotek und dann fiel ihm der tote Piotr und sein unglaubwürdiges Alibi ein, während er seinen Schwanz spürte, der wie verrückt am Hosenladen pochte.

Maike hielt ihren schönen, roten Mund direkt an sein Ohrläppchen. »Tut mir leid, aber ich bin lesbisch«, hauchte sie vor Traurigkeit schniefend und gleichzeitig ein wenig kokett. Und dann strich sie mit ihren langen Fingern zärtlich über Ploteks Wange.

Mir tut es auch leid, dachte Plotek und dabei hörte schlagartig das Pochen am Hosenladen wieder auf.

»Aber ich dachte, du und Benny van der Tal, ihr seid ...«

»Psst«, machte Maike und legte ihren Zeigefinger auf seinen Mund. »Lass uns ein bisschen schlafen.«

Sie nahm ihn bei der Hand.

»Ja.«

17

Plotek stand in kuren Hosen auf dem Rasen, sein Oberkörper war nackt und auf dem Rücken hatte er eine eingeritzte stark blutende 23. Piotr stand neben ihm, auch ohne Hemd und mit der Ziffer 5 auf dem Rücken. »Spiel ab, du Arsch«, rief Piotr. Wenny war im Tor. Und Gorbatschow im Sturm. »Wer zu früh kommt, lebt kürzer«, murmelte er mit hartem russischem Akzent, immer wieder, wie ein Mantra.

Das sah nach Fußball aus, war aber in Wirklichkeit der Showdown bei *High Noon*. Ein Rasen, ein Stadion, jeder gegen jeden und auf dem Torgestänge saß der DFB-Präsident mit baumelnden Beinen, Cognac-Glas in der Hand und einer Frau im Arm, die aussah wie ein gegrilltes Hähnchen.

Plotek bekam den Ball von Piotr. »Mach was draus!«, schrie der.

Plotek rannte mit dem Ball am Fuß direkt auf das Tor zu. Am Sechzehner tauchte dann Arno Brunner auf; wie aus dem Nichts stand er Plotek direkt gegenüber. Der kann doch gar nicht spielen, dachte Plotek. »Muss ich auch nicht!«, erwiderte Arno und grätschte, dass Ploteks Beine wie Reisig knackten. Aua! Pfiff. Der Schiedsrichter zeigte die Rote Karte. Allen. Auch den Fans. »Wir sind das Spiel!«, brüllten sie und schwenkten Fahnen, auf denen hässliche Worte standen, und sammelten ihre Spucke im Mund. Viel Spucke. Und spuckten von der Tribüne direkt in Ploteks Gesicht. Und in Wennys. Und in Piotrs. Nur in Arnos nicht.

»So ein Tag, so wunderschön wie heute«, sang der Präsident und seine Frau zeigte ihre entblößten Brüste, die aussahen wie Auberginen. »Gute Ernte, so eine gute Ernte!«, rief sie.

Plotek krümmte sich noch immer am Boden, während Piotr, Wenny und alle anderen, auch Maike, sich jetzt gegen ihn verschworen, um den Fans zu imponieren. Es funktionierte. »Ihr seid das Spiel!«, riefen die Fans und alle traten auf Plotek ein. Mit Fußballschuhen – Volley, Pieke, Spann. Als wäre Ploteks Kopf ein Ball und weil das Runde ohnehin ins Eckige muss.

»Aufhören, bitte aufhören«, schrie Plotek. Aber denkste. »Weiter, immer weiter, ihr Germanen«, befahl der Präsident und die Frau neben ihm lachte und zeigte auch ihren runzligen Bauch, der aussah wie ein Ball ohne Luft und auf dem das Wort »schön« eintätowiert war. Auf dem Platz ging es jetzt erst richtig los: Ploteks Kopf war nun der Ball und der wurde in elegantem Kurzpassspiel hin und her gekickt, bis er schließlich nach einer missglückten Bogenflanke im Netz zappelte. Ein Pfiff ertönte, der stärker schmerzte als alle Fouls zusammen. Der bekannte Fernsehmoderator Rainer von Plorre meldete sich getarnt als Stadionsprecher zu Wort: »Wer so dumm läuft, der kann nicht anders.«

Dann wieder ein Pfiff und Plotek schlug, noch immer auf dem Boden liegend, die Augen auf.

Plotek dachte, das ist kein Boden, kein Rasen, kein Stadion, kein Fußballspiel. Dann, das ist weder Wenny, Piotr, Rainer von Plorre, Maike noch der russische Präsident a.D. Und drittens, wer ist das dann? Plotek sah in einen Rauschebart. Dann sah er gelbe, kaputte Zähne, ein Lachen, einen Mann.

»Wolle?«

»Da, lies.«

Plotek saß schon am frühen Nachmittag im *Zapfhahn,* wo er immer wieder einnickte. Als Wolle ihm die ›Hamburger Morgenpost‹ auf den Tresen schob, schreckte er hoch. Zwei mysteriöse Morde in einer Nacht, stand auf der Titelseite in daumengroßen Buchstaben. Daneben die Porträts zweier lachender, vergnügt wirkender Menschen. In der Zeile darunter wurde das Grauen konkret. »Der Torwarttrainer der Spielvereinigung Werner S. wurde im Stadion tot aufgefunden«, stand da und »Hafenarbeiter entdecken den sympathischen Starreporter Rainer von Plorre ermordet am Hamburger Hafen. Näheres auf Seite 2.« Man hätte denken können, Plotek hätte sofort weitergeblättert. Aber vergiss es. Er rührte die Zeitung nicht an, sondern nahm einen Schluck aus seinem Weißbierglas und rülpste lautlos. Wolle war über so viel Desinteresse sichtlich erstaunt.

»Interessiert dich nicht, was?«, fragte er.

»Hm«, machte Plotek und dachte, na ja, interessieren würde es mich schon, aber kann das nicht noch einen Moment warten. Oder zwei. Tot sind sie ohnehin, da spielt doch die Zeit keine Rolle mehr, oder? Für Wolle offenbar schon.

»Na gut, erzähl ich es dir eben«, sagte er, beugte sich über den Tresen zu Plotek, steckte sich eine Zigarette mit verbotenen Substanzen an, zog einmal kräftig daran und legte los.

»Rainer von Plorre, du weißt schon, dieser telegene Labersack, ist gestern Nacht ziemlich übel zugerichtet am Hafen in der Nähe der Landungsbrücken aufgefunden worden – tot. Na ja, bei seinen haarsträubenden Moderationen und Fußballübertragungen ist das eigentlich kein Wunder, könnte man denken, da ist eben ein völlig entnervter Fan einfach mal durchgeknallt, hat diese rhetorischen Felgaufschwünge nicht mehr verkraftet, die Vergewaltigung der

Sprache und den Missbrauch gerächt und ... Batsch! ... zugeschlagen.«

Wolle ließ seine große Hand auf den Tresen sausen, dass es klatschte, und Plotek glaubte, ihn dabei grinsen zu sehen.

»Der Plorre ist erschlagen und dann erstochen worden oder umgekehrt, so wie es aussieht«, fügte Wolle hinzu, streichelte seinen grauen Rauschebart, sah zur Decke, als ob sich da etwas verbergen würde, und beugte sich noch ein wenig näher zu Plotek. »Auf jeden Fall wurde er blutüberströmt und mit 23 Messerstichen aufgefunden, wie die Obduktion ergab.«

Jetzt gab es Plotek einen Stich ins Herz.

»23?«

Nicken von Wolle. Hat ihm das Klappmesser auch nichts geholfen, dachte Plotek, hätte er sich lieber eine kleinkalibrige Pistole kaufen sollen.

»Das ist aber nicht das Spektakuläre.«

Wolle machte eine Pause, zog wieder an der dicken Zigarette, hielt die Luft an und ließ den Rauch ziemlich lange in der Lunge, um ihn dann in kleinen Stößen aus sich herauszupusten.

»Willste auch mal?«

Plotek schüttelte den Kopf und dachte, was war denn das Spektakuläre?

Aber denkste. Wolle machte eine lange Pause. Wieder strich er über seinen strubbeligen Bart und rückte erst, nachdem er noch einmal an seiner Zigarette gezogen hatte, mit der Sprache heraus.

»Der Plorre war verkleidet.«

Wieder Pause.

»Verkleidet?«, fragte Plotek und dachte, Fasching ist doch schon lange vorbei.

»Als Tunte!«

»Nein.«

Wolle grinste und Plotek machte eine ungläubige Miene.

»Na ja, stimmt nicht ganz«, räumte er ein und machte wieder eine lange Pause. Plotek dachte schon, da kommt nichts mehr. Falsch gedacht, es kam noch allerhand.

»Er trug ein rosafarbenes Kleid«, sagte Wolle, »und darunter trug er nichts. Auf dem Kopf hatte er eine lange Blondhaarperücke und an den Füßen Stöckelschuhe.«

Wieder grinste Wolle und Plotek machte eine noch ungläubigere Miene.

»Ob ihm das Kostüm nach seinem Tod angezogen wurde oder ob er den Fummel schon vorher trug, scheint zumindest für die Presse noch unklar zu sein. Was ermittelt werden konnte, war, dass von Plorre ein nagelneues, 23 Zentimeter langes Sony-Richtmikrofon im Arsch stecken hatte.« Wolle machte eine kurze Pause. »Mit dem dicken Ende«, fügte er dann hinzu.

Wolle grinste jetzt breit und Plotek schüttelte den Kopf. »Die Bullen fragen sich natürlich, wie es da hineingekommen ist«, fuhr Wolle fort. »Und wer es war. Der Mörder oder er selbst.«

Wolle dachte lange nach, ebenso Plotek. Aber weder Wolle noch Plotek kamen zu einem Ergebnis.

»Sein Tod gibt viele Rätsel auf.«, meinte Wolle schließlich. »Gemunkelt wurde über ihn ja schon allerlei, Genaues aber weiß man nicht.«

Wenny vielleicht, überlegte Plotek und griff jetzt doch nach dem Joint. Er nahm einen Zug und musste wie immer husten. So wie Jo Hillebrands und Ivo Jovanovic' Tod irgendwie zusammenhingen, so gab es bestimmt auch einen Zusammenhang zwischen dem toten Wenny und dem toten Rainer von Plorre. Piotr konnte es auf jeden Fall nicht gewesen sein, dachte Plotek, es sei denn, Tote mordeten inzwischen auch. Aber davon konnte selbst die ›Hamburger Morgenpost‹ noch nicht berichten.

»Und Wenny«, wollte Wolle fortfahren, aber Plotek unterbrach ihn. »Danke, mir reicht's!« Aber denkste. Wolle ließ sich seinen Triumph nicht nehmen und quasselte weiter.

»Wenny wurde in ein Netz gehüllt im Stadion gefunden, genau auf dem Mittelpunkt«, sagte Wolle und hielt inne, als wollte er Ploteks Reaktion möglichst lange genießen. Aber denkste. Keine Reaktion, nichts. Das wusste Plotek ja alles schon. Er trank einen Schluck Weißbier und bestellte noch eines. Sein Blick fiel erneut auf die Zeitung, die vor ihm auf dem Tresen lag. Er blätterte ein wenig darin. Eine kleine Meldung auf der letzten Seite weckte sein Interesse. »Selbstmord im *Bella*!« und »Warum brachte sich der freundliche Stammgast um?«. Auch Piotr hatte es also in dieses Boulevardblatt geschafft, dachte Plotek

Plotek wusste die Antwort, behielt sie aber für sich. *Im Großen und Ganzen war es ein Spiel, das, wenn es anders läuft, auch anders hätte ausgehen können.* Genau. So oder so oder eben ganz anders.

»Ich geh dann mal«, sagte Plotek und verließ schon ziemlich angetrunken den *Zapfhahn*.

Irgendwie war er wohl in die falsche S-Bahn eingestiegen, denn er landete vor dem Krankenhaus, obwohl er da gar nicht hin wollte. Als er schon kehrtmachen wollte, sah er Schwester Sieglinde in schnittiger Motorradkluft auf dem Parkplatz neben einem Feuerstuhl stehen.

»Na, wie geht's?«, fragte sie und band sich die Haare zu einem Zopf zusammen.

»Geht so. Schon Feierabend?«

»Ja, wird auch langsam Zeit.«

»Tschüss.«

»Tschüss.«

Sieglinde setzte sich ihren Helm auf und bestieg eine schwere Kawasaki. Sie kam aber nicht mehr dazu, zu starten und loszufahren, denn auf dem Dach des Krankenhauses stand ein dicker Mann und brüllte aus Leibeskräften: »Die Illuminaten kommen!«

Das ist doch der Dicke mit den rosa Plüschpantoffeln, dachte Plotek grinsend. Das Grinsen verging ihm aber schnell. »O Mann, auch das noch«, sagte Sieglinde gar nicht erfreut, stieg wieder von der Kawasaki und nahm den Helm ab. Sie legte den Kopf in den Nacken, um zu antworten, kam aber nicht mehr dazu.

In diesem Moment nämlich warf sich der Dicke in die Tiefe. Wie eine abgestürzte Friedenstaube flog er in seinem weißen, flatternden Krankenhemdchen und den Plüschpantoffeln vom Dach und landete nicht weit von Plotek und Sieglinde entfernt auf dem Asphalt. Tot.

»Scheiße!«, sagte Sieglinde.

Kann man wohl sagen, dachte Plotek.

Das ganze Programm, das nun folgen würde, Polizei, Kripo und alles, wollte sich Plotek nicht mehr antun. Unbeobachtet schlich er davon, ließ die Schaulustigen, die sich um den Toten versammelt hatten, stehen.

Plotek fuhr jetzt nach Hause. Nur der Vogel war da und verteilte seine Komplimente. Während Plotek in der Küche ein Weißbier trank, warf ihm der Papagei mindestens zwanzig Schimpfwörter an den Kopf. Bis es Plotek dann doch irgendwann zu blöd wurde. Er griff in seine Tasche, nahm das fünfeckige Bonbon heraus und warf es in das Wasserschälchen, das im Papageienkäfig stand. Mal schauen, vielleicht wirkt's, dachte er.

»Mörder!«, krächzte der Vogel. Vielleicht, dachte Plotek und der tote Starreporter und seine Dampfplauderabszesse fielen ihm ein: Dafür soll er sein ganzes Leben kein Glück mehr haben.

18

»Plotek, Früh-üh-stück!«

Das war Maike. Das war die schöne Stimme von Maike, dachte Plotek und wähnte sich noch immer im Traum. Er wollte sich zur Seite drehen, das Plumeau über den Kopf ziehen und weiterträumen. Aber denkste.

»Plotek, Früh-üh-stück!«

Der Traum war vorbei. Schweißgebadet öffnete er die Augen. Er stank wie ein Iltis nach stundenlangem Liebesspiel. Er wälzte sich aus dem Bett, spürte jeden Knochen einzeln, der Kopf schmerzte und im Magen hatte sich über Nacht ein flaues Gefühl eingenistet.

Er duschte ausgiebig, bis sich der Gestank über den Abfluss davongemacht hatte, und begab sich schließlich in Cordhose und halb zugeknöpftem Hemd, mit nassen Haaren und barfuss zum Frühstück in die Küche.

Maike saß am Küchentisch. Sie trug eine sommerlich luftige Bluse mit einem atemberaubend freizügigen Ausschnitt, bei dessen Anblick es Plotek ganz schwindelig wurde. Sie lächelte frisch und ausgeschlafen und sah, kurz gesagt, aus wie das blühende Leben. Ganz das Gegenteil von Plotek.

»Na, gut geschlafen?«

»Geht so«, log Plotek und setzte sich, seine morgendliche Griesgrämigkeit nur unzureichend versteckend, an das andere Ende des Tisches.

»Kaffee?«

»Hm.«

Wenn Plotek eines nicht ausstehen konnte, dann war es Kommunikation beim Frühstück. »Kaffee?« und »Na, gut geschlafen?«, war zwar noch keine Kommunikation, aber Plotek war da eben anders. Für ihn war ein schlichtes »Hm« schon eine sprachliche Herausforderung. Zumindest beim Frühstück. Plotek konnte Frühstücken generell noch nie ausstehen. Folge: Plotek frühstückte nie. Nur Kaffee, viel Kaffee, das reichte. Maike schien ganz anders zu sein. Maike frühstückte immer und ausgiebig, mit wenig Kaffee und viel Kommunikation.

»Die Obduktion hat ergeben, dass Wenny erstickt ist«, sagte Maike seltsam nüchtern.

Und das beim Frühstück, dachte Plotek und war doch einigermaßen überrascht, während sein Magengrummeln hörbar zunahm. Er verschluckte sich, musste husten, während Maike ihm mit der flachen Hand auf den Rücken klopfte. Sie hatte die schönsten Hände, die Plotek je gesehen hatte. Sie war eine der ansehnlichsten Frauen, denen Plotek in den letzten zehn Jahren begegnet war. Sie war eines der sympathischsten Geschöpfe – zumindest in diesem Alter –, das Plotek jemals unter die Augen getreten war. Und dennoch: er konnte es auf den Tod nicht leiden, wenn ihm – schöne Hände hin oder her – irgendjemand auf dem Rücken herumtrommelte. Das konnte Plotek noch weniger ausstehen als frühstücken. Rückenklopfen beim Mittagessen ging gerade noch. Aber Rückenklopfen beim Frühstück war neben dem Besuch auf der Ostalb bei seinen Verwandten das Schlimmste,was einem am Morgen passieren konnte.

»Geht's wieder?«

»Hm.«

Am liebsten hätte sich Plotek jetzt hinter einer Zeitung versteckt. Ging aber nicht. Keine Zeitung in Sicht.

»Willst du nichts essen?«, fragte Maike noch immer ganz unbekümmert. »Im Kühlschrank gibt es auch Schinken.«

»Ne.«

»Wegen dem Fußball überm Kopf«, fuhr Maike fort und Plotek hatte Probleme, zu folgen. Als er dann den Faden schließlich zu fassen kriegte, krächzte der Papagei aus heiterem Himmel »Schwule Sau!«. Der Faden englitt Plotek wieder. Ach, der Schreihals ist auch noch da, dachte er, täusche ich mich oder klingt er tatsächlich irgendwie anders? »Schwule Sau!«, tönte es wieder und das Gezeter klang jetzt eindeutig zittriger, weniger entschlossen und fast schon zweifelnd, als ob die Sau vielleicht gar nicht schwul, sondern bisexuell wäre, und beim dritten Krächzen war die Sau nicht mehr bi, sondern hetero. Und dann kam nichts mehr. Keine Sau mehr, ob nun schwul oder bi oder hetero, gar nichts. Der Papagei taumelte stattdessen auf seiner Stange hin und her, wippte nach vorne, dann zurück, fiel schließlich ohne einen Pieps von der Stange und landete neben dem Wasserschälchen.

»Was ist denn mit dem los?«, fragte Maike, dem Käfig und dem abgestürzten Papagei zugewandt.

Nichts ist mit dem, dachte Plotek, gar nichts. »Tot«, sagte er emotionslos.

Dabei kam ihm der Dicke mit den Plüschpantoffeln in den Sinn.

Maike erschrak, sprang vom Tisch auf und ging zum Käfig. »Stimmt«, sagte sie eher überrascht als betrübt.

Auch Plotek stand jetzt auf, stellte sich ebenfalls vor den Käfig. Er sah das rötlich verfärbte Wasser im Schälchen. »Armer Vogel«, sagte er und dachte, endlich ist es hin, das blöde Viech.

»Ja.«

Während Maike frühstückte, entsorgte Plotek den Papagei im Mülleimer vor dem Haus und rauchte bei der Gelegenheit gleich seine Morgenzigarette, die eigentlich eine Mittagszigarette war. Als er zurückkam, fragte Maike noch immer auffällig gut gelaunt: »Hast du Lust, ins Theater mitzukommen?«

Lust nicht, dachte Plotek, aber nichts Besseres vor.

»Erste Hauptprobe von Schiller, ›Die Räuber‹«, sagte Maike. »Studenten dürfen kostenlos rein.«

Bei ›Die Räuber‹ fiel Plotek unweigerlich ein, wie er am Städtebundtheater Landshut, irgendwann in den 90ern, Franz und Karl in Personalunion gespielt hatte.

»Fort, falsche Schlange, du willst einen Rasenden höhnen, aber ich poche dem Tyrannen Verhängnis.« Grauenvoll!

»Wenn du Lust hast, nehme ich dich mit.«

Noch immer keine Lust, dachte Plotek, noch immer nichts Besseres zu tun.

»Danach können wir in der Kantine essen.«

Anstieg des Lustpotenzials.

»Heute gibt es Schweinebraten mit Knödel und Blaukraut.«

Bei dem Gedanken daran lief Plotek, trotz Magengrummeln und leichter Übelkeit, das Wasser im Munde zusammen.

»Okay?«

»Okay.«

Sie fuhren um halb fünf mit dem Beetle zum Schauspielhaus gegenüber vom Hauptbahnhof. Parkplätze waren um diese Zeit so rar wie fliegende Illuminaten. »Ich fahr in die Parkgarage«, sagte Maike deshalb.

Meinetwegen, dachte Plotek, zog an seiner Zigarette und sah zu, wie die Plastikblume am Armaturenbrett wackelte.

Als sie in der Parkgarage waren und Maike den Beetle abgestellt hatte, drückte Plotek die Zigarette im Aschenbecher aus. Sie stiegen aus und gingen Richtung Aufzug. Aber dann kamen Plotek Zweifel. Hab ich jetzt die Zigarette ganz ausgedrückt oder nicht, fing er zu grübeln an. Vielleicht, vielleicht aber auch nicht.

»Ich muss noch mal zurück zum Auto«, sagte er kurz entschlossen, »gibst du mir den Schlüssel?«

Maike kramte in ihrer Handtasche, streckte ihm schließlich den Schlüssel hin und Plotek ging zurück.

»Ich warte beim Aufzug«, rief ihm Maike noch hinterher.

Zurück beim Auto schloss Plotek auf, beugte sich in den Wagen hinein und überprüfte den Aschenbecher – die Kippe war aus. Erleichtert wollte er sich wieder aufrichten. Aber vergiss es. Er spürte einen harten Schlag an der Schläfe und alles wurde dunkel. Zappenduster. Er sah nichts mehr, hörte nichts mehr und spürte auch nichts mehr. Blackout. Kurzzeitige Ohnmacht.

Als Plotek die Augen wieder aufschlug, war es noch immer dunkel, dafür konnte er wieder hören. Er hörte das Geräusch eines Motors, das Geräusch eines Automotors, das Motorgeräusch eines Mercedes. Das ist ein 500er Mercedes, dachte Plotek und sein Schädel schmerzte, als würde der Wagen über seinen Kopf fahren. Und trotzdem brachte er noch einen weiteren Gedanken zustande. Das ist ein 500er Mercedes und ich liege in dessen Kofferraum. Jetzt erst merkte er, wie eng es war. Eine scheußliche klaustrophobische Angst kroch von der Fußsohle hinauf bis in sein Hirn, sodass die Schweißdrüsen auf Hochtouren arbeiteten und aus allen Poren kleine, freche Schweißperlen drängten. Plotek versuchte sich zu bewegen – aussichtslos. Es war nichts zu machen. Kein Millimeter. Er saß fest – wie eine Ölsardine in der Dose. Jetzt an etwas anderes denken, dachte er, das hilft manchmal. Ihm fiel aber nichts ein. Zuerst nicht, dann schon. Er dachte an Agnes und an die schönen Momente mit ihr, so lange, bis er eine mittelprächtige Erektion bekam. Jetzt wurde es noch enger. Scheiße. Dann denk eben an was weniger Schönes, das hilft auch manchmal. Er hatte sofort eine Idee. Kindheit, Lauterbach, Ostalb – das Grauen ersetzte die Angst, die Klaustrophobie wich dem Schrecken der Vergangenheit, bis das Auto plötzlich reifenquietschend anhielt. Und so war die Vergangenheit auch schon wieder futsch, die Angst aber blieb weg. Gespannte Gleichgültigkeit beherrschte jetzt Ploteks Gemütslage. Was wird wohl passieren?

Zuerst passierte nichts. Der Motor wurde abgestellt. Dumpfe Stimmen waren zu hören, dann Türenschlagen und dann ging plötzlich der Kofferraumdeckel auf. Trotzdem blieb es dunkel. Komisch, dachte Plotek und dann: Augenbinde. Zwei Männer hoben ihn umständlich aus dem Kofferraum und schleppten ihn unter lautstarkem Fluchen ein paar Meter weit zu einem muffig riechenden Raum. Dort legten sie ihn auf dem feuchten Boden ab. Sie schienen ihn mit zusammengebundenen Händen und Beinen zurücklassen zu wollen. »Viel Spaß noch«, sagte der eine ironisch und der andere lachte fies. Plotek hatte das Gefühl, die Stimme des einen schon einmal gehört zu haben. Er dachte nach und es fiel ihm tatsächlich auch ein. Ja, über das Handy, über Rainer von Plorres Handy, hatte er die Stimme schon einmal gehört. Ploteks Gesicht wurde heiß. Jeden Augenblick erwartete er einen tödlichen Schlag auf den Kopf. Aber vergiss es. Der Schlag blieb aus, dafür wurde ihm das Klebeband unsanft von den Augen heruntergerissen. Seltsamerweise blieb es noch immer dunkel. Entweder bin ich jetzt schon blind, schoss es Plotek durch den Kopf, oder aber der

Raum ist vollständig abgedunkelt. Die Tür fiel mit einem satten Schlag ins Schloss.

Feierabend, dachte Plotek und merkte nach einer Weile, wie seine Augen schemenhaft Gegenstände erkennen konnten. Also doch nicht blind. Er erkannte Fußbälle, eine Rasenmarkierungsmaschine, ein kleines Fußballtor, einen Rasenmäher, Eckstangen und Fahnen. Und einen Rollstuhl. In dem jemand saß. Und derjenige sprach plötzlich.

»Herzlich willkommen«, sagte eine Stimme. Plotek erschrak, ohne es sich anmerken zu lassen.

»Servus«, erwiderte er vermeintlich gleichgültig.

Jeder andere hätte jetzt vielleicht gesagt, darf ich mich vorstellen, mein Name ist Plotek, Paul Plotek aus München, und dann vielleicht gefragt, darf ich fragen, wer Sie sind und was Sie hier machen. Aber denkste. Plotek doch nicht. Plotek war anders. Plotek fragte nicht. Plotek schwieg. Und wartete. Wenn er was zu sagen hatte, würde er schon damit herausrücken. Auch ohne gefragt zu werden. Außerdem wusste Plotek, auch ohne zu fragen, wer da im Rollstuhl saß. Seine Augen hatten sich mittlerweile schon so gut an die Dunkelheit gewöhnt, dass er den jungen Mann im Rollstuhl ganz gut erkennen konnte. Das war Ritschi! Ritschi, der eigentliche Superkicker von der SpVg Altona-Nord, gegen den Ivo, Benny und Jo nur halbwegs mittelprächtige Balltreter waren, um mit Wolles Worten zu sprechen, dachte Plotek und schwieg noch immer. Darin war er einfach spitze, im Schweigen. Da konnte kaum einer mithalten. Piotr vielleicht, aber der war ja nun tot. Ritschi nicht. Der hielt dem langen Schweigen nicht stand, räusperte sich zuerst und fragte dann mit belegter, unsicherer Stimme: »Und wie sind Sie hierhergekommen?«

Blöde Frage, dachte Plotek und schwieg weiter.

»Ich nehme an, der Brunner und der Stadelmaier stecken dahinter«, hakte Ritschi nach. »Hab ich recht?!«

»Hm«, machte Plotek und schwieg wieder eine lange Weile. »Und warum?«, fragte er schließlich zurück.

»Vielleicht, um Ihnen und mir Angst zu machen, um uns einzuschüchtern«, entgegnete Ritschi, als hätte er die Frage erwartet.

»Und warum?«, fragte Plotek wieder.

»Damit ich nichts sage.«

»Und warum?«

»Können Sie eigentlich auch noch was anderes sagen als warum?«

Jetzt schwieg Plotek wieder.

»Und Sie auch nicht«, sagte Ritschi und das klang, als wollte er sich beim offenbar eingeschnappten Plotek wieder ein wenig einschmeicheln. Ich weiß doch gar nichts, dachte Plotek. Aber das schien Ritschi wiederum nicht zu wissen.

»Sie wissen doch alles, stimmt's?«, sagte Ritschi.

»Hm.« Plotek tat wieder geheimnisvoll und dachte, er wird mir jetzt bestimmt gleich alles erzählen. Zum ersten Mal spürte er, wie die Schnur um seine Hände schmerzhaft ins Fleisch schnitt. Ritschi räusperte sich wieder, druckste herum. Er hielte die muffige Stille nicht mehr länger aus.

»Die krummen Geschäfte, die illegalen Spielertransfers, die Schwarzgelder, die Korruption, stimmt's?«

Schlagworte wie auf einem orientalischen Basar, dachte Plotek.

»Wie auf einem orientalischen Basar werden die Spieler verdealt«, sagte Ritschi. »Und alle bieten mit.«

»Hm.«

»Das soll natürlich nicht an die große Glocke gehängt werden«, legte Ritschi nach, »weil der Sport ja sauber ist und der Fußball erst recht. Und Skandale kann keiner brauchen, stimmt's?«

»Also, psst!«

Jetzt erst fiel Plotek auf, dass Ritschi in seinem Rollstuhl auch gefesselt war. Ein Seil war mehrmals eng um Körper, Arme und Beine und den Rollstuhl gewickelt. Warum fesselt man einen Querschnittsgelähmten, fragte er sich verwundert. »Sind Sie nicht vom Halswirbel abwärts ...«, fragte er schließlich.

Noch ehe er den Satz beenden konnte, lachte Ritschi auf. »Piotr!«, zischte er verächtlich. »Piotr war ein genialer Schachspieler, aber ein schlechter Geschichtenerzähler.«

Plotek ärgerte sich ein wenig, dass Ritschi einen Gedanken schneller gewesen war.

»Ich habe ein steifes Bein, ja, und meinen rechten Arm kann ich auch nicht mehr richtig beugen – aber Querschnitt ist was anderes.«

»Aber in der Nervenheilanstalt sind Sie schon?«, legte jetzt Plotek zynisch nach.

»Ja, aber verrückt bin ich trotzdem nicht, wenn Sie das meinen. Depressiv, ja, manchmal, aber wer ist das nicht.«

Hat er auch wieder recht, dachte Plotek und fing plötzlich an zu zweifeln, dass Piotr Jo Hillebrand und Ivo Jovanovic auf dem Gewissen hatte.

Ritschi zuckte die Schultern und grinste. Der weiß es, dachte Plotek, der weiß, wer für den Tod der beiden verantwortlich ist.

»Und?«, fragte Plotek.

»Mir doch egal«, sagte Ritschi.

»Mir auch«, entgegnete Plotek.

Dann wieder Schweigen. Plotek spürte in seiner hinteren Hosentasche einen Gegenstand, der ihm unangenehm in den Po drückte. Also fummelte er, so gut es mit zusammengebundenen Händen ging, daran herum, bis die Schachfigur von Piotr herausfiel. Zum Glück war sie weiß, sonst hätte er sie auf dem Boden liegend vielleicht gar nicht gesehen. Er griff danach. Zu seiner Überraschung löste sich der Kopf der Dame. Die Schachfigur bestand nun aus zwei Teilen. Beide Teile ließen sich problemlos wieder ineinanderschieben. Das war Absicht. Am Teil mit dem Kopf der Dame war eine kleine metallene Spitze befestigt. Und die Spitze war auch noch scharf. Das war eine kleine Waffe, wie man sie von präparierten Regenschirmen und Stöcken aus James-Bond-Filmen kannte.

Ritschi hatte Ploteks scharfkantige Entdeckung gar nicht bemerkt. »Und wer holt uns hier jetzt wieder raus?«, fragte er unvermittelt, während Plotek schon umständlich an seiner Handfessel herumsägte. »Vielleicht der Brunner und der Stadelmaier, wenn es an der Zeit ist«, überlegte Ritschi.

Als Plotek die Schnur an seinen Händen schon durchtrennt hatte und gerade an der Fußfessel zugange war – was Ritschi dann doch bemerkte und mit einem anerkennenden Pfiff quittierte –, ging plötzlich die Tür auf.

»Maike!«, rief Plotek völlig verblüfft und auch ein wenig erleichtert.

Auch Ritschi schien überrascht zu sein. »Was machst du denn hier?«

»Tja, das frage ich mich auch, was euch angeht«, sagte Maike. »Aber ich glaube, ihr habt nichts dagegen, wenn ich euch ein wenig zur Hand gehe, oder?«

»Hm«, machten Plotek und Ritschi gleichzeitig, während Maike Ritschi vom Rollstuhl befreite.

Als alle drei im Beetle saßen, fragte Plotek, erneut mit dem Gurt kämpfend: »Wie hast du uns eigentlich gefunden?«

»Na ja, ich habe am Aufzug in der Parkgarage auf dich gewartet, und als du nicht gekommen bist, bin ich zurück zum Auto. Die Tür war nur angelehnt, der Schlüssel lag auf dem Boden, Blutspuren waren zu sehen. Und ein Wagen mit dem Kennzeichen HH – GFS 23 brauste davon.«

»Gerhard-Frank Stadelmaier«, kam von der Rückbank.

»Da war mir alles klar. Bin ich eben hinterher.«

Erst jetzt sah Plotek in den Spiegel der Sonnenblende und entdeckte eine blutverkrustete Schramme an seiner Stirn.

»Soll ich dir helfen?«, fragte Maike und griff entschlossen zum Gurt.

Auf der Gummimatte im Fußraum lagen zerknüllte Papiertüten und Zigarettenschachteln, Coladosen und allerhand anderer Krimskrams. Aber Plotek schien das plötzlich gar nicht mehr zu stören. Er bückte sich nicht, um Ordnung in das Chaos zu bringen. Im Gegenteil. Mit seinen Füßen wirbelte er das Chaos noch mehr durcheinander.

Komisch, dachte er, die pathologische Detailversessenheit ist weg, die Zwangsneurose geheilt. Ein Schlag kuriert den anderen. Er lächelte und griff sich an die Stirn.

Maike startete den Wagen, legte den ersten Gang ein, gab Gas und fuhr los.

»Und jetzt?«, kam es von der Rückbank.

»Besuchen wir die Bullen«, sagte Maike und fuhr so rasant in die Kurve, dass Plotek sich festhalten musste.

»Ohne mich«, wandte Plotek zaghaft ein.

»Bitte.«

»Ich kann das einfach nicht. Ich und die Polizei, das ist wie, wie …«

»Homosexualität und Fußball«, sagte Maike.

»Genau!«, kam es wieder von der Rückbank.

»Na gut, dann gehe ich eben alleine.«

»Danke.«

»Schon gut.«

Kuss.

Kuss. Und wieder spürte Plotek eine kleine Erektion und dachte an Mehmet Scholl, *der wo noch nicht Weltmeister war*, aber mal was Schönes gesagt hatte: »*Die schönsten Tore sind diejenigen, bei denen der Ball schön flach oben reingeht.*«

19

Nachdem Plotek bei Wolle im *Zapfhahn* einige Weißbier und Schnäpse getankt hatte, war er schwankend in St. Pauli unterwegs.

Orientierungslos trieb er durch die Straßen und wusste mal wieder nicht, wohin. Eine Gruppe schwäbischer Kindergärtnerinnen und Grundschullehrerinnen kam ihm entgegen, unschwer am Dialekt zu erkennen. Die Schwäbische Alb auf St. Pauli. Die Ostalb auf zwei Beinen im Erlebnisrausch. Große Augen vor Erotikshops. Bei den Riesendildos blieben den Schwabenmuttis die Münder offen stehen.

»Guck a mol! Des gibt's doch net!«

Gibt es schon, dachte Plotek, nur im engen Schwabenland vielleicht nicht. Er grinste und dachte dann, nichts wie weg. Und lief geradewegs stark alkoholisierten pfälzischen Kegelbrüdern in die Arme, die hinter einer flotten Führerin mit adretter Kurzhaarfrisur von der sogenannten Kurverwaltung glucksend her waren. Die Führerin erklärte und die Kegelbrüder hörten kaum zu, gaben sich ungeduldig und pfiffen den schwäbischen Muttis hinterher, die aber für Pfiffe und Avancen nicht mehr zugänglich waren, da bei ihnen noch immer die Riesendildos im Kopf summten.

Plotek ließ die Reeperbahn und St. Pauli hinter sich und setzte sich an die Alster auf eine Parkbank. Ausruhen und aufs Wasser schauen, dachte er, den Touristenströmen aus dem Weg gehen, nichts tun, einfach nur die Zeit verstreichen lassen. Das war das Zweitschönste, was es für Plotek gab. Das Schönste war ein Weißbier vor sich. Beides zusammen war ideal. Ging aber jetzt nicht. Also sah er eben nur aufs Wasser, ließ die Gedanken kommen und gehen und auch die Fußgänger, Fahrradfahrer, Skatboarder, Inliner und Jogger. Ganz Hamburg schien auf den Beinen und an der Alster unterwegs zu sein. Und alle kamen bei Plotek vorbei. Das fühlte sich an wie eine Generalaudienz. Plotek kam sich vor wie Papst Benedikt auf der Loga am Petersplatz in Rom zu Ostern. Zum Spaß hob er die Hand. Und schon winkte ein Fahrradfahrer zurück. War das nicht dieser bekannte Tagesschausprecher, den er da gerade gesegnet hatte? Möglich oder auch nicht. Es sahen ja viele aus wie bekannte Tagesschausprecher und waren völlig unbekannte Sachbearbeiter in Teilzeit bei einer Logistikfirma. Oder Fachverkäufer für Orthopädische Schuhmode kurz vor dem Rauswurf. Kaum war der Fahrradfahrer verschwunden, tauchte auch schon der nächste auf und noch einer und immer mehr. Und Jogger joggten vorbei. Nicht irgendwelche, sondern ganz bestimmte. Andy Möller zum Beispiel. Und Andy Brehme. Zumindest sahen beide so aus. Aber sahen nicht alle Deutschen irgendwie aus wie Andy Brehme oder Andy Möller? Und wenn nicht, dann wenigstens wie Andy? Oder Jochen? Oder Hartmut? Zumindest die Männer. Und die Frauen? Wie Claudia, Monika und Sabine? Das war doch Sieglinde, die jetzt in grellbuntem Stretch-Outfit angejoggt kam. Plotek griff in den Mülleimer neben der Parkbank, holte eine Zeitung heraus und hielt sie sich vors Gesicht. Klassische Tarnung. So konnte er natürlich nichts mehr sehen. Mit dem Finger riss er ein kleines Loch in die Zeitung, auch klassisch. Er sah Sieglinde an sich vorbeijoggen. Puh, Glück gehabt, dachte Plotek und nahm die Zeitung wieder herunter. Als nächstes kam eine ganze Gruppe von Joggern vorbeigelaufen. Je näher sie kamen, umso gleicher sahen sie aus. Sie trugen alle die gleichen Trainingsanzüge. Waren alle ungefähr gleich alt. Das sind die Profis vom HSV, dachte Plotek. Und recht hatte er. Van der Vaart, Wicky, Jarolim, Demel. Ob ich die auch segnen soll?, dachte Plotek. Lieber nicht, sonst werden die auch noch Meister und Champions- League-Sieger und alles. Das will ich nicht, dachte Plotek und sah demonstrativ in die andere Richtung. Von dort wiederum kam eine Horde junger Menschen auf ihn zu. Ebenfalls identische Trainingsanzüge. Das waren die Spieler von der SpVg Altona-Nord. Genau vor Ploteks Bank vermischten sich die Spieler der beiden Clubs zu einem undurchschaubaren Chaos, um sich dann wieder voneinander zu lösen. Er segnete die Spielvereinigungs-Spieler, auf dass sie nicht abstiegen. Ob's hilft? Man wird sehen, dachte Plotek: Schaden tut es auf jeden Fall nicht.

Als er die gesegneten Spielvereinigungs-Spieler weitertraben sah und den Blick zurück auf die Alster lenkte, waren auch die HSV-Spieler weg. Dafür kam jetzt eine Frau angelaufen, der er auf keinen Fall begegnen wollte. Maike. Scheiße. Wieder hielt er die Zeitung vors Gesicht und spähte durch das Loch. Maike blieb stehen und fiel einer Frau um den Hals, die ihr entgegenkam. Das war Sieglinde. Wo kam die denn jetzt her, dachte Plotek und sah, wie die beiden Frauen sich küssten. Aber nicht so, wie man sich vielleicht küsst, wenn man sich trifft, freundschaftlich, Bussi, Bussi. Sondern voller Leidenschaft und so lange, dass Plotek hinter seiner Zeitung ganz rot wurde. Verdammt, dachte er, das sieht eindeutig so aus, als hätten die beiden mehr miteinander zu tun, als ihm lieb sein konnte. Ihm war diese homophile Begegnung der beiden Frauen einfach zu viel. Er stand auf, schlich sich, noch immer die Zeitung vor dem Gesicht, davon und steuerte direkt den Hamburger Hauptbahnhof an.

Um 22 Uhr 05 fuhr der Nachtzug NZ 1489 nach München. Noch 23 Minuten Zeit, dachte Plotek. In diesem Moment hörte er, wie jemand laut und kreischend seinen Namen rief. Und noch einmal.

»Plotek!!«

Plotek erschrak. Er drehte sich um und sah die Stangelhuber Rosi ihm zuwinken. Ihr molliger Körper war in ein enges, glänzendes dunkelrotes Lackkleid gepresst. Irgendwie erinnerte sie an eine Wurst. Eine schwäbische Leberwurst. Plotek musste grinsen. Auf Rosis Arm saß ein kleiner Hund, der ihr ständig mit der schlabbrigen Zunge an der Hand herumschleckte.

»Na, fährst nach Hause, was?«, fragte Rosi.

Nicken von Plotek.

»Und du?«

»Auf die Ostalb.«

»Was willst du denn da?«

»Der Vergangenheit in die Augen schauen.«

Ob das gut geht, dachte Plotek und an die verdrucksten Ostälbler und Rosis imposante Erscheinung. Das war wie Tag und Nacht, Feuer und Wasser – unmöglich.

»Na, dann viel Spaß.«

»Dir auch.«

»Man sieht sich.«

»Bestimmt.«

»Vielleicht auf der Ostalb.«

»Bestimmt nicht«, brummte Plotek.

»Wer weiß?«

»Weiß auch nichts.«

Rosi lachte und Plotek lachte. Dann winkten sie einander zu.

20

Das Lachen verging Plotek schnell. Denn bevor er in den Zug auf Gleis 14 steigen konnte, um nach München zu fahren, wurde er noch einmal aufgehalten. Und an der Hand genommen. Der Kriminalbeamte, dem Plotek bereits zweimal begegnet war, empfing ihn sehnsüchtig am Bahngleis, als ob er da auf ihn gewartet hätte. Hatte er wohl auch.

»Sie sind verhaftet«, sagte er sichtlich gut gelaunt und sein schmalbrüstiger Assistent fügte ebenso gut gelaunt hinzu: »Verdacht auf Mord an Werner Sonne.« Als ob Mord ein Vergnügen wäre.

»Wenny?«

Der Kommissar nickte bestimmt. »Wir haben einen Zeugen, der Sie zur Tatzeit im Stadion gesehen hat«, erläuterte sein Assistent beflissen.

Die beiden grinsten gleichzeitig, was so viel bedeutete wie »Alibi futsch«.

Plotek dachte nach. Es dauerte nicht lange, da fiel ihm der Althippie ein, der grauschwänzige Denunziant, der Taxifahrer. Klar.

Wenn es nicht so dramatisch gewesen wäre, hätte Plotek jetzt lachen können. Das Lachen aber verging ihm schnell, als sich kalte Handschellen mit einem fürchterlichen Geräusch um seine empfindlichen Handgelenke schlossen.

»Gehen wir«, sagte der Hauptkommissar zu den beiden Uniformierten, die etwas abseits schon auf ihren Einsatz warteten. Er wurde zum Polizeiauto geführt und mit Blaulicht und Martinshorn, als wäre Plotek Al Capone, ab ins Polizeipräsidium gefahren.

Man nahm ihm Gürtel und Schnürsenkel ab, brachte ihn in die Zelle und ließ ihn zwei Stunden lang schmoren. Dann kam er zum Verhör.

»Also, dann packen Sie mal aus«, forderte der Hauptkommissar ihn noch immer bestens gelaunt auf. Er saß ganz lässig auf seinem Stuhl und schaltete das Kassettengerät an.

Da Plotek aber lange Zeit nur schwieg, sagte der Kommissar schließlich nicht mehr ganz so gut gelaunt: »Verstehe, Sie verweigern die Aussage.«

»Dann sage ich Ihnen, wie es gewesen ist«, mischte sich der Assistent um die Gunst seines Vorgesetzten buhlend ein, kam zu Plotek an den Tisch und setzte sich nonchalant auf die Tischplatte.

»Sie haben Werner Sonne genannt Wenny im Stadion umgebracht. Mehr als umgebracht, Sie haben in bestialisch hingerichtet«, behauptete der Assistent und wartete auf Ploteks Zustimmung oder zumindest auf eine Reaktion. Aber keine Chance. Plotek schwieg weiter. Da sprang der Assistent vom Tisch herunter, beugte sich zu Plotek und zischte gar nicht mehr gut gelaunt: »Und ich kann Ihnen auch sagen, warum.«

Na, da bin ich aber mal gespannt, dachte Plotek und verschränkte demonstrativ die Arme vor der Brust.

»Aus Eifersucht«, schrie jetzt der Assistent, als wollte er seinem Chef imponieren. »Aus Rivalität.«

Spinnt der oder spinn ich, dachte Plotek und reagierte noch immer nicht.

»Sie haben ein Verhältnis mit der Nichte von Werner Sonne. Maike Sonne, stimmt's?!«

Schön wär's, dachte Plotek und merkte, wie er allein bei

dem Gedanken wieder eine mittelprächtige Erektion bekam. Was ihm jetzt wiederum nicht so recht war.

»Das ist beim Onkel aber nicht gerade auf Zustimmung gestoßen. Es gab Streit zwischen Ihnen und Werner Sonne, wegen Maike«, sagte der Assistent und glaubte sich mit seiner Theorie auf dem richtigen Weg. Der Hauptkommissar nickte zustimmend, drängte sich dabei vor den Assistenten und spann dessen Gedanken weiter.

»Da sind Ihnen dann die Sicherungen durchgebrannt«, sagte er streng. »Sie haben Herrn Sonne erstickt, und um den Verdacht auf andere zu lenken, haben Sie einen perversen Lustmord insziniert. Und das ist Ihnen auch gelungen«, fügte der Hauptkommissar hinzu und rieb sich die Hände. »Die Öffentlichkeit mag darauf hereinfallen, wir nicht.« Er packte ein Eukalyptusbonbon aus und schob es sich in den Mund.

»Für uns sind Sie der Täter.«

Holzweg, dachte Plotek, das müssen sie erst einmal beweisen. Ob da so ein verranzter Althippie mit schütterem, fussligem Haar ausreichte? Keine Ahnung.

Aber noch ehe die beiden Beamten mit der Beweisaufnahme anfangen konnten, ging die Tür auf und Maike stand im Zimmer. Neben ihr stand ein Mann, kaum älter als sie, in einem teuren Anzug, hellblauem Hemd, Krawatte. Er hatte pomadiges Haar und war braungebrannt, als hätte er die Nacht im Solarium verbracht.

»Das ist Anwalt Dr. Bergener junior«, sagte Maike etwas schnippisch und sah die Kriminalbeamten an, als wären sie in ihren Breitcordanzügen Abgesandte der Heilsarmee. »Von der Kanzlei Bergener und Bergener«, fügte Maike hinzu und zeigte auf den Schnösel, während sie Plotek einen Kuss auf die Wange pflanzte.

Gut geprobte Rolle, dachte Plotek und spürte ihren

Mund auf seiner Wange noch. Nicht unangenehm, dachte er und konnte eine weitere Erektion gerade noch verhindern.

Dr. Bergener sagte nichts. Er pfefferte vielmehr ein Schriftstück auf den Schreibtisch des Hauptkommissars. »Meine Mandantin bestätigt hiermit, dass der von Ihnen verdächtigte Paul Plotek zur Tatzeit in ihrem Reihenhaus zugegen war«, sagte er nach einer theatralischen Pause in hanseatisch geschliffenem Deutsch.

Die Beamten sahen sich verwundert an. Maike grinste und Plotek grinste auch.

Aussage gegen Aussage, dachte Plotek, Alibi wieder intakt. Denn dass der Staatsanwalt eher dieser reizend aussehenden jungen Frau glaubte als einem verranzten, alten Hippie, war klar.

»Im Zweifel für den Verdächtigen«, sagte der Anwalt und rieb sich die Hände, als wäre ihm kalt.

»Also, meine Herren, wenn Sie nicht mehr gegen Herrn Plotek vorzubringen haben, fürchte ich, müssen Sie ihn freilassen.«

Der Hauptkommissar hustete, als hätte er gerade sein Eukalyptusbonbon verschluckt. Und der Assistent räusperte sich, als verlangte sein Hals augenblicklich nach dem Eukalyptusbonbon seines Vorgesetzten.

Eine peinliche Pause entstand, in der Maike Plotek schöne Blicke zuwarf und dem Anwalts-Schnösel ein Grinsen auf dem Gesicht wuchs, das die Mundwinkel zusehends mit den Ohrläppchen vermählte, so lange bis der Assistent schließlich kleinlaut und von unzähligem Räuspern unterbrochen »Halten Sie sich zur Verfügung!« sagte.

»Halten Sie den wirklichen Täter davon ab, weitere Morde zu begehen!«, schleuderte der Anwalt spitzzüngig den Kriminalern entgegen und ging zur Tür. Im Schlepptau Maike und Plotek. An der Tür blieb der Anwalt noch einmal stehen, drehte sich mit großer Geste um. »Meine Herren, ein Tipp noch. Suchen Sie doch einfach den Täter und lassen Sie unbescholtene Bürger in Frieden«, sagte er so überheblich, dass Plotek fast Mitleid mit den beiden bekam.

Maike und Plotek marschierten hinaus auf den Flur. Bevor Dr. Bergener allerdings das Zimmer verließ, sagte er in völlig verändertem Tonfall zum Hauptkommissar: »Ach so, Andy, morgen Abend um acht ist übrigens die Jahresfeier im Tennisclub, kommst du?«

»Klar.«

»Tschüss dann.«

»Tschüss.«

21

Plotek saß wieder am Tresen vom *Froh und Munter*. Neben ihm saß Agnes. Und im Fernseher über der Tür lief wieder Fußball. Abstiegskampf. Holstein Kiel gegen Altona-Nord.

Auf den Trikots stand aber nichts mehr von Suppi-extraplus. Jetzt war dort Werbung für ein Mineralwasser abgedruckt. Ein rotes Dreieck inmitten des Schriftzugs, dachte Plotek, eine Seite einer Pyramide. Ob dahinter auch die Illuminaten steckten?, überlegte er und grinste verstohlen in sich hinein.

»Die haben den Sponsor gewechselt«, sagte Agnes. »Kein Wunder, der alte brachte ihnen wohl kein Glück.«

Zuerst hatten wir kein Glück und dann kam auch noch Pech dazu, dachte Plotek. Und zuletzt auch noch Tote.

»Prost«, sagte Susi und stellte zwei weitere *Unertl*-Weißbiere vor sie hin – mit einer Schaumkrone so schön, als wären sie gemalt. Das ist keine Schaumkrone, dachte Plotek, das ist Kunst, Schaumkronenkunst. Susi nickte, als wollte sie sagen, das hast du nicht gedacht, was?

»Prost«, sagte Agnes und stieß mit Plotek an. Und schon war die Kunst dahin.

»Ah«, machten Agnes und Plotek gleichzeitig. Schön, wieder hier zu sein, dachte Plotek.

»Schön, dass du wieder da bist«, sagte Agnes und Susi nickte.

Agnes hatte Plotek am Münchner Hauptbahnhof abgeholt. Mit dem Taxi waren sie direkt ins *Froh und Munter* gefahren. Und dort saßen sie nun schon seit drei Weißbieren und Agnes erzählte und Plotek hörte zu. Wie immer eben.

»Der Arno wurde verhaftet«, sagte sie jetzt, nachdem sie das Bierglas wieder abgestellt hatte.

»Mmh«, machte Plotek, als wäre er keine Spur daran interessiert.

»Wegen Korruption und Bestechung«, fügte Agnes hinzu. »Sie sind ihm offenbar auf die Schliche gekommen, dass mit seiner Spielervermittlung ordentlich Schwarzgeld geflossen ist. So wie es aussieht, wurden einige Fußballmanager und auch Trainer geschmiert. Das gibt er auch zu, der Arno, nur die Morde streitet er nach wie vor ab.«

Was die das alles weiß, dachte Plotek und wunderte sich ein wenig.

»Damit hat er nichts zu tun, sagt er«, meinte Agnes. »Dafür wäre der Herr Stadelmaier selbst verantwortlich.«

So, so, der Herr Stadelmaier also, dachte Plotek und merkte, wie es ihn jetzt doch anfing zu interessieren.

»Den kennst du auch«, sagte Agnes. »Das ist der Dosensuppenhersteller. Wir saßen mal in seinem Büro. Erinnerst du dich?«

Klar erinnerte sich Plotek.

»Und der hat den Werner Sonne und den Rainer von Plorre auf dem Gewissen?«, fragte Susi mit ihrer schönen, resoluten Stimme dazwischen. Offenbar hatte sie fleißig die Zeitung gelesen.

»Ja, so wie es aussieht, wollte Werner Sonne mit der Nachricht, dass Benny van der Tal schwul ist, an die Presse. Das musste verhindert werden. Benny van der Tal war nach Jo Hillebrands und Ivo Jovanovic' Tod das beste Pferd im Stall von Stadelmaiers Spielerpool. Der ist Millionen wert. Das lässt man sich nicht von einem eifersüchtigen gehörnten Schwulen, der das Coming-out seines Liebhabers an die große Glocke hängen will, kaputt machen. Da nimmt man schon mal einen Mord in Kauf.«

Oder zwei, dachte Plotek und Rainer von Plorre fiel ihm ein.

»Und der von Plorre wollte den Stadelmaier erpressen. Also hat er ihn eben auch entsorgt.«

»Und der Brunner?«, fragte Susi wieder.

»Arno versichert hoch und heilig, dass er damit nichts zu tun hat«, entgegnete Agnes und trank einen großen Schluck Weißbier.

Aber ich habe zwei Stimmen gehört, dachte Plotek. Gehörte die eine zu Arno? Keine Ahnung.

»Unklar ist nur, wer Jo Hillebrand und Ivo Jovanovic auf dem Gewissen hat«, sagte Agnes und sah zuerst Susi an und dann Plotek.

Dir vielleicht, dachte Plotek.

»Aber so, wie du aussiehst, weißt du längst Bescheid, was?«

Nicken von Plotek.

»Verrätst es aber nicht, was?«

Wieder Nicken von Plotek und Lachen von Agnes.

»Sag mal, kennst du einen fetten amerikanischen Autisten, der singt?«, fragte Plotek Susi.

Susi griff in die Schublade und legte eine Kassette in den Rekorder. »True love will find you in the end ...«, klang es aus dem Lautsprecher.

Agnes nahm das *Unertl*-Weißbier und stieß mit Plotek an.

»Prost.«

»Prost.«

In diesem Moment fiel ein Tor. Ganz Altona-Nord jubelte.

Geschafft, dachte Plotek und sein Alster-Segen fiel ihm ein und nie wieder dritte Liga.

Agnes dachte was ganz anderes. »Schön, dass du wieder da bist. Ich hab' dich vermisst.«

»Mmh«, machte Plotek und dachte an den toten Sportreporter und an seine rethorischen Überschläge. *Das Beste in Kürze: Das Spiel ist aus.*

Plotek trank einen Schluck Weißbier und rülpste lautlos.

Agnes auch.

22

Nichts war aus. Eher im Gegenteil.

»Wir haben was zu feiern«, lallte Agnes kurz nach Mitternacht, während Plotek schon erhebliche Probleme hatte, sich aufrecht auf dem Barhocker zu halten. Immer wieder sackte er in sich zusammen. Jetzt auch.

Scheiße, dachte Plotek. Klar, es gab immer etwas zu feiern, auch jetzt, meine Rückkehr zum Beispiel, das Ende meiner Zwangsneurose und so weiter. Agnes schüttelte, als hätte sie seine Gedanken gelesen, den Kopf. »Wie lange sind wir jetzt schon zusammen?«, fragte sie lallend und Plotek musste sich konzentrieren, um sie zu verstehen.

Keine Ahnung, dachte Plotek. Na ja, was hieß schon zusammen. Wenn man zusammen ein wenig Zeit verbrachte oder wenn man zusammen schlief oder …

»Auf den Tag genau fünf Monate!«, ging Agnes resolut dazwischen.

»Nein!«, entfuhr es Plotek.

»Doch«, entgegnete Agnes. »Heute vor genau fünf Monaten haben wir uns das erste Mal gesehen.«

»Am 23.?«, fragte Plotek und ahnte Schlimmes.

»Quatsch, es war der 22.!«, sagte Agnes und Plotek atmete hörbar auf.

»Genau um 23 Uhr 55 sahen wir uns das erste Mal hier im *Froh und Munter*. Nach der Uhr da oben«, fügte Agnes hinzu und zeigte an die Wand hinter dem Tresen.

»Die geht fünf Minuten nach«, erklärte Susi und lachte.

Scheiße, dachte Plotek, das darf doch nicht wahr sein. Beide griffen nach ihrem Weißbierglas und stießen miteinander an.

»Prost«, sagte Agnes, »auf dich.«

»Und dich«, entgegnete Plotek.

»Auf uns.«

»Und die Illuminaten.«

»Auf wen?«

»Ach, nichts!«

Beide tranken und rülpsten lautlos.

Und Susi sagte: »Feierabend!«

23

23!, dachte Plotek, uiuiui. Dann schlief er neben Agnes am Tresen ein und das erste Mal in seinem Leben träumte er von der Zahl Fünf.

»Feierabend!«, sagte Susi zum letzten Mal.

Anmerkung des Autors

Die Stilblüten sind fast ausschließlich dem Buch von Klaus Bittermann: ›Vom Feeling her ein gutes Gefühl. Rhetorische Spitzenleistungen in der Welt des Fußballs‹ entnommen.

Weitere Inspiration verdanke ich dem Film von Hans-Christian Schmid ›23 – nichts ist so wie es scheint‹ sowie ›Illuminatus‹ und dem ›Lexikon der Verschwörungstheorien‹ von Robert Anton Wilson.

Herzlichen Dank für.

Sobo Swobodnik